知耻而后勇

张笑天 ◎ 著

长春出版社

全国百佳图书出版单位

图书在版编目（CIP）数据

知耻而后勇 / 张笑天著. —— 长春：长春出版社，
2025. 1. —— ISBN 978-7-5445-7549-2

Ⅰ. I247.7

中国国家版本馆CIP数据核字第2024WQ7986号

知耻而后勇

著　　者　张笑天
责任编辑　历杏梅
封面设计　宁荣刚

出版发行　长春出版社
总 编 室　0431-88563443
市场营销　0431-88561180
网络营销　0431-88587345
地　　址　吉林省长春市南关区长春大街309号
邮　　编　130041
网　　址　www.cccbs.net

制　　版　长春出版社美术设计制作中心
印　　刷　长春天行健印刷有限公司

开　　本　880mm×1230mm　1/32
字　　数　230千字
印　　张　11.25
版　　次　2025年1月第1版
印　　次　2025年1月第1次印刷
定　　价　59.80元

目　录

前市委书记的白昼和夜晚

人只有一次秋天吗?

节气是一丝不苟的,立秋以后一天凉似一天,再加上入秋以来阴雨连绵,早晨醒来感到冷飕飕的,盖在身上的毛巾被像一层纸,一点儿不挡风。毛巾被该收起来了,昨天金鹿就把薄被子给我找出来放在床头柜上了。

一束阳光投射到了床上。咦,天晴了?谢天谢地。要是再下雨,就又有发洪水的危险。临江的城市风景优美,可就是少不了防汛、抗洪,并不怎么好。

我蜷缩在毛巾被里,不想起来。脑袋在枕头上转了90度,正好对着悬挂在东墙上的妻子遗像,她穿着双排扣子的列宁装,笑吟吟的,永远用那对深情的眸子望着我。

这不是妻子张茹晚年的照片。儿女们把他们的母亲送到火化场以后,找出一张底片,放了一张2尺的照片,镶在了玻璃镜框中。这张照片是她临终前几个月在院里海棠树下拍的,病容枯槁，像小说里通常形容的那样，皱纹纵横的脸，真有如风干了的核桃皮。鬼知道我哪来的一股无名火，看到二儿子李克俭把照片挂到了墙上，我立刻摘了下来，摔了个粉碎，玻璃碴儿满地都是。我看见儿女们都害怕了，一个个瞪着又惊又怕的眼睛，你看看我，我看看你，一时不知所措。我看见他们这副模样，心里倒挺痛快。

谁也没有料到，我们家的小保姆金鹿倒能摸准我的心思。她谁也没告诉，偷偷从影集里拿走了一张照片，到照相馆翻拍后重新放大，又特地跑到工艺美术品商店买了一个黑底描金的高级石膏相框，也没跟任何人打招呼，就悄悄挂到了我房间里。

这张照片是张茹年轻时照的，年龄在十七八岁，军帽下露出几绺柔丝样的头发，被顶光照得像轻纱。弯弯的眉毛，含笑的眼睛，以及小巧的似笑非笑的嘴巴，透露出娇嗔和天真。她这个当年战地文工队的小队员，在认识我两年以后，在我再三央求后，才肯送我这么一张照片，据她说，这是一个美国记者给她拍的。

为这事儿，金鹿几乎遭到一场围攻。人人都怪她"自作主张""荒唐"，按他们的逻辑，58岁死于心肌梗死的妈妈，留在亲人记忆中的形象应当像她实际年龄一样衰老、庄重才是。

不过，儿女们万万没有想到，我袒护了金鹿。只有挂出张茹的这张照片才合我心意。我听见过大儿媳妇和二儿媳妇在我背后哧哧的笑声。我明白，她们是笑我"没出息"，已经是65岁的老头子了，却非要把老伴年轻时如花似玉的照片挂出来。是嫌我虚荣，还是讥笑我轻浮？肯定都有。若不是我早已下决心克制我的火暴脾气，我真会给这妯娌俩一阵难堪的！

她在望着我笑。东墙正对着我的床，我每天熄灯入睡前的最后一眼，是她那恬淡、温存的笑；早上睁开睡眼，第一个跃入眼帘的，也是她那永远叫我五脏六腑熨帖的笑！她的两片嘴唇一张一合，好像在说："喂，日头晒屁股了，还不起来！"

这只是幻觉，照片上的人是不会说话的。张茹不怎么擅长辞令，她喜欢不厌其烦地重复同一句话。譬如方才所说的"日头晒屁股了"，她一生不知重复过多少遍。刚结婚时，她常常早起掀开被子，打我这个文化干事的屁股，说"日头晒屁股了"。哪怕阴天不见日头，她也是这句话。后来我当到市委第一书记（还兼着省委书记处书记），她还是这样催我起床，只不过不再打市委书记的屁股罢了。

"表舅爷，您该起床了……"这时，门外有女孩子的声音传进来，怯生生的，还有三分奶腔，随后是轻轻的叩门声。

见鬼！什么表舅爷表舅奶的！这古怪的称呼真叫人腻烦，光是舅爷，就要很费一番唇舌来解释清楚了，前面再加上个"一表三千里"的"表"字，怕要"表"到爪哇国去了。我无论如何也弄不明白，小保姆金鹿到底同我是什么亲戚，我也没兴趣弄明白。反正自从我离家十几年突然衣锦还乡，我家的门槛子也都快叫乡下人踏平了，一时不知从哪儿冒出来那么多近亲、远亲、表亲、乡亲……

我一开始不怎么喜欢金鹿，倒不是对她这个人不喜欢，是对雇保姆这件事本身反感。我知道，这是儿女们张罗的，他们还找了省委书记郭晴川来"开导"我。他们以为我退休了，就是废物了，似乎连生活都不能自理了，这叫人心里好不痛快。更何况，我不能不想到，这也是守在跟前的几个儿女的一种"金蝉脱壳"计，找个保姆，他们就可以跑得远远的了。谁也不想侍奉我，除非我发工资的日子，他们都跑来亲热，等到左哄右哄把几百块钱都哄到手了，就一哄而散。平时我懒得动弹，想泡杯茶都叫不到人，还得自己下厨房去烧开水。

还是张茹有远见啊！她活着的时候，一见我发脾气，总是半开玩笑地说："你这号人，越老脾气越坏！将来呀，我两眼一闭，看谁来侍奉你！你准是个姥姥不疼、舅舅不爱的家伙！"

叫她说对了，用有学问的讲法，也可以说是被她"不幸而言中"了。我正式办理离休手续才两个多月，可我总感到像与人世隔离两年了一样，我竟自觉不自觉地成为这个家庭中的"遗老"了，仿佛我的脑后还残留着一根小辫子，常常被人耻笑。

敲门声真顽固，不紧不慢，敲起来没完没了。天天都是这样，只要我不起来打开门，金鹿就永远地敲下去。这鬼丫头！这是哪个保姆训练中心流行的办法！

"表舅爷，起来了？"金鹿不会问"早安""早上好"，她见了我，只会说那么几句："起来了？""吃过了？"或者："溜达溜达？"……都是废话。

我没有吭声。金鹿一双大眼睛在我脸上溜了一眼，把洗脸盆端了进来。照例是一条毛巾半搭在盆沿半泡在水中，刷牙缸立在盆中央，牙刷上挤好了两厘米长的牙膏。她把脸盆放下，动手拉窗帘，开窗子，清新的空气把一阵阵夜来香的花气送进房来。

我刚拿起毛巾擦脸，背倚着写字台的金鹿例行公事地提醒我说："表舅爷，洗了脸，出去练……什么桩吧。"她总是叫不出"鹤翔桩"的全称来。

我对"鹤翔桩"一点儿兴趣都没有，几乎是被一大群人软硬兼施绑架去的。已经练了半个月了，几节操倒是可以照猫画虎地跟下来了，我却怎么也发不出"功"来。看着发了"功"的人们在操场里转磨磨、打滚、又哭又笑，我忽然觉得这有点儿像跳大神。小时候我常趴别人家后窗台，看屋子里跳大神，那大神本来好好的，没事人一样，说不上怎么弄的，三叨咕两叨咕，就有神附体了，全身乱抖乱颤，那样子真跟练"鹤翔桩"发"功"差不多。这么一想，我对"鹤翔桩"就不那么尊崇了，甚至联想起从前的几种曾经风靡一时的疗法，最后还不是自消自灭？什么"鸡血疗法""凉水疗法""卤碱疗法""甩手疗法"，乃至后来几乎普及全国的"红茶菌"……都曾经是吹得神乎其神的、包治百病的，后来呢？现在，又说"鹤翔桩"可以使癌肿消失，可以使心脏病患者康复，鬼才相信。

洗了脸，我在屋子里转了一圈，趁金鹿没注意，从茶几底下的漆盒里摸出一支招待客人的香烟，攥在手心里，正若无其事地想走出门去，金鹿拦住了门，歪头一笑，露出左面腮帮子上的单酒窝，她说："表舅爷，您又想抽烟了？给我——"她伸出左手来。

"以后再不准你叫我表舅爷！"我心里好别扭，脱口说出了这样一句。既然作案做得不细，露了馅儿，只好把那支香烟放到金鹿那粗糙的、有茧子的手掌上。

大概我的语气太粗暴了，金鹿左脸上的笑窝不见了。她向门旁靠了靠，给我让出路来，怯生生地问："那，往后我管表舅爷……啊，管您叫什么呢？"

"随便叫什么！"我挤出门，没好气地说，"反正不兴叫什么表舅爷！我有名有姓嘛，你叫我李赞！若不，叫我老李！"

我听见金鹿在背后扑哧一下笑出声来，一回头，她又赶紧憋住笑，抿紧了嘴。

我站在窗下花畦前看着花，火红成串的万年红、金黄的扁竹莲，还有引来好多蜜蜂的凤仙花、鸡冠花，都还没有开败，它们并没受节气的影响。

我刚要到院外去，听到二儿子李克俭出来刷牙、漱口，他咕噜噜地漱着口，含混不清地问金鹿："方才，老八路为什么事又同你嚷嚷？"

我听金鹿小声嘟哝着："他不让我管他叫表舅爷。"

李克俭把牙刷在漱口缸里很响地搅动着，打哈哈说："你别在意，他是更年期。"

"更年期？"金鹿显然没听说过这个词儿。

二儿媳妇卢金姝不知什么时候也出来搭腔凑热闹说："这叫老年幼稚病，你看咱的老八路，离了休都不会生活了，好像他以前不是这个世界上的人。"

我听着虽然生气，可也不得不承认她说的有点儿道理，我确实有点儿不会生活了，好像是电视片上的大西洋底来的人哈里斯，离开了水就要窒息一样。真会起名堂："老年幼稚病"！

我慢慢地沿着鹅卵石铺成的甬道向大门外走，忽然感到有点儿凉，幸亏我穿了件毛背心。一阵秋风扫落几片杨树叶子，有一片竟落在我的肩膀上，沾到毛背心上。我拈下那片黄叶，细看看，是被虫子蛀过的，露出了纵横的叶脉，像是一片半透明的蝉翼。抬头望望门前那几棵在晨风中哗哗作响的老杨树，我忽然记起古人的一句话：一叶落而知天下秋。我感到有几分悲凉，这几棵被称为"响杨"的树，20年前还是我和张茹亲手栽的哪，树苗是行政处从新疆运来的。响杨名副其实，即使在微风中也威武地抖动着，叶子发出金属样的铮铮声。张茹不是说我像响杨的性格吗？

可是，叶落知秋，秋天到了，人呢？人的秋天可只有一次呀。

黄河与淮河的界限在哪里？

我家门前这条黄河路，算是这座城市里最幽静的一条林荫路了。油绿的白果树在马路和人行道上空交织起来，绿叶披拂，像巨大的拱形伞冠，罩在青灰色的马路上方，形成绿色的长廊。走在这条街上，夏天太阳怎么毒都不觉得晒，下小雨淋不湿衣服。这条街的两端竖着禁止运货车和牛马车通行的牌子，每到下午6点左右，街上荷枪的流动哨就在黄河路上开始巡逻了。这条街有很多诨号：有雅的，譬如叫"小中南海"；有刺耳的，譬如叫"贵族区"；最为混账的是称这里为"巢穴"，是"牛鬼蛇神巢穴"的缩写。"文化大革命"年月里，这条街上的每一户都是"够杠"的"走资派"。问题是，事情过去这么多年了，这诨名仍然在民间流传。去年9月份，我去送一个客人，回来时，车子坏了，我的司机非要打电话向机关车队要车，我见车站广场上出租轿车排成队，很方便，就雇了一辆。我一上车，那小司机打了声口哨，眼睛在我肥胖的肚子上扫了一下，懒洋洋地问："哪儿去呀？"我说："到黄河路。""噢，住'巢穴'呀！"小青年揶揄地朝我挤挤眼睛，说："我一搭眼就看着像嘛。喂，当官的，不坐您的专车，不担心遇刺什么的吗？"我当时真是憋了一肚子气。

冷静下来想一想，这条路两侧的住户确实太特殊了点儿，高干都集中在这里，怎么能不引人注目？黄河路大约3里长，两侧坐落着50多栋花园洋房，多数是日式的，也有几栋是俄式的、德式的。凭良心说，在我们这茬人执政的几十年里，只在黄河路住宅的缝隙里加盖了两栋新楼，其余的全是"捡洋落儿"。日伪时期，这条街戒备森严，一般行人往这条街望一眼都要挨警棍的，更不要说在街上行走了。那时，街两侧全是日本关东军司令部将级以上官员的住宅。"光复"以后，这里又成了国民党要员们和新一军、新七军高级将领的住宅。解放以后，省委常委以上、副省长以上，以及市委几个主要领导干部住到了这条街上。我永远忘不了1970年秋天的情景，也是刚刚立秋，天下着牛毛细雨，比现在冷多了，白果树叶子也比今年落得早，满地枯叶在风雨中翻动。那是黄河路落难的日子，一户给一台嘎斯汽车或者解放牌汽车，人走家搬，一律送到青峰五七干校去。我们这些老家伙，十有七八是从延安过来的，念过抗大、进过分校的人更多，谁不把抗大校歌当成心中最神圣的歌？可是你听押送我的那个红卫兵怎么唱的，他披一件军用雨斗，站在车梯板上，皮鞭子有节奏地抽打着挡泥板，唱着："黄河之滨，集合着一群走资本主义道路的牛鬼蛇神……"

林荫路上，白果树下，已经有人影了，晃晃悠悠的，蹒跚的，打太极拳的，拄着手杖仰脸看树上雀儿打架的……这些人好可怜，他们的内心一定是又空虚，又苦闷。我每天早晨都能碰上这些人，除非走了碰头，不到万不得已，我尽量避免同他们交谈。有什么好谈的？谈国家大事，他们没兴趣；谈"今天天气哈哈"，我感到无聊；在一起感怀旧事，徒生烦恼；你一句我一句地发牢骚，不该是我们这些人所干的事。他们这些人，从前可都是主宰过这个省、这个市许多要害部门的要人啊！虽然同他们一样了，离开了权力的椅子，我却不愿与他们为伍。我时刻都在提醒自己，我怕自己也陷进那潭死水里，那可真的要长青苔，要发臭了。我羡慕他们的安闲、自得，我嫉妒他们的泰然自乐，我却又过不来他们这种日子，真的，一天也过不了。哄孙子、钓鱼、养花喂鸟，有滋有味地向别人饶舌，千百次地重复自己过五关斩六将的往事，泡在回忆的浴盆里寻求舒服，或者凑到一起骂着"世风日下""一代不如一代"，言必称"我们那时候"……叫青年人称为"九斤老太"。我觉得这种日子不是我过得来的，我似乎应当有更重要的事要干，人家不是说我不会生活了吗？我相信我能找到新的生活、新的节奏、新的乐趣。

东院刘副省长过来了，推着白篷小童车，手里摇着咚咚鼓在逗孙子。我照例同他打打招呼便擦肩而过。他这人，没退休的时候就这样，下了班第一件事是跑幼儿园，把孙子、外孙子领回一大帮。这个在他大襟上尿泡尿，那个拉过屎撅着屁股叫他揩腚，他像老太婆一样有耐心，毫不厌烦，总是那么笑呵呵的，天晓得他为什么这么喜欢孩子！这不，刘副省长离了休，可有事干了，黄山幼儿园聘请他当"顾问"，他居然答应了，而且煞有介事地把聘书拿给我看。

我烦孩子！我那一大群孙子、孙女在我面前都像避猫鼠似的。我偶尔觉得寂寞了，想拉过一个亲亲，总是拎着棒子叫狗一样，越叫越远。

至于写回忆录，也惹我反感。很明显，人一退休，他们就估量你离进火葬场不远了，于是赶紧来"挖宝"。记得那是我办了离休手续当天，午后刚开完"老干部离休座谈会"，晚上党史征集办公室的几个人就盯上我了，软磨硬泡，逼着我写回忆录。我火了，没给他们好脸，骂得他们脸一阵红一阵白。我说："你们不是怕我把回忆录带到棺材里吗？你们不用咒我，越咒越能活，我早着呢，到90岁再写也不晚！你们俩今年多大了？不到50吧？那好，你们70岁时来找我吧！"我当时开心极了，为我自己的幽默而自得。也挺有效，这两位尴尬地逃出我家门以后，两个月没再敢登我门。我知道，这俩家伙在省委第一书记那里告了我一状，上个月在政协茶话会上，郭晴川不是骂过我了吗："你这家伙，向底下的人发什么邪火？有火冲我来嘛！"我有点儿后悔，想找个机会向党史征集办公室的那两个人道个歉，可一直没机会。

这也看不惯，那也干不来，我到底能干点儿什么呢？

我几乎天天早晚散步时都向自己提出这个问题。我苦恼，我更知道全家人都跟着我苦恼。远在外地工作的大儿子李克勤是医生，他曾经向全家人宣布："如果不尽快使爸爸有所寄托，他会精神失常的，现在就有轻度忧郁症的征兆了，烦躁，反复无常……这都是表征。"

这是小女儿晚玉偷着告诉我的。我只是苦笑一下，一笑了之。

我知道，他们正和我的一些老伙伴合作，想用各种各样的事物吸引我，使我产生兴趣，逼我就范。他们只能是枉费心思！你想啊，他们的把戏没等操演，就被我看破了，还能吸引我什么呢？

我已经走出黄河路的西口了，一下子像走到了另一个世界，市声鼎沸，好一个热闹的农贸市场！

每天早上我走到这里便要止步了，我不管买菜，也无心逛菜市场。

正在我犹豫着想要转身往回走的时候，有谁叫了我一声："李书记！"

说实在的，这叫声很低，在喧闹的市声中更显得微乎其微，可我还是听得很真切。我转过头来，看见左侧路旁西瓜摊子前站着一个干瘦的老头，左胳膊上挎着个柳条篮子，右手牵着一个七八岁的小女孩。我细细打量着这老头，觉得挺面熟，却又一时想不起来他是谁。他个子不高，穿一身三紧帆布工作服，留着光头，头发楂子白的多，黑的少，看样子他是从事体力劳动的，不像我这么虚胖，脸像紫铜雕出来的，不用问，有着一口好牙。他刚买了一穗烤苞米，一掰两半儿，孙女啃一半儿，他啃另一半儿，啃得有滋有味。

"不认识我了？"这老头见我一时想不起来，就笑了，捅了孙女一下，"小玲，快叫李爷爷。"

叫小玲的小女孩仰起沾着玉米皮子的小脸，脆生生地叫了声："李爷爷！"

我伸手捏了捏小玲的脸蛋，问老头："这是你孙女？我可是不敢认你了呀！"

老头一点儿不见怪，他宽厚地一笑，说："你多忙啊！见到的人千千万，哪能个个过目不忘？"

谢天谢地，他总算没有说那句"贵人多忘事"，我最怕别人拿这句话来刺激我。

"你住这附近？"我试探着问。

"不远，在后趟街。"老头说，"站在我家院里，跷起脚来，能看见你家后窗户。"

我的心咯噔一沉，莫不是老高头？对了，叫高在榜的老头，柴油机厂的老钳工。我跟他见过几面，都是在匆忙中，心绪也不好，他没给我留下什么印象，倒是张茹活着的时候常提到高在榜老头。我记得张茹跟我商量过，给过老高头 1000 元钱。我也记得，张茹有好几次翻箱倒柜，把孩子们穿剩下的衣服挑拣出来，包成一大包，绕到后街送给老高家。据张茹说，老高家人口多，8 张嘴指着他一双手挣钱养活，孩子冬天都穿不上棉鞋。

　　我当然不能提送钱送衣服的往事，我只能谢他。我说："我想起来了，是你这好心人，把我的孩子们收留起来，没让他们流落街头。"

　　"看你说哪儿去了！"老高头说，"这么说不是见外了吗？一个羊是赶，两个羊是放，一群羊放起来倒省事。哈，只是那年头我日子过得不宽裕，上顿苞米面糊糊，下顿苞米面饼子，小葱蘸大酱，吃块豆腐算是过节了，苦着你家的孩子了……"

　　他这么一说，我的心里不好受极了。当年，我和张茹在同一天被送进了隔离室，那时两个大儿子全在外地读书，家里两个小孩子在保姆走了以后，连饭都吃不上。我们家又被征用，成了"机关红色造反者总部"，两个孩子被赶出家门，眼看要过沿街乞讨的日子了，与我们只有一墙之隔，却从来没半点儿来往的老高头把孩子收留起来了。

　　我对高在榜说："快别这样说了。你怎么不到我家去串门呀！咱们是街坊邻居嘛。"

　　"你家屋里的在世时，她也这么说过。"高在榜说，"我不乐意拐到黄河路去，我这身打扮，扛枪的就不拿好眼睛看我，何苦呢！再说，也没什么大事，我知道你们一天从早忙到晚，恨不能晚上再挂起个太阳来，咱不忍心打扰。说真的，我常常看见乡下来上访的人，扛个破行李卷儿，领着孩子，站在黄河路口上央告着，被值勤兵轰来轰去，我真可怜他们。有时我又可怜你们这些当官的，半夜三更，一帮上访的人在人家门外号丧似的大哭大叫，也真不像话。从前官府里当差的，不到升堂时辰还不出堂呢！哪兴跑到家里堵门口喊冤的！"

看来高在榜很健谈，而且挺有意思，我心想：没退休时怎么没想到结交他呢？这种人是最了解底层情况的。我记得，有一次张茹提过，希望我陪她一起绕到后街淮河路去，到高家去"小坐一会儿"，送点钱，还还人情。我不是不想去，那天碰巧有一件缠手的事，常委会上吵了个一塌糊涂，我是憋了一肚子气回家的，心里发烦，就没好气地说："你去还不够规格吗？你是市委宣传部副部长，正经的地师级，还非要我去不可吗？"我看见，张茹的泪水就在眼圈里打转，她委屈极了，她没有再坚持，就扯着大女儿墨玉和小女儿晚玉的手走了。我当时并没有觉得自己有什么不对。本来张茹提议给高家送去 500 元，我觉得在这种事上应当大方点儿，那几天正好家里有钱，刚刚补发了几千块钱扣发的工资，我就顺手拿了 1000 元的一捆扔给了张茹。我为自己在儿女们面前的大方而得意，看看你们的爸爸为人如何！我们一家人不是嘲笑过西院于秘书长家吗？他们给辞退的保姆寄最后一个月的工钱，本来月工资是 30 元，可是实寄 29 元 7 角，那 3 角钱是扣掉的邮费。这事，是黄河路邮局传出来的，这类事瞒不住他们。拿 3 毛钱与 1000 元来比，我够得上疏财仗义了吧？

然而，说真的，我的豪举并没有从妻子那里得到应有的反应。她带着孩子、携了款离家时，神色黯然，好像受了委屈的小媳妇回娘家一样。可惜当时我根本没往心里去，事后也没有再想。

我见过高在榜吗？见过，那是在散步的时候。张茹活着的时候，我们常在夕阳西下的时候出去走半个小时，从黄河路东口出去，绕过与黄河路平行的淮河路，再从黄河路西口绕回来。有一回，在高在榜家门口遇到了这老头，我记得他是光着脊梁在干活呢。把煤粉掺上黄泥，用水和起来，拍成大大小小的煤饼，贴在马路边上晾干，冬天用来取暖。我记得，张茹向我热情地介绍了高在榜。握手了吗？没有。他把手缩回去了，他说"满手黑煤面的，太脏"。我问了他一些什么，今天都记不起来了，但肯定问过他："干吗不买点儿块煤？那不是省得这么麻烦吗？"我记得张茹偷偷用手捅了我一下，大概是怪我问得不得体吧。是呀，高在榜的回答，不是足以叫我这市委书记难堪的吗？他说："有块煤，谁乐意烧煤面子呀！可啥煤啥价钱哪！一级大块，如今30多元一吨了，煤面子才10块钱一吨，再掺300斤黄土，只顶7块钱一吨，穷有穷招呗……"我当时脸红了，打了几句哈哈，就过去了。

见我陷入了沉思，高在榜笑眯眯地问我："听说，您也……退下来了？这不是谎信儿吧？"

我说："是真的，我是主动退的。"见鬼，干吗要补上最后一句？不是多余吗？

好在高在榜没有在意，他说："这是潮流，您别……往心里去，得多保重啊！从前，你们这些人不同于老百姓，肩膀上挑着千家万户的事……如今冷丁一卸下去，别闪着喽……"

我的心里好热啊，眼睛也酸了，差点儿没掉下眼泪来。想不到，一个过去距离我极为遥远的人，现在竟这么贴心。这些话，我就没从我的子女们口中听到过，我永远是他们的对立面，是他们心目中的"正统偶像"，是他们嘲讽的对象。晚玉是最疼我的了，我对她有点儿偏爱，可她也给我起外号，当着我面，向她艺术学院的同学们介绍我，说："这是我们家的老八路同志！"引得那些穿着奇装异服的未来艺术家们一阵大笑，像笑一个乡巴佬儿。

我油然记起了张茹死前对我说的话。那几天她感到不好，几乎每天都发心绞痛，从住院那天起，就没离开过观察室，一直是特级护理。那天，我去看她，她勉强倚坐着，拉着我的手，说："……孩子都大了，我没有什么操心的了。我的命还算不错，能活 58 岁，也不算夭折短寿了。"她说这话时，眼泪在眼眶里打转转。她轻轻叹口气说："我只是不放心你呀！你这人，像一张紧绷着的弓，这没事；只怕放松，一松下来，可容易折断。我怕你明年一旦离休，你怎么生活……"

我安慰她说："瞧你说的，我都六十好几岁的人了，还要你操这个心？你别往窄处想。再说，咱有一大帮孩子呢！"

张茹有气无力地笑了，她说："孩子，你怕是指望不上啊！叫代沟也好，叫隔膜也罢，你和他们有多少共同语言？你平时对他们除了训斥就是批评，他们又惧你又不服你。我活着，我能在你们中间缓冲一下；我走了，你会变得孤独起来的。老年人最怕的就是孤独啊！"

张茹是掉着眼泪说这些话的。我当时无可无不可地听着，没怎么走心。张茹的担心不是没有道理的，一年过去了，她所担忧的一切，正在一件一件地变成事实，这使我格外想念张茹，上个月我竟一连三次跑到凤吟岭革命公墓去，坐在张茹的骨灰盒前，一坐就是半天。为这事，二儿子克俭专门写信给大哥克勤，叫他火速赶回来。那天，大儿子克勤曾经召集过除我而外的紧急家庭会议，他们无疑把我往精神分裂的路上推呢！那天，克勤请来一位和他年龄差不多的医生，说要给我看看病。这医生很怪，光跟我谈东扯西，观察我的反应，却并不听心肺，也不量血压。我火了，站起身来，问他："你是精神科大夫，对不对？"在他张口结舌的时候，我拂袖而去。我真想抢起手杖打克勤一顿出出气！好你个鬼东西，竟然以为你老子是疯子了！

其实，那根漂亮的手杖，我只用了两天，就送给原来的政协副主席徐日和了。他患了脑血栓，左半身失灵，抢救过来虽然勉强能走路，却离不开拐棍。他乐得不得了。敢情嘛，那是一根上好的枣木手杖，雕着龙头、凤尾，尖端箍着好看的铜箍。这是大女婿特地从济南给我买来的礼物呢！在全家人夸奖这根手杖时，我也爱不释手，当场拄着它在客厅里走了几个来回，儿女们都说"很有派"。

可是，我很快就醒过腔来了。拄上拐棍，这不是衰老的象征吗？派个屁！

还是张茹说得对呀！孩子们和我之间隔着一条看不见的鸿沟，他们不理解我的内心，不了解我的欢乐与苦恼，我对他们也知道得太少了。

我不由得想起了张茹向我推荐的高在榜老头。也是那一天，她拉着我的手，说："将来，你闷了，去找后墙外的老高头吧！他会教给你许多东西，真的，你记住我的话吧。在我们被打下地狱的时候，他站出来了；在我们回到天堂时，他远远躲开了。

他一次都没有求过我们，你知道吗？他有 4 个孩子，3 个待业，可他没有张过口。"

我承认，像高在榜这样的人，是好人。但是他会成为我晚年相濡以沫的伙伴吗？我总觉得这是张茹的偏见，我们的经历、教养、爱好相距太远了。

今天猝然见到高在榜，我不由得用张茹的话来衡量他，我仍然没法认定我会倒向他。

"你看市场多热闹，不去看看？"高在榜对我说，"你看，那个挑着'西域回回'幌的席棚小铺，做一手好烧卖，酱牛肉味也正。我天天早饭不在家吃，喝碗豆腐脑儿，吃一块切糕啊，再不来一碗馄饨，吃两个烧饼，热热乎乎下肚，家里哪有这么方便？走啊！"

我身不由己地随他钻进了人海。

我的头立刻要炸开了。油锅在冒蓝烟，油条、油炸糕在滚开的油锅里翻上翻下。卖锅烙的把铁锅敲得叮当响，卖烤鱼的把鱼烤得嗞嗞冒油，卖豆腐脑儿的小伙子怪模怪样地吆喝着"豆腐脑儿——热咧"，卖烧鸡的老汉简直快把油渍渍的烧鸡凑到我鼻子底下了。

我可是从来没有在这种地方吃过饭啊！像那些练完剑术夹着生铝剑蹲在摊床前喝豆浆、大嚼油条的退休老人一样？像那些坐在条凳上一边天南海北扯着市井闲话，一边吃着烫嘴的馄饨的人一样？

我不是不可以一试，但我总觉得这不是我的生活，这种生活方式也许是属于高在榜他们的呀！

我是米字格里的老帅?

看着高在榜蹲在豆腐脑儿挑子旁喝着又白又嫩的豆腐脑儿,我真有点儿馋。他不断地往豆腐脑儿碗里滴辣椒油,加蒜酱,喝得脑门子都冒出汗珠了。我有好几年没吃过豆腐脑儿了,多加点儿辛辣佐料一定很开胃的。

大概高在榜看出我动心了,就冲我嘿嘿一乐,说:"来一碗吧?我请客。"他不等我答应,就冲扎着白麻布围裙的卖主说:"喂,掌柜的,再来一碗,把碗刷净一点儿。"

掌柜的脆快地答应一声,从刷碗盆里捞出一个碗来,在围裙上抹蹭一圈儿,算是"刷净一点儿"。他正拿起扁铲子去打豆腐脑儿,我也差不多要蹲下来时,我突然看见了几个熟人。那个穿米色猎装的不是市委办公室的小胡吗?他身后那个穿尼龙绸衣服的不是小胡的老婆小郑吗?我觉得耳根子后头呼一下子热起来,像干了什么丑事见不得人一样,向高在榜说了声"我不想吃",就匆匆忙忙挤出了人群。

当农贸市场的喧嚣声浪渐渐远了的时候,我又有点儿后悔。怕什么呢?还是放不下来架子?蹲在农贸市场里喝一碗豆腐脑儿有什么丢人的?大不了小胡夫妻在机关里绘声绘色地演讲一番,讲离了休的市委书记如何失去了尊严,挤到小食摊前喝豆腐脑儿……这有什么!我暗自下了决心:明天早上一定再来一次,痛痛快快地喝一碗豆腐脑儿,说不定还要吃二两刚出屉的羊肉烧卖呢!

我没有从原路回家,想从淮河路穿过去,刚走到街口,发现那里在翻修马路，轧道车、铲车横在道上，石子、沙子和砌马路牙子的青石条堆得像小山一样。

我正打算回转身时，听见前面不远的地方有人在吵架，围了好些人，不知出了什么事情。

我一时动了好奇心，背着手走过去。我从前可没有这样的闲情逸致，时间也不允许，凡是遇到打架或交通肇事时，我的司机一定掉转车头绕道行驶，我不可能走下车以普通老百姓的身份去看热闹，有多少大事等着我去处理呢！市委书记毕竟不是交通民警，不是民事纠纷调解员。

现在就不同了，我和任何一个看热闹的人没什么两样，我站在人群后头，完全是旁观者，可以不去考虑什么政策界限，可以随时随地发表见解，错了也不打紧，周围的人会像对待梦话、疯话一样对待我的议论。我不再担心"一言九鼎"的苦恼，当然也就没有了"一言九鼎"的喜悦，我自由多了，说话再不要反复考虑方式、方法、分寸、态度。

我既听吵架双方的争执，也留心听旁观者的评论，我很快弄清了，纠纷的焦点在于一户居民的"违章建筑"。这户人家原有住房不够用，就在房前接了一个大约3间的小厦子，从前它虽然碍眼，却还不妨碍交通，这次翻修淮河路，加宽6米路面，这小厦子就有一半暴露在马路上了，不用问，市政维修队会以城建局的名义令这个住户限期拆除，不用问，这户居民是那种滚刀肉式的"钉子户"。我去年签署的市政府的文件规定，这类堵塞消防通道、阻碍交通、影响市容的"违章建筑"，要在限期内一律拆除，毫不客气。

　　问题是房主口气很硬，而且居民组的人有好多站在他那边，据说城建局两次开来推土机，想要强行推倒这个小厦子，可都没敢动手。房主一家 7 口人，老老少少一看见推土机开来，便一齐躺到小厦子前，死活不肯起来。

　　我一打听才闹明白，房主这样有恃无恐，因为他手里有一张王牌，他那小厦子居然有"房照"，上面盖着市房地产局的大印，房主还缴纳过 200 元的地皮税。这确实有点儿让人头疼了，有了这张王牌，你就是到哪儿打官司，你都得承认，这小厦子不能视为"违章建筑"，它是经过主管局正式批准建造的。那么，城建局只能同房主协商解决了，既要给人家解决住房，又要适当地赔偿损失。

　　我以为，这是不难解决的，用得着这样兴师动众、大吵大闹吗?

　　城建局方面是在搞人海战术。十好几个人，都戴着红袖标，声嘶力竭地吵着，恫吓着。我听站在轧路车上歪戴巴拿马草帽的人说："你那张房照不算数! 那是 1975 年的房照，那是'四人帮'时候办的，今天就是要彻底否定'文化大革命'!"

　　房主一点儿都不示弱，这个三十八九岁的工人，敞着怀，手里拎着一把十字镐，不紧不慢地说:"嘿，你小子挺会时髦啊! 你们城建局的 6 层办公楼，可也是 1974 年盖的，好嘛，彻底否定'文化大革命'，你们拆了大楼，我就拆小厦子，看哪个孙子说话不算数!"

　　人群里爆出一阵哄堂大笑声。

　　我又忘记了我是一般的看热闹的人了。我费了好大力气才挤到争斗双方的"前沿阵地",我点点头,对那个讲话讲得口角冒白沫的"巴拿马草帽"说:"你过来一下。"我看他像这伙人当中的头头,或者是个科长,或者是个施工队长,我看得出,其余的人是根据他的眼色行事的。

这个歪戴巴拿马草帽的人正在点烟,我见他抽的是黄盒的有玻璃纸的人参烟,1块3角5分一盒。他明明看见我在叫他,却理都没理我,转过头去,喷了一口浓烟,对房主说:"我告诉你说,打击刑事犯罪的第二个高潮可正在浪头上,你活腻了说一声……"

这叫什么话!可想而知,这几句话又引起了一阵混战,当然是嘴仗,可这剑拔弩张的局面持续下去,很可能导致动手。我对那个歪戴帽子的人很反感,就提高了嗓音喊起来:"你过来,我叫你呢!"

大概我的脸色很难看,大概我身上的市委书记的气质还没有消失,那小子眨眨眼,从轧路车上跳下来,走到我面前,低声下气地问我:"首长,您是……"

一听他叫我首长,房主一家人马上把我围住了,吵嚷着请求政府做主,吵得我耳根子嗡嗡响,什么都听不见了。

我摆摆手,对城建局的人说:"我不是什么首长,我看你们这么吵下去,不是解决问题的办法,还是请有关部门出面,坐下来谈谈。"

看得出,"巴拿马草帽"是个很有眼力也很有直观经验的人,他一定从我的几句话里品出了滋味:我不是掌着实权的人。是呀,口气不一样,也许气度也不一样。我试想了一下,我如果还坐在市委书记的位置上，而不是像现在这样，以管闲事的姿态出现的话，我的话会说得像温暾水一样吗？我肯定这样措辞："你们赶快回去，这样同老百姓吵，成什么样子！七点半，叫你们城建局长到市委去，就说李赞找他。"

只消这样短短的几句就够了！只要不是傻瓜，就会无条件服从。可现在，我到底不是市委书记了，我能用这样强硬、果断的语气讲话吗？不能。不能的后果呢，是惹了一肚子闲气。

"巴拿马草帽"嘴角上叼着香烟屁股，丝丝缕缕的烟雾熏得他眯起左眼。他把两手叉在腰间，身子故意摇晃着，用不屑的眼光看着我，说："你他妈还在我面前冒充首长！我早看你不像，别跑这儿狗拿耗子多管闲事了！小心我告你个妨碍执行公务罪！去吧，别看你吃这么胖，八成是厨子吧！哈哈，饿死的厨子300斤啊！"

接下去是一片轻蔑的笑声。

我气得全身都抖成一团了，却一句话都说不出来。可以说，我这一辈子都没有受过这种人格上的侮辱。我几乎没有这样的记忆。家里人也好，外面的人也好，同我谈话都不可避免地带有请示的性质，他们都是被我支配的对象，或者把"支配"换成"领导"也行。我倒是常发脾气的，跺脚、拍桌子、骂娘，乃至用自以为很幽默的语言来挖苦别人……这么多年来，我差不多忘记了人格的价值和尊重人格的必要。

今天，在我伤心地退出人圈的时候，我才忽然醒悟，从前，我的人格是包在官阶的甲胄中的，或者说官阶本身就是甲胄。只要别人的利器不能刺破我身上的坚甲利胄，我的人格、自尊就永远没有受到一丝一毫伤害的可能。而今呢，我脱去了这个保护层，我立刻受到了恶语的中伤。

我决定回到家里就给城建局局长挂电话，不是为了出气，而是为了淮河路不应有的混乱，修一条马路都要这样扯皮，这还像话吗？

早上什么东西都没下肚，却被气饱了，我的脸色一定很难看，路上不断地有人瞥我一眼。

别人怎么那样开朗呢？他们反倒比我要幸福？他们的退休金会比我多？肯定不会，可他们确实是幸福的，那无法掩饰的幸福感简直溢于言表。

你看迎面过来的老太婆，短发捋得发亮，罩着网罩，带大襟的白布衫外，套一件差不多长达膝盖的毛线外套，是黑色的，显出她很有风度，看样子退休前是个处级干部，不会再低；看年龄，不会超过 60 岁，可能是"天亮前"干部，也许是东北"光复"后第一批参加土改的小知识分子，说不定也是个小学教员出身，和张茹一样的经历！她多么幸福啊，推着一辆很精巧的带篷的小童车，车里面坐着一个一周岁左右的小男孩，抱着一个很大的黄元帅苹果。她是孩子的奶奶呢，还是姥姥？这就很难一下子分清了。她推着童车悠悠然地走在人行道上，不时地哈下腰同孩子对话，她说了些什么听不清，也许全是些哄孩子的废话，可是生活中哪能都是字字千金的正经话呢！

这老太太是推着孩子兜圈子呢，还是把孩子往幼儿园送？一天送一次，还是 7 天送一次？

我也有这么大的孙子、外孙子，我能像这个退休的女干部一样，悠然自得地推着童车接送孩子吗？一个离任的市委书记这么干，叫不叫意志衰退？"回家抱孙子去吧！"这是机关里的人用来诅咒"老朽"们的一句话，平时是很令老年干部反感的。普通工人、农民或是一般干部，年过花甲，把操劳了一世的筋骨放松一下，以哄孩子为乐事，这是极为正常的。可是我不能过这样的日子，这不是我的生活。

那两个老头看来也是很幸福的。他们可能刚在农贸市场上喝完牛奶、豆浆吧，还打着饱嗝呢！看他们的装束、气质，我可以断定，他们是退休工人，你看手多大，像小管笊，你看手指头有多粗壮，像5根老胡萝卜！这两个老头每人拎一个鸟笼子，刚刚揭去布罩子，都把鸟笼子挂在街心花园树丫上，笼子里的画眉振振翅膀，好像为了给主人长脸似的，马上比赛着一声比一声响亮地叫起来，叫得两个老头脸上的皱纹都笑开了。人越围越多，问什么的都有，他俩是那么自豪地告诉人家，这画眉如何通人性，如何珍贵，他们不厌其详地告诉人们，平时喂什么，下蛋时喂什么，怎样遛鸟，为什么要蒙布罩子……看他们的表情，好像养鸟是天下最大的学问，是天下最伟大的事业。

晚玉不是给我买了个漂亮的金属笼子吗？听说花掉三十多元钱。大儿子从北京弄来一对鹦鹉，他们哥几个试图用这个来诱惑我，他们太不了解他们的父亲了！当然，我不会僵化到认为养鸟是"玩物丧志"的地步，可是，一个退了休的市委书记，每天早晨托一个鸟笼子去逛街，成何体统？这使我想起从前画报上的玩鸟人形象：长袍、马褂，头戴有红疙瘩的瓜皮小帽，一脸无聊的笑，一身轻浮的劲，手上托着一个鸟笼子……这是有闲阶级干的事……啊，又走板了，能说眼前自得其乐的两个老工人是有闲阶级吗？他们为国家操劳了一世，晚年就是养老嘛，养养花，玩玩鸟，本来就无可厚非嘛！

然而，我清楚地知道，这不是我打发日子的方式。

嗬，这儿还有一伙，是围在街口路灯下的一群，他们在下棋。早晨有人下，晚上在路灯底下也有人下，好多退休工人都是这露天俱乐部的踊跃成员。我倒是挺喜欢下象棋的，我情不自禁地凑了过去。

哈，我一搭眼就看出，剃光了头的老兄要输，他剩下的有战斗力的兵马只有一车一炮，而棋迷们都知道，"单车滑炮"是没有指望赢棋的，至多寻求保存实力，争取和局。但秃头老兄毫不气馁，拧着灰白的眉毛思索着，拿起这个子儿想想，放下，再抓起另一个子儿思索，嘴里发出咝咝溜溜的吸气声，好像害了牙疼病。或站或蹲的观战者也全是老头，他们总是自然地站在弱者一方，一见秃头老兄走错棋，就打唉声，着急地呀呀直叫，仿佛是一群哑巴。即使他们什么也没有说，秃头的对手——有着两撇寸把长长寿眉的老头还是不时地弓起手指头在棋盘河界处敲敲，以示警告。我差点儿笑出声来，这帮老头子，真能恶作剧！一般来说，棋盘的河界处都是写有"楚汉相争，黄河为界"，谁想到，他们别出心裁，居然写上了这么一句："河边有草，多嘴是驴"！难怪那些观战的人急得呀呀乱叫，却不敢公开"支招"呢。

他们无疑是沉浸在幸福中的一群。他们仿佛是功臣！你看，秃头的孙子跑来了，给爷爷拿来一盒火柴、一盒烟，烟不坏，是"飞马"牌呢！长寿眉那位更绝了，似乎不赢这局棋，大有誓不生还的架势，他的小孙女居然端来一个茶盘，一杯热牛奶、两块甜点心，当然也有一盒烟，是"凤凰"牌的。

我真羡慕他们，他们只有一条肠子啊！设想一下，倘若有朝一日，我也坐到路边来与他们为伍，孩子们会送烟、送点心来吗？这似乎是不必怀疑的，也许比他们高级，还会有咖啡、巧克力。可我想，我会很快成为典型人物的。说不定我会成为哪一位记者的猎物，他会向中央报一份"内参"，标题我都替他拟好了——"街头棋盘新手"，副标题是"一个值得深思的现象"。

我想，这不是虚构，这种事情是很容易发生的。这个城市上千条街道、胡同，夏天的傍晚，在飞蛾、小虫云集飞翔的路灯底下，到处可见一伙又一伙下棋的人，人们不以为怪。这大概因为他们是工人。假如，有人发现，前任省委书记、市委书记、省长、副省长、军区司令员、政委，在退休后都跑到马路边上来下象棋、打扑克牌，那要不引起非议才见鬼呢！

我茫然地望着眼前的棋盘，横竖格子像坐标一样呈现在我面前。兵有兵的走法，车有车的走法，炮隔山打，马跳日，象走田，老将老帅是不能走出禁城的，每个棋子都有它自己的位置，每个棋子都有它固定不变的走法。人，像不像棋盘上的红黑棋子呢？有的人可能像兵卒，过了河只能一直朝前拱，不得后退；有的人可能天生是囿于禁区里的将帅，地位显赫，受人保护，却没有多少自由……

我很开心，我觉得我自己的譬喻是很富于文学色彩的。我感到，我就是困在米字格方框里的将帅，那四四方方的框子就是高墙，就是不可逾越的城堡，我是不能和他们一个样子的。

我长叹一声，离开了棋迷们。

我是"特级洪峰"？

高在榜喝完一碗豆腐脑儿，领着小孙女往家走了，小孙女又在啃吃香瓜了。我也打算同高在榜一起转回去。

高在榜的胡子上还沾着一滴豆腐脑儿。我指指他的山羊胡子，老头会意，抬起衣袖在胡子上抹了几下，说："吃一碗热豆腐脑儿，挺舒服的，卤也不错，还有肉丁、黄花菜呢。嗨，方才你吃一碗就好了……是呀，在外边吃东西，是不太雅，我们这些人，习惯了；你若这么干，就有失身份了。"

高在榜说这话是好意，本意是给我台阶下，可我听起来特别不是滋味。什么叫"有失身份"？这不分明是挖苦人吗？可我又可以断定，老实厚道的高在榜绝不是存心要使我难堪。

我只好宽容点儿，冲他笑了笑。

我们刚要横过马路，突然一阵警车声从建国路南面传来。我扭过头望去，只见一长串卡车卷起很高的烟柱冲过来，开路的是公安局的警车，装在汽车篷上深紫色的旋转灯一面高速回旋着，一面发出高频率的、叫人心惊肉跳的叫声。我看见卡车里装的全是防汛物资，麻袋、草包、木料、土篮、扁担。这些车都是向江沿开去的。

要发洪水！我马上意识到了这一点。是呀，你怎么会没有估计到这一点呢？一连下了这么多天雨，江水能不暴涨吗？若是往年，从早到晚，气象台、水文站、防汛指挥部的电话都要同我保持着联系。可今年，我连降雨量都不清楚！

我听高在榜说："居委会都动员了，听说今年水挺大。"

我下意识地"哦"了一声。

旁边有一个老太太说："也许不怕，天晴了。"

我抬头望望天，确实晴得挺利索，连云彩毛也不见。不过我知道，这座城市江水水位高低，并不全取决于本市的降雨量。只要上游连降大雨，江水就会持续上涨，那下游就解除不了险象。

"听说明后天还有雨。"有人说。

"听说今年的水量比 1956 年大得多呢！"

"1956 年多亏市委书记李赞了，他是有名的'大禹'呢！可惜他离休了！"

"也不知今年谁是总指挥。"说话人带有几分怀旧心理。

我的心热乎乎的，这是我今天早晨出来最激动的一刻。我并没有像一粒灰尘那样在人间消失，总还有人不时地记起我。

我看见，在有人提到我过去的功绩时，高在榜有意无意地瞥了我一眼，我真怕他当众指出我就是李赞，那可够无聊的了！

我突然觉得，我肩膀上还有分量！我怎么能同这些人一起瞎议论呢？我可不是旁观者，这和下棋观战不一样。

我向高在榜说了声"你先回去，我还有事"，然后就向市政府方向走。走了几步，我冷丁想起来，省防汛指挥部历来不设在政府大楼，而是在花园路尽头花园广场那里，是和省水利厅合署办公。

我多少有点儿犯愁，从这里到花园广场，少说有七八里路，若凭两条腿，一个多小时未必能走到。

我决定向机关车队要车。按规定，我和离休的屈副市长两个人是有一辆车的，只不过没事我从来不用就是了。

我跑到附近一家狗肉馆去，好说歹说，人家才答应我使用人家贴了"概不外借"纸条的电话。我握着沾有狗毛、散发着狗肉土腥气息的耳机子，挂了足有10分钟，才算挂通了机关车队，我的司机不在，据值班员说，昨天开车出去没有回来。我想，大概是屈副市长有事开走了吧。我真不该犹豫，既然我的车不在，我理直气壮地跟值班员再要一辆来接我不就完了吗？稍慢了几分钟，人家早把电话挂断了。有心再重新拨号吧，我自己都打怵了，接近上班时间，电话占线占得厉害，狗肉馆的掌勺师傅已经不耐烦地溜了我好几眼了。

我一筹莫展地走出狗肉馆，长长叹了口气。我想起旧书上写的"伍子胥过昭关"，大概就是这滋味吧？从前，我无论走到哪儿，总有一辆车在屁股后头跟着，若说司机始终得守在车里未免过分，反正车子等人是真的。

我想坐公共汽车，却不知道怎样走法。我一连问了好几个人，最后还是一个小学生讲得最明白，他说："老爷爷要上花园广场吗？您从这儿往前走，走100米，看见那个广告牌了吗？对，就是画着阿童木拿着电子计算机的那个广告牌。在广告牌对面，您坐 14 路公共汽车，坐 3 站，到先锋站下车，拐进象牙胡同，从胡同北口穿出去，在玫瑰花店门前换乘 54 路无轨电车，坐 4 站。花 9 分钱票，您就到花园广场了。"

我可犯了愁了，他说了这么一大堆，我根本没记住。我觉得我成了废物，我成了离了拐棍就倒的人。我在这个大城市里住了三十几年，当了二十几年的市委书记，连路都认不得！

见我发愁，那个小男孩仰脸问我："老爷爷，您是从外地来的吧？"

"啊啊……"我不知道该怎样回答才好。我如果告诉小男孩，我曾是这个市的市委书记，他会不会笑掉大牙呢？

天无绝人之路，一个民警从我身旁走过去，又回过头来望了我一眼，他笑了，回身站住："是您呀？您在这儿干吗呢？"

我觉得这穿白制服的警察有几分眼熟，却又想不起来，就回答说："啊，没事，没事。"

民警说："李伯伯，我是宗新的儿子呀！我和克俭中学时是同学……"

我想起来了，他是市财贸办公室主任宗新的老三。我现在只好把他当成救星了，我说："要来洪峰，你听说没有？"

小宗说："我正要到江岸区去呢，动员低洼处的居民马上搬迁，好几千户，不好动员啊。"

我说："我正为这事，着急到防汛指挥部去，你能帮我一把吗？"

小宗不无惊奇地眨了眨眼，那意思好像在说："您还有什么事会求到我呢？"

我说："你能给我弄辆车吗？送到就行。"

小宗愣了一下，旋即哈哈大笑："李伯伯，想不到您为车子犯愁了！太不成样子了！市委书记离了休就马上不给车了？"

我急忙摆手："不是，不是……我的车碰巧出去了。"

小宗仍咬死理："干吗非指望一辆车？市委车队的车排成队，没您坐的？我找他们算账。"

他扭身就走，看样子要打电话。

这多没意思！我拉住了他的袖子，说："别为一点儿小事嚷嚷得满城风雨了，况且，这事确实怨不得人家。"

小宗鼻子哼了一声，说："那好吧，我来给您截辆车。"

"截车？"我有点儿不懂，生怕年轻人冒冒失失，借职权之便胡来。

小宗笑了笑，向马路当中迈了两步。一辆130运货车开过来，小宗让了过去。又一辆北京牌吉普车开过来，小宗右手向上一举，吉普车像收到了紧急制动信号一般，吱的一声来了个急刹车，车轮胎在水泥马路上擦出五六米长一条黑印迹。

小宗弯腰朝车里看看，后座上已有两个人，他皱皱眉头向司机挥挥手，吉普车开走了。小宗对我咕哝了一句："车太破。"一转眼，又拦住了一辆上海牌黑轿车，里面空无一人。车座子上蒙着长毛巾，挺干净。

小宗见司机把窗玻璃摇下探出头来，就问："环保局的，是不是？"

港衫胸前印着一只大鹰的司机忙赔笑脸："是，秦局长的车。"

小宗向我摆了摆手，示意我过来。同时，他对司机说："把他送到花园广场去。"

司机面有难色："哎呀……秦局长急着要上班呢……"他一边说一边溜我几眼，像是在判断我和秦局长哪个更重要一些。

小宗已经不容分说地拉开了左后车门。我摆摆手，不想坐，这不是有点儿强人所难吗？

司机已经默许了，而且他掏出"良友"牌香烟来，给了小宗一根。我心想，司机怕警察，也不至于怕到这种地步吧？

我刚关上车门，听小宗似笑非笑地对司机说："好好开啊！车里坐的是我叔叔！"

我吃了一惊，不知道小宗这是干什么，这不是没有必要的节外生枝吗？

但我再看司机，他对我立即肃然起敬了，同样递来一根"良友"牌香烟，我谢绝了。司机一面启动，一面对小宗用请示的口吻说："要不要再把老人家送回来呀？"

"问我叔叔吧。"小宗扬了扬手。

司机也竖起左手打了个招呼，嘴里道着"拜拜"。

我忍不住想乐，生活中有这么多相互依存、相互制约的事，我过去怎么不知道？

"我先把您送去。几点来接您？"司机问我。我从反光镜里看到他是一副耐心的笑脸。

我说："我办事长短没准儿，就不用你来接了。"

小伙子熟练地驾着车子，口里不停地打着口哨，吹的是张明敏最近在大陆唱红了的那支曲子《我的中国心》。

"你干吗那么听他的？"我问了这么一句。

"谁呀？"小伙子不打口哨了。

"警察呀！"我说，"他叫你捎人你就捎，你那么听话？"

小伙子狡黠地打了一声长口哨，向我一笑，说："我们是'老铁'，哥们儿嘛！"

我揭穿他说："可你根本不认识他。他姓啥，你知道吗？"

小伙子张口结舌了一会儿，又说："司机哪敢不认识警察？你不认识他，他可认识你车号！去年我吃了一回哑巴亏，可不那么犯傻了。"

"怎么个哑巴亏？"我问。

"说也不妨。"小伙子侧过脸来瞄我一眼，说，"反正警察里有好有孬，不都像您侄儿这么好。"

我差点儿乐出来。这小子真会顺情说好话。

他说："那是去年夏天，天下着小雨，我着急接局长下班回家，一个警察在百货大厦门口拦我车，非要我到十里堡去给他拉一个煤气罐不可。我心里挺来气，就推说有急任务，开走了。好，这下子得罪人家了，车号能捂着盖着吗？我整天提心吊胆，平时还敢喝两口啤酒，从那以后，我连格瓦斯都不敢沾了，生怕叫人家找了碴儿。隔了七天，我在解放大路叫那几个警察截了，硬说我违章鸣了笛。你知道，解放大路是不准鸣喇叭的。我又不是刚进城来的屯二迷糊、傻帽儿，我手发痒拿锥子扎几下，也不至于去按喇叭呀！可我拧不过他们，三个警察串通一气，一口咬定我鸣笛了，我有口难分辩，我骂了他们，不假，这下子更糟了，又加了一条'妨碍执行公务'，不但缴了驾驶执照、扣了车，还给我来了七天拘留，一天吃二两硬窝头，嘿，那滋味可不怎么好受！蹲拘留的当天晚上，一个警察拿警棍在我脑袋上敲了几下，笑嘻嘻地问我："喂，伙计，知不知道为啥进来呀？'我认出来了，他就是让我到十里堡去拉煤气罐的人。我还有啥不明白的？我马上跳起来，向他连连鞠躬，一口一个大哥地叫着，好汉不吃眼前亏呀……你说说，咱的饭碗子在警察手里攥着呢，敢不赔笑脸吗？"

我像听《十日谈》里许多荒诞的故事一样惊奇。我忽然想，若能返老还童，重新就任市委书记的话，我一定拿出一半的时间泡到群众底层中来，那我才叫"深入群众"。我不知道，现任的书记们知不知道这些事，要不要由我给他们提个醒？

司机把我送到花园广场，掉转车头开走了。我急忙去爬那九十多级台阶，等推开笨重的自由门来到大楼前厅时，已经满脑门子是汗了。

这里我熟悉极了，1956年和1970年两次大水灾时，我都是彻夜不眠地住在这座大楼里，我是这个城市抗洪抢险的总指挥。

我谁都不用问，就直奔三楼去了。历年来，总指挥办公室都设在三楼对着楼梯那间房子里。这原是一间大厅，后来改成里外两间，有落地大窗通着阳台，从阳台上可以眺望离这里二里地的江堤和白亮亮的大江。

看来今年的洪峰来势不小，我从走廊里、楼梯上穿梭般来往的人们脸上的表情就可以判断出来。

这里仿佛是另一个世界，这里似乎安装着一部快速运转的机器，而每个人身上也都安上了加速器，人们都默默地、急速地随着这部机器运转着。一些人捧着历年水文资料楼上楼下跑，一些人围在沿江详图旁争执着什么，另一些人在不停地摇电话，六七部电话机没有一部是闲着的。

我像碰上了火苗的炸药，立刻浑身上下燃烧起来，正积聚起巨大的能量，我在这里似乎找到了释放能量的场所。

我推开门往门口一站，好多人都掉过头来看我。有些面孔是生疏的，有些却是熟面孔，历年跟我搞防汛的人不会少，他们怎么会忘掉我呢？

人们惊讶过后，围上来了，问长问短，这个扶腰，那个拉胳膊，好像在搀扶一个去住院手术的垂危病人，好像稍不留心，我就会散架子似的。我嘴上不说，心里却十分反感、别扭。

一个戴黑色镜架近视镜的姑娘把我扶坐到靠窗的椅子上，又回身去倒水，没有多余的茶杯，她把她自己那只有塑料绳网套的杯子给我端了来。我还记得她叫于志坚，百分之百男孩子的名字。她是前年刚从水利学院毕业分配来的大学生，真正的工作单位是松辽水利委员会，可一到夏末秋初的汛期，她毫无例外地要被临时抽调来，她是汇总水文资料的一把好手。

"方才我们几个还叨咕呢！"于志坚笑吟吟地说，"大伙说，再也听不到老总指挥的粗嗓门了。可巧您又来了。"

我说："你不是说，我简单粗暴，吓人吧？"

于志坚乐了："那是真的。您知道我们背地里咋说吗？我们给您起了个外号，叫'特级洪峰'，您一来，我们就有人轻轻说一句：'特级洪峰到——'大家赶紧低头干自己的事，省得挨剋！"

周围的人，知道"特级洪峰"典故的和不知道的，都哈哈地笑起来。我也被她逗得大笑不止。真有趣，不当官了，我和他们之间的距离好像一下子拉近了，缩短了。他们背地给我起绰号，叫得人人皆知，只瞒住我一个人，多有意思！

于志坚问我："是听到洪峰到来的消息坐不住板凳了吧？"

我说："可不是。我有几句要紧的话要说。今年是谁挂帅？"

于志坚说："周晓波，周副市长。"

我多少有点儿放心了。这人也是学水利的，是60年代大学毕业生，提拔起来之前，他只是水利电力设计院一个研究室的主任工程师，他跟我一起勘察、设计过松峰水电站，有点儿水平，就是有点儿争强好胜，干事有点儿毛愣，不那么稳当。

我对于志坚说："去给我通报一下，我想见见你们的帅！"

于志坚放下手里的红蓝铅笔，嘻嘻一笑，说："这还不是随叫随到？他是您提拔起来的人啊！"

"这丫头，怎么能这么说。"我用手点了点小于的鼻子。她推开里屋的门进去了，随即又出来，对我噘噘鼻子，说："您先等会儿吧，我没敢说，省委郭书记他们都在，正开会。"

我有点儿不高兴。不就是郭晴川吗？他又怎么样？他若知道我来，还不主动叫我进去才怪！我欠欠屁股，刚想闯进里屋去，又怕弄得于志坚下不来台，也怕这群知识分子议论我"倚老卖老"，只好耐住性子等了一会儿。

在我接二连三催促下，于志坚才又悄悄推开门进去了，从里屋门缝里挤出一阵呛人的辣烟雾。

于志坚这次出来，对我点点头，说："他说知道了，他说请您稍等一会儿，他马上就出来。"

我心里愈感到不是滋味了。这小子，好大的架子！我又不是来求助、告借的，你把我当成上访告状的累赘了？照我想来，他一听说历任防汛总指挥的我到来，不马上迎出来，把人请进去才怪！难道在我面前，还有什么保密可言吗？

周晓波所说的"一会儿"足足过了半个钟头！我简直快要骂街了。如果不是感到在这一片忙碌紧张的气氛中骂街不太相宜，我真要冲口骂出难听的话了。大概于志坚也感到周晓波过于"势利眼"，过于冷淡我这"伯乐"了，她显得坐立不安，不断地向里屋房门那里张望，她唯一能做的就是不断地给我添茶水。她越添，我就越加恼火，大清早到现在，一口饭没下肚，却没完没了地叫我空肚子喝水，这是什么滋味！

又等了 10 分钟，我知道要坏事了：我的忍耐力已经到达极限了。我连招呼也没同于志坚打，径直朝里屋房门走去，用肩膀一顶，咚的一声把小会议室房门打开，嗬，闷了一屋子辣烟，呛得我快睁不开眼睛了。

大概我脸色十分难看，与会的人掉头看了我一眼之后，连郭晴川都离座站了起来。

我多少消了一点儿气，也不管门口的折叠椅是谁的座位，一屁股坐了下去。咦，怎么屁股底下湿漉漉的？我低头看看，椅子上全是汗水，再看看与会者，每个人的衣服都叫汗水浸透了，一台大吊扇虽然开着，却一点儿都不顶事。我的气又消了一些。人们正是忙得昏了头的时候，有谁还能顾得上礼貌周到呢？

大多数人只是同我点点头，寒暄一两句，又忙着去讨论方案了。只有周晓波绕过桌子，来到我跟前，两只胳膊肘子支在桌子上，说："我把您给忘了，您在外屋骂街了吧？您是不是为老干部参观团的事来的？原则上是可以同意的，但我个人意见，不应当人数太多，分期分批好些，一次 100 多人，人家接待有困难，咱们医生照顾起来也难周到。"

我说："你这是哪儿跟哪儿呀！火烧眉毛的时候，我会有闲心来找你办这种鸡毛蒜皮的事？"他这一说，我才想起这件事来。市里一批离休干部非要一起去桂林、深圳参观，市里有点儿异议，他们就找我来当后台，想让我到市委办公厅去"骂殿"。我倒是把出面张罗这件事的前市委组织部部长俞明歧骂了一通："你真想得出啊！出去旅游还搞大民主！"

我对周晓波说："我是为祁家屯那段江堤的事来的。那一段加固工程有问题，水泥标号较低，是薄弱环节，万一那里决了口子，咱们市的工业区可就全泡汤了！"

周晓波说："方才，我们重点讨论的就是加固祁家屯江堤的事。您说得太对了。"

我问："洪峰多大？"

周晓波说："按上游降水量推测，可能超过 1956 年。"

"要不要我上阵？"我冲口说了出来。

"等我支持不住了，去请您保驾。"周晓波用玩笑的口吻说了这一句，又转到桌子另一面，参与争执去了。

送烟的、递茶水的、送纸扇子的穿梭一样在我跟前走动，后来郭晴川又掏钱买了一方盘冰棍，人们又是把冰棍第一个送到我跟前来。

我是防汛指挥部最受尊重的座上客，人人对我客客气气，表现他们的充分优待。但是，我也是防汛指挥部大厅里唯一没用的人，没有人来问我什么，没有什么工作需要我插手，我想帮打字员印印《防汛战地小报》，还没等抓起油滚儿，早叫他们笑吟吟地夺回去了。

我又一次感到自己是多余的人。

我趁人们忙乱中不注意的当儿，悄悄溜出指挥部，在楼梯上呆立了一会儿，望着窗外远处在地平线那里滚动的一条黄色带子出神。我还是回家的好。

电话机曾是我的权杖吗？

我从防汛指挥部回到家里时，已经8点多钟了，一个早上一事无成，却惹了一肚子气。我发现，我无论走到哪儿都有气可生，真讨厌。也许还是家里好，上班的、上学的都走了，午间也不回来吃饭，整天安安静静，院子里空旷得像一座荒废了的古庙，金鹿是我唯一的伴儿。

一听见我的脚步声，金鹿像个芭蕾舞演员一样，脚步轻捷地从门里闪身出来，笑眯眯地倚在门旁，左腮上那个好看的酒窝显得特别深。

"表舅爷……"金鹿刚叫出来，大概马上想到了我的禁令，脸立刻涨得通红，结结巴巴地说，"我……不知道叫什么好……"

我也许太难为一个17岁的女孩子了！尽管听起来"表舅

爷"俗不可耐，令人浑身上下不舒服，可叫她改口称我"老李"，像省委书记郭晴川一样地称呼我，大概也太那个了，她叫不出口，我听起来也很别扭。

我只好宽厚地撤销禁令："叫什么，随你的便吧。"

金鹿眨了眨那对虽然不大却亮晶晶的眼睛，怯生生地对我说："喝粥呢，还是喝牛奶？"

这等于是问我吃中餐还是吃西餐。

我什么都不想吃，又怕这小丫头未完成使命唠叨起来没完，就说了个谎："你去吃吧，吃过你就收拾吧。我吃过了，在农贸市场吃了一碗豆腐脑儿。"

金鹿信了，却有点儿惊奇："您吃那玩意儿？"

"我为什么不能吃？"我更惊奇。

金鹿操着动听的奶腔笑着说："我寻思，那是我们乡下人吃的东西呢！早知您得意这一口，我早就给您做了，我会做豆腐脑儿，还会做老豆腐。"

"那你明儿早晨就做豆腐脑儿怎么样？"我说，"卤子要好一点儿，加点儿黑木耳、肉丁，多加点儿辣椒油、蒜酱。"

金鹿说："卤子里放点儿黄花菜味才鲜呢，黄蘑也中。"接着这丫头就打开了话匣子，从夏天在塔头甸子里采黄花菜讲起，讲到花骨朵晒干最好吃，而花瓣裂了嘴就走味了，她说街里卖的黄花菜都不是纯货；接着，她又讲到了夏天里大草甸子里的兰草花、狗尾巴花，讲立秋时怎样割乌拉草，怎样用木槌子捶软它们，讲冬天怎样絮到牛皮乌拉里……

我一直耐心地听着。大概自从这丫头到我家来以后，我是第一次给她这么长时间的讲话机会；她呢，大概也是头一次忘记了惧我、怕我。这完全是因为我想吃豆腐脑儿！

她讲的一切，对我都是很亲切的。我小时候住在山城镇时，就常把两山夹一谷的塔头甸子当成乐园的。在那里，我有好多童年的伙伴，那是给我编蝈蝈笼子、抓蜻蜓、扎蛤蟆的伙伴呀！他们现在都是白胡子老头了吧？

我在沉思的时候肯定是不讨人喜欢的。不知什么时候，金鹿停下来，小心地望了我一眼，问我："没事了吧？"

我茫然地点点头，待她轻轻关上门时，我又叮嘱了一句："我要休息一会儿，不叫你别来。"

金鹿脆声脆气地应了一声，放轻脚步走了。

我关上客厅的门，马上伸手到漆盒子里摸烟。一不小心，我把盒盖子碰到了地上，当啷一声，我自己先吓了一跳，赶紧拾起来放回原处，若无其事地在沙发上坐直身子，拿起一张《参考消息》，假装去看。两分钟过去了，金鹿没来，看样子她没听见，一场虚惊。

我重新把两根手指头探到茶几底下的漆盒子里，夹出一支纸烟来，点着，深深地吸了一大口，真香，就像饿汉子饱餐一顿那么香甜。再抽两口，小半截烟进去了，怎么有点儿头晕呢，明显地感觉到心跳加快，心跳得好慌。从前没戒烟的时候，我掐着表做过试验，吸烟前如果脉搏是 60 次，吸上一支烟，脉搏就能达到 90，那是立竿见影的，可脉搏无论怎么快，我都不心慌。今天是怎么了？大概我抗烟碱的能力已经大大降低了，不等一支烟抽完，已经心跳得不行了，我把烟头扔到了客厅窗外，又打开了一扇窗子，想让烟味尽快散尽。

　　几声长短、频率、高低各不相同的汽车鸣笛声顺着敞开的窗口飘进来。我闭着眼睛半躺在沙发里，能辨得出来是谁乘车去上班了。那双簧管一样悦耳的喇叭声，是省委第一书记郭晴川乘坐的"奔驰230"发出来的；那像低音部和声的笛声呢，是省委书记胡明的"蓝箭"；那粗犷的，是省长林跃方的"伏尔加"；那暗哑而动听的，是人代会主任牛胜心的"皇冠"……从前，在上下班高峰时间里，我自己那辆"伏尔加"也会鸣着喇叭参加黄河路这组大合唱的。那时我总是抱怨早晨时间过得太快，有时没来得及吃早点，有时还没有刷牙，有时穿着拖鞋就上了汽车。也难怪，我有哪一天在午夜12点以前钻进过被窝呢？我曾经跟张茹开过玩笑，我说："将来一旦退休那一天，我的第一志愿就是睡觉，拉上窗帘，关严房门，睡个够，把从前耽误的觉都补回来。"

　　现在可是有充裕的休息时间了，只要我乐意，我可以关上房门大睡上7天7夜，绝对不会有人来干涉。什么紧急的常委会呀，什么中央电话指示呀，什么水灾火灾啊，什么外事活动啊，统统都和我没关系。我的时间表真正归我自己来排，而不是由秘书来支配了。去他的吧，叫人恼火的秘书！从前，我简直就是秘书的奴隶，我是为他而存在的！他差点儿把我吃饭、睡觉的时间也排满了！

　　可是，真正可以高枕无忧的日子，却又叫人着恼了！我睡不着！

　　我最恼火的还是被人误解！在一些人眼里，我们这些老家伙都是死抓住权柄不想放的人，好像我们当官就是为了牟私利、搞特权，连我那自以为是的老二克俭也居然用这样的话来开导我："想开一点儿吧，爸爸。现在老干部让位是潮流，主动一点儿还能心情舒畅……"

我当时差点儿给他两巴掌！混账！难道除了他们眼睛盯着的权，我们心里就再没有别的了吗？几十年前我们参加革命的时候，每天都是把脑袋别在裤腰带上干的，那时如果想到了权、私利，才不会那么犯傻呢！

但是，我得承认，一想到离休以及离休后的日子，我总是有点儿怅惘，有点儿淡淡的悲凉。为什么呢？我又一时说不清楚。有人说，"人走茶凉"，退休与在位到底不一样，这当然是指人情冷暖、世态炎凉了。这种事有，但并不能左右什么，况且，像我这一级的干部，总不至于太叫人过不去。

我总觉得失落了什么。这种感情越来越强烈了。失落了什么呢？像是无关紧要的小玩意儿，又像是至关重要的宝贝。《红楼梦》里贾宝玉失掉通灵宝玉便疯疯痴痴傻，找回它来就神志清爽。我丢掉的似乎就是通灵宝玉，是我灵魂的支柱。

可是，如果有人问我，这通灵宝玉到底是什么，折断的到底是一根什么样的支柱，我却无论如何说不清楚，它像是客观存在的实体，又像是一种飘忽不定的精神。

我闷坐了一会儿，眼光落在门口电话桌上的一排电话机上。红、绿、黑三部电话，一部内线，一部外线，一部是最新式的直拨电话。我突然想起早上在淮河路上的事，眼前一掠过"巴拿马草帽"那可恶的影子，我马上被激怒起来，我觉得有必要给城建局长挂个电话。

我不知道城建局的外线电话号码，只好拿起市政府内线电话的耳机子。

一点儿声音没有。我耐心地等了两分钟，还是没有信号，也没有话务员搭腔，我连续拍了几下叉簧，还是没人接。我抓起电话机看看底下，没毛病，我有点儿生气。从前，无论是什么时候，只要我摘下话筒，总是不等我"喂"出声来，话务员早搭腔了："首长，您接哪里？"而且，我要找的人倘或不在办公室里，话务员会自动跟踪追击，非把人找到不行。有一回，话务员竟然告诉我："稍等两分钟，秘书在厕所里。"你对这样尽职尽责的话务员，有可能发火吗？我有时在电话里表扬她们几句，她们的嘴是很甜的："当首长的耳目嘛，不灵着点儿行吗？"

看来，我不再需要或者说不再配有耳目了。

"你别老拍个没完好不好？"话务员终于说话了，先训斥我一句，然后才冷冰冰地问，"要哪里？"

我忍着气，和气地说："请给我接一下城建局。"

"52476！"咔嚓一下，电话挂断了。

好家伙，还得我自己拨外线。我从台历缝里拿下一支红铅笔，把号码记在台历上，开始挂外线，连挂了几次都是忙音。

我有点儿泄气了。我现在多少有点儿明白了，从前每逢开人代会时，总有代表提到电信业务的服务态度恶劣，我总怀疑人们过于挑剔，我从来没感到话务员们有什么不周到的地方。今天给我眼罩戴了，总机话务员的机子上，有我这部分机的红灯，我一拿起话筒，她台子上就亮灯，她马上知道是谁在要电话。看来，这小丫头片了也是个"势利眼"，她知道第一书记离休了，没权了，得罪一下、怠慢一点儿都没关系了。

"嘟——"天哪，这回总算挂通了。

"喂，城建局吗？"我问。

又是个女人的动静："少啰唆，你说你找谁吧！"

"我找你们局长。"我说。

"挂局长室！"又挂断了电话。

心里的无名火烧得我坐不住了。我真后悔，我离休离得太早了，还有这么多问题没解决，我这前任市委书记心里愧得慌啊！

我急了，又一次拨叫总机。这次叫通以后，我一点儿都不客气，张口就打官腔："我是李赞，你马上给我接通城建局局长的电话。"

离了休的官发发脾气也还是有用的，老虎死了还有余威在。这一次话务员没敢吭气，不到 5 分钟，就找到了城建局局长。

"李书记吗？我是刘文炳啊！"对方不容我插言，一口气地说下去，"有什么事您叫话务员通知我一声，我马上到您那儿去就得了，还用得着您守在电话机旁吗？"

我说："淮河路的纠纷你知道不？"

刘文炳反问："您是说那个钉子户吗？"

我说："是啊。你最多给他解决几间住房嘛！你们的人太不像话了，硬说 1975 年的房照是不合法的，说是应当全面否定'文化大革命'的产物，这不是在解决问题，这是在制造矛盾。"

刘文炳在电话里笑了几声，说："这事很复杂。钉子户胃口很大，非要一个单元三房一厅不可，而且郊区不去，高层楼不住，阴面不要，临街的不要……难办啊！反正迟早得解决，您放心吧。喂，李书记，您天天练'鹤翔桩'吗？发没发出'功'来？好好养身体，少操心，少惹闲气，多活几年是真的……"

他还在唠叨些什么，我没有听完，就有气无力地把耳机子扣到电话机上了。

我等于白打了一次电话。我不得不问自己：假如我仍然是市委第一书记，城建局局长会劝我"少操心，少惹闲气"吗？这分明是告诉我"少管闲事"了。当然，他想怎样解决，怎样处理这起纠纷，也没有必要向我详尽汇报，他只需要和我打哈哈就行了。

我忽然觉得电话没用了，起码对我是没用了。对儿女们有用是另一回事。现在可倒好，三部电话成了他们的专利品。克俭常常趁我不在时操起直拨电话给北京的哥哥、济南的姐姐打电话聊家常，敢情不用花长途电话费嘛！我那二儿媳妇抱着电话机扯闲天，一扯就是个把钟头，居然在电话里同对方详细探讨"犹太牛肉"的烹调术，还有新式连衣裙的裁剪法。

我倒是不怎么需要电话了。一天之中，十之八九的电话是晚辈人的，我成了传呼员！偶尔给我打来的电话，都不是什么愉快的消息：死了人，通知我几号几时到医院太平间去向遗体告别；或者是少先队过队日，通知我以革命前辈的身份出席，像任人摆布的木偶一样，接受孩子们献上的花束，戴上孩子们的红领巾。哈，我的衣柜里已经有十几条绸质的红领巾了。

不是有人说过，电话是权力和地位的象征吗？这当然指中国。西方国家连公共厕所里都有电话，电话就成了煤油炉子一样的东西了，什么也不代表，再没有人把它当成级别的象征了。

这说法不对，不幸的，又是事实。

我这一生中，有几次被撤职，都是拿电话开刀的，头天宣布撤职，第二天电工班的人就来掐断电话线，摘走电话机，电话机仿佛是代表职位品级的乌纱帽。我的几次复职也一样，那边刚找谈话，这边的电话机早就安装完毕，真好像有了电话就有了一切似的。

说真的，我多年来是离不了电话的，从刚进城时使用手摇式，到后来的步进式、全自动电话，直到全国直拨电话，我不但使用得娴熟，还学会了修理，谁的电话混线、有杂音、常串号，我都能修理，我还会装分机。我卧室床头柜上的分机就是我自己装的，电话班的修理工都找不出毛病来。

多少年来，我靠电话搜集情况，我靠电话传输命令，我一拿起耳机，仿佛就操起了权杖，或者是"马上办"，或者是"不行"。我那时是电话的主人，也是别人的主人，我时刻行使着肯定权和否定权。

可是现在我要电话有什么用了呢？没有人需要我来支配，没有什么事情等待我一言定乾坤。我从来没像现在这样感到电话是累赘，是看一眼都叫人心烦的东西。

我忽然决定，拆掉电话，全部，一台都不留，而且要马上通知话务班。我想他们会高兴的，电话线路一向是紧张的，我一个人省出三条线，说不定就能成全一个新建单位！

无官一身轻吗？

电话没有拆成，这本来应该想得到的，连金鹿都说："谁敢来拆呀！"

机关话务班班长说他们只管接线、找人，这样大的事管不了，得请示行政处。行政处长哪敢做主？他反复问我好几遍，是哪台电话坏了，当我说让他找人来拆除电话时，他吓得怪叫一声，撂了电话。不一会儿，秘书长坐了车登门来了。胖胖的秘书长田光一进门就双手抱拳，连说："得罪，得罪，李老有意见明说，该打该骂随您，千万别说拆电话的事。"

我讨厌田光那满脸堆笑的样子。我说："电话对于我没用了，拆了吧，反正电话线路挺紧张的。"

田光反客为主，讨好地给我倒杯茶，说："电话线再紧张，也不至于来拆您的电话呀！李老，只要您整天乐乐呵呵的，没病没灾，就是再给您安两台电话我都乐意。若是有谁出言不逊得罪了您，您尽管直说，看我去惩治他们！这还了得？这叫离休、退休干部多心凉啊！您放心，我们这茬子人没死绝，你们不会遭冷落的。好好吃饭，好好睡觉，养足精神，多活几年，活到2000年那才好呢，您说是不是？"

我反感透了。这不是哄孩子吗？我真的到了让人家哄着劝着的地步了吗？也许是吧，不然田光怎么会用这种语气来安慰我？是了，他们把我当成"老小孩儿"来对待了。

我感到悲凉。

我赶走了田光。我没给他好听的，可他一直在笑，上车还在笑。

"老小孩儿"我见过。我父亲就够典型的了，真叫人哭笑不得。他是1964年去世的，死前那几年，我和张茹经常要充当裁判员，来解决家庭的民事纠纷。当爷爷的常和孙女打架，早上吵得各不相让，到晚上又凑到一起去下跳棋。他们吵架的原因，用我的话来说，多数是因为"分赃不均"，原告以爷爷为多，不是告孙女偷吃了他的巧克力糖，就是告孙女折皱了他的小人书。我和张茹永远是拉偏架，偏袒爷爷的，否则，老头就会被气得寻死觅活。

难道每个人老了都会变成这样吗？难道我身上有某种迹象说明我已经到了很可笑的地步了吗？

我坐在客厅里看了一会儿报纸，又偷抽了第二支烟，仍然很安全，直到客厅里烟味散尽，金鹿都没有露面。我知道，这孩子是不会轻易露面的了，除非我有事叫她，她怕我，更怕我们家所有"小"字辈的人。我呢，脾气虽说坏，还把金鹿当成孩子，"小"字辈的呢，绝对把她当成仆人，支使起她来，比我都理直气壮。

外面阳光很好，我打算到室外去走走，却又一时拿不定主意。到离休的老同志家去坐坐？去处倒是很多，可我试着去过一两回就索然无味了。一样的心情，一样的心事，彼此倒苦水，发牢骚，再像温梦一样讲从前的陈芝麻烂谷子，好没意思。去时是想轻松轻松，却不料反添惆怅。有心到机关老熟人那儿走走吧，见人家正事忙得团团转，不好意思用闲言碎语来打扰。看来最好的办法是躲在家里，彻底在人们面前消失。

我听见了洗衣声。我有点儿不相信自己的耳朵，我们家有洗衣机好几年了，怎么又倒退了，用起手工搓洗衣服了？

我走出房门，从凤仙花丛旁绕过去，果然见金鹿在闷头洗衣服。好几年不用的铝质洗衣盆又搬了出来，搓衣板是木头的，又硬又尖。从前张茹在这种洗衣板上搓上几个钟头，手搓得又红又肿，一疼就是好几天。

要洗的衣物真不少，泡在铝盆里一大堆，金鹿身旁还堆了不少。她把袖口挽得高高的，搓衣板顶在腹部，一上一下用力地搓着，每一下都那么用力。

我悄悄站在她身后，看见她鬓角发下都沁出汗珠来，我有点儿心疼这孩子。金鹿才17岁，比我最小的女儿晚玉还小1岁呢。在我们家，晚玉从来是饭来张口，衣来伸手，不要说洗衣服，就是一块手帕，也要扔在卫生间里等别人洗。

假如金鹿是我最小的女儿呢？我舍得叫她这么小个孩子就把全家的杂务都担在肩上吗？我若不想方设法供她上学才怪！金鹿之所以成为我们家的保姆，就因为她是乡下人，是农民的女儿或者因为家贫吗？

我呆呆地站了一会儿，心里很不是滋味。我也挽起袖子，从水房里提来一桶清水，想帮她漂净衣服上的肥皂沫。

金鹿看见，先是瞪圆了眼睛，随后甩甩手上的肥皂沫，在腰间的小围裙上擦擦手，忙三火四地上来夺："哎呀，这可不行，这哪是您干的活呢！"

我躲闪着，说："你以为城里人长着两只手是废物吗？我从前不但自己洗衣服，还会自个儿缝被子、补棉袄呢，你信不信？"

金鹿用手捋了一下滑落到脸上的鬓发，沾了一片蓬松的泡沫。她轻轻一笑，说："那敢情的，你们都是老八路嘛。"

她不再争夺了，只是一边洗一边偷看我漂洗衣服的动作。我干活向来不拖泥带水，三下五除二，就漂净了一大团，泼了水，要去晾衣服。

金鹿咯咯地乐起来："不行！没涮净！哪能涮一遍就行呢！干了，一股胰子味儿！"

我说："行了，没泥就行了。"我抖开一件衣服，是一件衬衫，再抖一件，是女人的三角裤，再抖，还有胸罩。我气得不行，把这些东西啪一下又摔回水盆里，问："这都是谁的？"

金鹿胆怯地望了我一眼，惴惴不安地问我："没、没洗净吗？还是……叫深色的染了？"

"不像话！"我气得直喘粗气。

小金鹿见我没有正面回答，更六神无主了，她起身过来，捞起一条短裤，水淋淋地提起来，冲亮看着，自言自语地说："也许我不该加热水……月经……只有用凉水才泡得净……"

"别说了！"我打断她说，"我是说，这帮小姐、少奶奶们太不像样子了！连裤衩也好意思叫别人洗？"

金鹿这才明白了我生气的原因。她说："这有啥，这不是我应该做的吗？"

我问她："干吗不用洗衣机？"

金鹿说："她们说，床单呀，苦单呀，沙发套子呀，才好用洗衣机。这些内衣要专门打肥皂、细细地搓才行，笨手工洗出来的比机器干净。"

我帮她洗衣服的兴致一点儿也没有了。我说："你不要洗了，就扔在这儿！"

"扔在这儿？"金鹿两只胳膊泡在水盆里，侧过脸来，奇怪地眨着两只眼睛。

"你别管了！"我像下了很大决心似的说，"看我怎样教训他们！"

金鹿的两只手又麻利地搓洗起来，她说："这何必呢！您为这个惹一肚子闲气多不合算哪。您快屋里歇着去吧，躺在藤椅上看看报。我去给您冲杯咖啡吧？要不沏杯茶？您若在屋里待闷了，就出去遛遛，看人家下棋……"

我重重地叹息一声，又来了！我真成了人们眼里的废物了，"屋里歇着"，一杯茶，一张报，吃了睡，睡了吃，大不了到外面去散散步，活动活动筋骨……这就是离任的市委书记的一切吗？

"哟，你瞧人家多有福，一脸福相，溜溜达达，不愁吃不愁喝……"

这是哪儿来的声音？这么刺耳！

啊，这是前几天早晨我散步时听到的议论。几个头上包着玄色尼龙纱巾的老太婆，在我背后大发议论，我走过去很远了，还听她们在议论我的官衔："从前是咱们市的一把手呢！敢情！你瞧那两只耳朵，虽不是两耳垂肩的福相，可往前罩着，没听人说吗：耳朵往前罩，不是骑马就坐轿……"接着是一阵笑声。

　　我好几天都弄不明白，我这样的生活有什么值得羡慕。说实在的，我没离休的时候，倒是挺羡慕那些退休的人。我不敢说市委书记的时间表排得是最紧的，可我知道我一天24小时是怎么打发的。永远看不完的文件，这个文件夹子刚刚推开，秘书又送过来另一个文件夹子。签署意见，哪有那么多新鲜的意见可供签署？从头认真浏览一遍，在铅印的名字上画个圈圈儿，这就相当不错了，我几乎叫文件埋掉了。还有浩如烟海的会，数不清的、莫名其妙的大尾巴会，什么会都要第一书记"光临"。请你去出席会议的人总是那么诚恳，嬉笑着，好像市委书记到场走一圈儿，向与会代表点点头，合个影，天大的事就都迎刃而解了似的。见鬼，光去还不行，不管你有没有准备，不管有没有必要，给你来个突然袭击："请李赞书记做指示！"我这人脸皮薄，心软，常常是有求必应，自从前年那次出了洋相以后，我才坚决从"会海"里钻出来了。那次正值年底，各种年终总结会、交流会、表彰会多如牛毛。有一天，我被人们簇拥着一连"光临"了三个会场，上主席台、讲话、接见、合影，到处是一个模式的表演，所不同的是讲话，总要依据会议的内容进行即兴式表演。午后，还有两个会要我出席，一个是鳏寡孤独和残疾人参加的社会福利事业先进人物表彰会，另一个是计划生育会。两个会都在省宾馆开，我被先领到二楼会议厅，一进屋便是掌声，我看前面的代表全是女的，就以为这是计划生育会了，我一落座，就说："计划生育是既定国策嘛，你们都是来自各条战线的计划生育标兵……"好嘛，讲到这里，会场的人全愣了，继而哄堂大笑。秘书赶忙跑过来，趴我耳朵边说："错了，错了，这是社会福利会议……"

我真正地感到受了捉弄。从那以后，除非是非去不可的会，我不再盲目开会，盲目讲话了。

这些，还只是忙、杂、累，似乎还是容易忍耐的。而接待上访者，那可是要见真功夫的。对那些叫你"李青天"甚至当众给你磕头的告状者，你恼不得，烦不得，打不得，骂不得。为涨不上工资，找你；为子女就业，找你；为分房子，找你；甚至街坊邻居打架打大了，只要有一方是市委或市政府的干部，也准找到你头上来"告御状"。我研究过告状人的心理，他们都喜欢"告御状"，一下子捅到顶，好像最大的官一言九鼎，即使定错了，也就认了！还发生过这样的事：市委的卡车出了交通事故，轧死了人，由于经济赔偿问题双方没有达成协议，死者家属竟然把尸首抬到我这市委第一书记院子里来……

那时候，我真的期盼过退休，我也真心地羡慕过"无官一身轻"的人们。

我现在真正"无官"了，我"一身轻"了吗？没有。说真心话，反倒比肩上压着重担那时候难过了。这是为什么呢？我几乎天天在思索，天天在寻求答案，可就是找不着。

我不承认有些人的臆测，我若说这些人是"以小人之心度君子之腹"，又会伤害一大片人。但说真的，人们所说的"私利"，真的不是我所追求的。现在离了休不也一样吗？房子还是从前的房子，工资还是从前的工资（还加了两个月工资呢），出入有车，一年可以有一次任意选择的旅游，一切待遇都没有降低。

当然，我没有半点儿违背中央精神的意思，我再留任一年，过渡一下是可以的，我转当政协主席或当顾问也是名正言顺的，可我还是一次性下马，没搞什么过渡。

"找着点儿营生就好了。"这是后街的高在榜劝过我的话。

我不大明白，他指的"营生"是什么。

应当怎样回答挑衅？

我想起来新买到的一本书——《万历十五年》，是中华书局出版的，美籍华人史学家黄仁宇先生所著。这本书原为英文版，是耶鲁大学出版的。有好几个人向我推荐这本书，说是"会有很大的启迪"。

我一直没有时间看书，现在何不强迫自己静下心来看点儿书呢？

我一边翻书，一边喝着金鹿泡的茶，不觉已到中午了，照例，别人都不回来吃饭，在家吃饭的只有金鹿和我。

怎么没闻到从厨房里飘出来的香味呢？我看看表，已经十一点半了，若在往常，金鹿早在厨房里忙活了。我从敞开的客厅房门望出去，厨房那里静悄悄的。我向窗外瞥了一眼，她还没有洗完衣服吗？

电话铃又响起来，我真不想去接。每次都满怀希望，猜想是自己的电话，可每次都白接一回。这帮家伙！给我打个电话来，啥事没有，聊几句天也叫人快活啊！

我犹豫了几秒钟，还是站起来接了电话。我刚"喂"了一声，对方便开了连珠炮，是个女的，别提声音有多嗲了！她说："……你这个该死的！你不是说11:30准时给我打个电话吗？"

我打断她："你找谁呀？"

对方说："我还听不出你李克俭的声音？告诉你，再迟了，便宜可捞不着了！那批'退役车'，这回'解冻'了！有势力的，千把块就能买！你家老头子虽然坍台了，你去求求叔叔、伯伯，稳拿，只是别叫你家那正统老八路知道就行了！喂，你怎么不吭声？"

我的手哆嗦着，费了好大劲，才算把耳机子送回到叉簧上。我退休了，他们还在打着我的旗号最后一次利用我的威信！我知道那批"退役车"的事。前不久，从各驻外大使馆淘汰下来一批小轿车，八成新，是可以作价处理的，那时我还没有离休，我主张分配给公家使用，顶汽车指标，可外办的人说，别的地方都处理给个人了，他们也想这么办。由于我反对，这件事一直拖下来，我这绊脚石一搬开，他们就要"解冻"了，好啊，我叫你们"解冻"！

我决定吃过午饭以后去看看他们怎样"解冻"。

我正要伸头喊金鹿快点儿准备午饭，突然听到院子花丛前有叽叽咕咕的说话声，花丛那面还不时飘起一缕缕蓝色的烟。

什么味道，这么香，这么诱人？

我抽了几下鼻子，噢，大概是烤苞米的味道，又不全像。

我听见两个人的对话，一男一女，男的声音是陌生的，女的无疑是金鹿。

男的问："你怕他？"

金鹿含混地"嗯"了一声。

男的又问："你在这儿有意思吗？"

金鹿回答："他倔是倔点儿，怪可怜的。他是个好人，孩子都不怎么管他，若不……我早不在这儿了。"

我的心渐渐收紧了，我预感到像要丢掉什么。

又听那陌生的男人说："那何苦呢！你猜不到吧，今年承包果园的、养鱼的，还有养水貂的专业户，都赚大钱了。张老四的丫头小琴，到年底能拿一个数！"

金鹿问："一千？"

男的"嗨"了一声："一万！你不眼馋？何苦在这儿低三下四看人家脸子吃碗饭？"

沉默中，有什么东西噼啪爆裂。

我的心像被什么咬了一口。我知道，金鹿在默默算细账。她在我这儿，不要说拿不到一万，一千也是拿不到的。我明知道她留不住了，直到这时，我才意识到，我舍不得这姑娘走。我有那么多儿女，却没有一个像金鹿这么知疼知热的。

凤仙花丛突然摇晃起来，不知他俩谁在揪花。

"你往哪儿插呀！"金鹿笑得喘不过气来，"你把我打扮成妖精了！"

陌生的男子说："进了城，还这么封建！你回家去瞧瞧吧，人家都穿兜屁股的牛仔裤，都戴耳环了！"

金鹿哧的一声笑了。

我不能再听下去了，正伸手关窗子，金鹿忽然问："几点了？"

男的回答："十一点半过点儿。"

"呀，不好了，"金鹿说，"光顾跟你说话，就怨你，把老头给忘了，到这时还没点火煮饭呢。"

我怕金鹿不好意思，赶紧坐到沙发里，戴起镜子，装作全神贯注看书的样子。

我听见背后响起了很轻很轻的脚步声，我感到金鹿绕到我右面来了，我故意不作声。

"表舅爷，吃、吃点儿什么呀？"她终于轻声问我了。

我侧过头去，看到金鹿的头发有些凌乱，鬓角还插着几支水红的、藕荷色的凤仙花。我这么一看，她不好意思起来，红着脸，把头上的花扯下来，在手里揉搓着，凤仙花的汁液流了出来，金鹿把汁液下意识地往指甲上抹着。我油然想起凤仙花汁是可以当作蔻丹用的。我小时候总是看见姐姐和邻居家的女孩子们掐几朵凤仙花，拧出红汁来，把手指甲、脚指甲染得红红的……

我忽然发现金鹿的嘴角有一片黑，我问她："你嘴上抹的什么？"

金鹿腼腆地笑了："这是吃烧苞米吃的。"她从上衣口袋里摸出一方精巧的小镜子，照照脸，拿手绢在腮帮子上抹了几下，又理了理鬓发，揣起镜子，说："乡下捎来几穗青苞米……"

看来我的嗅觉一点儿都没有老化，果然她在烤青苞米。

我想起了同她说话的那个男人，就好奇地问："谁捎来的？"

"一个二混子！"金鹿本来是一本正经说的，却又撑不住笑了，"那是从前。游手好闲，当过好几年队长，连工作队都佩服他。"

"这么说他是个人物了？"我问，"为什么佩服他？"

金鹿笑道："那年我们县推广先进积肥经验，非逼着各家各户把水缸、酸菜缸都埋到地头地脑去不可，夏天用它来沤粪。你想，多恶心啊，谁乐意办？"

我问："那怎么办呢？"

金鹿说："工作队都动员不了，可我们村那个二混子有鬼招子！他把社员都集合起来，先学最高指示。他念第一条'千万不要忘记阶级斗争'，叫大伙跟着念，然后问：'咱们照办不？'这还用问吗？毛主席的话还能不照办？念完这条，人家把脸一绷，又念了起来：'毛主席最近又刚刚教导我们说：用水缸、酸菜缸在地头积肥是个好办法……'把大伙念得大眼瞪小眼，你说照办不照办吧……"

这真是闻所未闻的奇事，我笑得前仰后合了。

"如今这二混子咋样了？"我问。

"人真没法看哪。"金鹿叹口气说，"那年头也是把人逼的。这回人家可出息个暴！我们县有个县城农工商联合企业，您听说过吗？"

我点点头。这是上了《人民日报》的新闻，我当然知道。我还知道，一个高中文化的青年人，完全用电脑和最新经济信息来领导这家企业。

金鹿说："这个企业的头，就是他！"

我来了兴趣，急忙问："人呢？快叫他进来！"

金鹿说：“他……走了。他说，他土里土气的……”她飞快地闪了我一眼，脸红了。我猜到，是她把他打发走了，也许，她和他之间正在产生着爱情，他不是往她头上插花了吗？这些，都不该是我这老头子问的了。

金鹿问我：“吃一碗虾仁面好吧？还有新鲜香菜呢。”

我摇摇头，说：“我倒是馋烤苞米了，还有吗？”

她又惊奇地扬起了眉毛，像早上听说我去喝了碗豆腐脑儿一样，她问：“您吃那玩意儿？”

“怎么不吃！”我说，“没听说吗，吃五谷杂粮养人。我从小就是吃五谷杂粮长大的。我馋烤苞米，有时馋得直淌口水，又不好意思吃。”

“那为啥？”金鹿天真地问。

“嗨，一个市委书记，能让司机把车停在自由市场里，等着我蹲在路旁啃一穗烤苞米吗？”

金鹿放声大笑起来。

我又说：“哪次下乡，凡是有青苞米的季节，我都再三声明，吃点儿地瓜、土豆、青苞米，我最得意。可是人家总以为我是故意表现‘艰苦朴素’，你越提吃苞米，人家越是给你吃大米、白面。嗨，有时候看着光腚娃娃拿着半穗烤得焦黄的青苞米啃得那个香劲，我真想上去抢过来啃两口……”

金鹿无拘无束地笑起来，我也拊掌大笑，她显然不相信我会这么“没出息”。

我给她讲我的童年，我说：“我小时候也挺嘎呢！在草甸子上放牛、放马，夜间就掰青苞米吃。那时候，我们专门偷地主大院的苞米，护院的炮手、看青的长工都睁一只眼闭一只眼。最有意思的还是偷瓜！韩家大院那个看瓜的家伙可不怎么开面，是韩家大院从昌黎雇来的，说话怪声怪气，我们想吃一个瓜都没门儿。"

"不给就偷？"金鹿抿嘴一乐，问。

"那还用说！"我追忆着少年时代的恶作剧，"大膘月亮下，偷瓜也挺苦呢，顺着豆子地、高粱地的地垄沟一点点地爬到瓜地跟前，得耐住性子，抗住蚊子咬。摘瓜不能光挑大个儿的，在月亮底下发乌的才是熟瓜。有一层白毛亮闪闪的千万不能摘，是生瓜蛋子。"

"我不信，您这市委书记还偷瓜吃？"金鹿笑着摇头。

"偷瓜那时候，我可连区委书记也不是呀！"我说，"后来，韩家大院红了眼，放狼狗咬我们。我们几个牛倌、马倌一合计，来个绝的！我们骑在牛背、马背上，快马加鞭，牛群马群一齐冲进香瓜地、西瓜地里一顿乱踩，只听稀里哗啦一阵响，一眨眼工夫，脆生生的瓜地里就全是瓜瓢子、碎瓜皮了，叫地主臭美！"

"你们小时候真够坏的了。"金鹿抿着嘴乐起来，"地主没找你们算账？"

我说："他惹不起呀，后来他反倒告诉看青的，说别惹牛倌马倌，他们啃啃青、吃几个瓜随他们去吧。从那以后，一到秋天我们就不犯愁了，烤青苞米、烧毛豆吃，天天吃得肚子溜圆。"

金鹿又乐起来。她说："走吧，咱们到外面去烤苞米吃吧，边烤边吃，苞米都是新鲜的，没走浆，可香了！对了，还拿来了新鲜鱼呢，烤鱼吃更解馋。"

花畦前摆着一个泥炉子，生着炭火，这泥炉子是金鹿动手做的，为了熬中药用，她说煤气炉煎药不好。

她捅了捅火，在炉子上放了一个用粗铁丝编成的篦子，把剥去叶子的苞米放在上面烤着。她一边剥苞米皮子，一边告诉我，哪一穗是"大马牙"，哪一穗是"老来瘪"。她说"大马牙"产量高，一穗能出4两粮，可是不好吃。她递给我一穗烤好的小粒玉米，说："这是黏苞米，越嚼越香。"烤鱼的味更美，是晒得半干的细鳞鱼，蒜瓣子肉，雪白雪白的。这种鱼很少见，只生活在大山里的凉水河中，能在冻了冰碴儿的河里游来游去。金鹿烤细鳞鱼的时候，在鱼肉表面抹了一层作料，作料是混合的：辣椒油、花椒油、酱油、五香粉、白糖和料酒。在炭火上一烤，香味四溢，不用吃，光闻就够香的了。

吃着烤苞米、烤鱼，喝着白开水，我觉得吃得特别有滋味，也可以说这是我退休以来胃口最好的一次。金鹿呢，也吃得很开心，不像在饭桌上那么拘谨、小心了，大吃大嚼，还一边不停嘴地说这说那，好像她跟我的距离一下子缩短了。

她又伸手在铁篦子上翻苞米了，不小心烫了手，她缩回手，把手指头伸到嘴里吮了吮，望着我调皮地一笑，说："方才我一看过点了，还没生火煮饭，可把我吓坏了。"

"是吗？"我一边撕着吃鱼肉一边问。

"可不！"金鹿说，"没表真憋屈。本来我有块表的，'海鸥'牌的，走得咔咔的，可准了呢！去年我妈病了，住了3个月医院，花了1000多块，我那块表也折腾卖了。"

我心有所动，擦擦手，站起身，走回房间，洗了把手，打开柜子里的一个小匣子。我的全部"机要"都在这里，有我的各种证件，当选全国人民代表的代表证，参加第十一次党代会的出席证，各种获奖证书，还有存折。

我从里面摸出一个红色金丝绒小包，沉甸甸的。这是老伴张茹的遗物，一块簇新的女式"欧米茄"牌手表，现在的市场价格也要 500 多元。

张茹死的时候，我坚持要把这块表叫她戴了去，省委书记郭晴川骂了我，我还固执己见。结果，从火化场回来时，郭晴川把这块表塞到了我口袋里，只说了一个字："愚！"

张茹一生戴过两块表。第一块是瑞士"三度士"牌，戴了 30 多年，换过两次发条、一次油丝，大拆大修过不知多少回，后来连表盘、表壳都换过了，需要一天晃它多少次才走字。二儿子克俭讽刺他妈的表是"分分对，秒秒拨，一点不对差四刻"。后来，我逼着她换了块新的，我做主，买了块王牌的。记得张茹接过欧米茄表在手心里掂了掂，说："这么好的表，可惜了。我这一辈子也戴不坏呀。"我当时就觉得她这话不吉利，这不是吗，这块表她只戴了不到两年，就去了……

我决定把这块表送给金鹿。我相信这丫头一定会高兴得跳起来的。

我正要走出屋去，电话又响起来。

我不打算接，反正我只是个义务电话员，只负责在电话机旁的白纸本上为孩子们写备忘录。

可那电话铃是那么顽固地响着，响得让人心烦，你就是想发火，也非得拿起耳机子再发不可，它就有这么大的魔力！

"喂，你是李赞书记吗？"对方很客气。我高兴极了，这是几天来第一个找我的电话，我像在沙子里淘到了金粒那么兴奋，我赶忙搭腔："是呀，是呀，我是李赞，你是谁呀？"

"我是谁你就不要管了！"对方突然腔调一转，大有先礼后兵的味道了，"你他妈在家待得舒服吗？你那口活棺材不小啊！空气也会挺新鲜吧？那你一时半会儿腐烂不了，说不定有希望变成木乃伊！你在任的时候，恨不能在一个早晨把我们都赶下去，你那时大概忘了，你也不是 20 岁的小伙子吧？怎么样？你不是也滚蛋了吗？好吧，我祝你多活几年！"

咔嚓一声，电话挂断了。

我的心狂跳着，我的呼吸急促到快叫我发狂了！我全身颤抖着，头上青筋直蹦，我真想找把斧子来，把电话机统统砸掉！

我跌倒在沙发里，只觉得眼前一阵阵发黑，我像拳击场上被彻底击倒在地的输家一样，再也没有力气爬起来了。我这人记性不好，可惜我一点儿都听不出那浑蛋的声调来，反正他是我手下的干部，厅局级或是处级，不会再高，也不会再低。

我多少有点儿委屈。在前一阶段整顿各级班子的过程中，我不是得过这样一个外号——"拼命三郎"嘛。

这"拼命三郎"的含义可以有两种解释：往好的方面讲，就是态度坚决，一往无前；往坏的方面理解，也可以说是"急躁冒进"。我还在位的时候，就发生过这种事情，我没有手软。

有一次，在市直机关大会上，我正做整顿各级班子的报告时，从后面传上来一张条子，上面写了这样几句话："你想干什么？我们是老了，别忘了，你比我们还老几岁呢！"

对这种公然的挑衅，我当场回答了，我先当众念了这张条子，然后，我激动得站了起来，一手叉腰，完全是大演说家的气魄！我挥动着右臂，拼命地挥，我大声说："我要干什么呢？我要按中央的部署，把各级班子年龄过了口的同志拿掉，把新班子配齐，然后，我再把我自己拿掉！"

我赢得了暴风雨般的掌声。

我今天却吃了个哑巴亏！我明明知道，这种人是小人，是弱者，是卑微的人，在我们的干部队伍里是极少数，可我仍然被气得不行。我不由得想起前几天克俭说的笑话。他是在饭桌上说的，完全不顾及我的存在、我的反应，只管说他的："……你们听说没有？不知什么人编了一串顺口溜，真叫绝！'四十撒欢，五十打蔫，六十靠边，七十冒烟。'哈哈哈哈……"

晚玉还不明白。她问："'七十冒烟'是怎么回事？冒什么烟？"

我分明看到有好几双眼睛都冲我溜了一眼。老二毫无顾忌地解释说："冒烟者，进火葬场、炼人炉之谓也！"

接下去是一阵开心的大笑，好像一家人听到了世界上最开心的事。

只有小金鹿没有笑，她同情地望着我。也只有她，发觉了我的筷子从手里滑落到地上了，她替我新拿来一双筷子。我看见，这孩子眼里含着一包泪……

找回两岁就能当处长?

午睡是我新添的毛病，虽然未必能睡得着，只不过是躺在那里静静地养养神罢了。从前，我也是有午休习惯的，哪怕下乡在路上，也会叫司机把车子停下来，头往靠背上一歪，迷迷糊糊地睡上十几二十分钟，精神马上就不一样了。是什么时候停止了午睡的呢？是1981年夏天。我接待一位日本外宾。他们想要和我们合资建一座大型现代化淀粉厂，就地利用东北多得没地方放的苞米资源。那几天我陪他们几位专家和经理去勘察厂址，他们总是把时间表排得满满的，和我的秘书产生了分歧。我的秘书在安排时间上，总要把午饭后到下午两点钟以前一段时间空余出来。日本人指着时间表问："这时间干什么？"我的秘书毫不犹豫地回答："休息呀！午睡呀！"日本人笑了，不断地摇头。他后来同我混熟了，对我说："你们的午睡太莫名其妙了！难怪你们中国人办事效率那么低！还有，你们工厂的工人可以在机器旁打毛衣、吸烟，这更是不可思议的事。"

我觉得受了侮辱，好像叫客人看见了烂了一个窟窿的破袜子一样难堪。我管不了大局，我却能管我自己，管我所能管的范围。从那以后，我下令，全市各机关、事业单位以及外面所属6个县在内，一律取消午睡。我听说有很多人背地里骂我，我也听说我退休后，许多机关又恢复了午休制，我只能叹气，人的惰性是不好对付的，我自己不也又开始午睡了吗？

看了一会儿报，觉得有了困意，就把报纸盖到了脸上。刚刚陷入蒙蒙眬眬的状态，突然被一阵哨子声和吆喝声惊醒过来。因为这一带没有工厂，很安静，有一点儿嘈杂的声音都显得很大。

我掀开报纸，发现我的房门开着，用一个矮脚凳掩着，金鹿就坐在门口打毛衣。不用什么好毛线，是用旧了的腈纶线，她好像在织毛线袜子。

我知道，她在守着我，怕我"犯病"。这丫头心眼太实。有一回，来给我做心电图的女医生在向我说了句"不太好啊"以后，回头对端茶水站在她身后的金鹿说："你要多加小心，特别要注意观察睡觉时的反应，这种病，多数在睡觉时发病。"

从那以后，我每次午睡时，她都把我的房门悄悄拉开，她就拿张椅子坐在客厅里，或织点儿什么，或看点儿小说，旁边就摆着保健盒。看那样子，好像我随时都可能突发心脏病，出现大面积的心肌梗死似的。这丫头呀，她也没想想，我白天睡觉她能注意，她难道也能天天夜里不睡吗？

见我掀开报纸坐起来，金鹿说："要水吗？您才眯了不到10分钟。"她特地抬起腕子看了看我给她的那块欧米茄表。

我说："你听听，外面又吹哨子又吆喝，出了什么事情？"

金鹿说："可能是后趟街淮河路，我去听听。"

金鹿前脚出去，我后脚也跟了出去，我们俩都站到了后院墙那里向外张望。后院墙是青砖砌成的，有一人高，上面安着铁条栅栏，每根铁条的上端都磨出矛尖形，看上去像插在兵器架子上的一排长矛。

我看见了高在榜老头。吹哨子的是个年轻人，扎着白围裙，头上戴着跑堂的那种白帽子；高在榜站在一棵槭树下，正在拿着马粪纸卷成的纸筒喊话："各家各户赶快到居委会去开会，今天夜里洪峰要到达，大家都得去抗洪啊……"

"要发大水吗？"金鹿问我。

我说："是啊。"

金鹿说："听说，水头来的时候，前面是一个大乌龟开路，它打着两盏大灯笼，到了一个地方后又一动不动，等把水憋得有一栋房子那么高的时候就向前一走，然后大水就像一面墙似的拍下来，这是真的吗？"

"你听谁说的？"

"我奶奶。"

"你奶奶念过书吗？"

"她连自己的姓都不认识。"

"那么，一个初中毕业生竟然相信一个不认字老太太的迷信话？"

听我这么一说，金鹿不好意思地抿起嘴来，乐了。

这时，前院的门铃响起来。

金鹿仰脸望望我，意思是问我去不去开门，她知道我越来越不喜欢会客。

我未置可否，眼睛还盯着后墙外的高在榜，既没说叫她开门，也没说让她不开。

讨厌，这个不速之客摁起门铃来没个完了。

金鹿又一次望着我。

我故意来了一句幽默："看来，只要不停电，这个人是不会走的。去开门吧。"

金鹿扑哧一下乐出来，一溜碎步跑到前院去给来客开门。我呢，站在院里觉得没啥意思了，也迈着懒洋洋的步子转到前院来。

我倒没有想到，来人会是卢绍德。他是我的儿女亲家，他的大女儿金妹就嫁给我的二儿子了。

说真的，我不怎么喜欢他，我发现，他也不怎么喜欢我。过去我们在机关碰上，只是点点头，公事公办，只有年节时彼此来往一下，或是他把我们全家邀去吃一顿年夜饭，或是我们回请。那种场合除了吃，似乎不宜有另外的主题。

我不得意此公是有来由的。按有些人的观点，卢绍德也许是最叫人欢心的角色，我却觉得他太卑微了。他原来是市委行政科长，1977年我重新担任市委书记，一家人往黄河路这所房子搬时，我从北京开会刚回来。那天我下了火车，看见一些人正在收拾房子，这位卢科长率先垂范，穿着工作服，头上戴着粮库搬运工那种防尘披肩软帽，正在刷灰，满身满脸都溅上了石灰水。听老伴说，连厨房里的三脚架、门挂钩都是卢绍德亲自收拾的。最有趣的是他还在后院院墙角落里用砖搭盖了一个相当美观的鸡舍，三层楼式的，有自动卸粪装置，有自动溜蛋槽，还有通风孔。可惜我从来没养过一只鸡，白白浪费了他一番心思。若讲殷勤，他够殷勤的了，我反感大概也正基于此。一个干部到上级家里这样卖力气地干活，总使人产生某种不愉快的联想。真是怪事，也许我更中意在我面前摆摆架子、讲讲尊严的人。

他知道我不得意他，却仍然那么执着地跑来当"义仆"。有一回，我家卫生间的抽水马桶堵了，打了个电话给机关水暖房，本来派一个修下水道的工人来看看就是了，没想到，卢绍德亲自跑来了，他居然一点儿都不怕脏，伸进手去在马桶里掏来掏去，到底掏出了一团破抹布。我站在一旁，又感激他，又看不起他，不知应当表扬他对还是批评他对。我这人是够嘴冷的了，我还是挖苦了他："你这当科长的，用不着亲自来掏马桶。你能挨家挨户去掏马桶吗？"

事后，老伴一提起这件事就埋怨我，说我太不近人情。我也觉得过分了点儿，可我这人，很难违心地恭维谁。

卢绍德这人真是有涵养，或者称之为"厚脸皮"也不过分。无论我怎样挖苦他，他都不恼，脸一红、头一低就过去了。我发现有好多人都挺喜欢他，这是指干部。底下的群众却说他是"仰壳撒尿——往上浇（交）"。这是我的司机向我透露的。

应当承认，蔫人有蔫本事。不知道他用了什么手腕，托了什么人从中撮合，把他的女儿介绍给了我家老二。我知道信息的时候，木已成舟，我只好推饸饹船了。说实在的，卢绍德的女儿卢金姝长得挺俊气，细高个儿，脸盘也俊，工作也不孬，是团市委的干部，难为她怎么相中了我家老二！老二那时还是大集体工厂里的采购员呢！

我不知道卢绍德今天来干什么，他已经一个多月不露面了。当初，他是拼死力反对我离休的，可想而知，他这种人的态度，对我不会有半点儿影响的，如过耳山风。

他是来埋怨我的吧？可能。

　　记得，卢绍德确切地获悉我决心离休之后，来找过我一次，吞吞吐吐，没说明白，只是希望"工作能动一动"。这是十足的官场术语。所谓动一动，可以理解为平级调动，更多的时候是指提拔。卢绍德当了二十几年科长，头发都白了，似乎提个副处级也没有什么不可以的。我不想骗他，就对他说："你跟我结亲家，你是借坏光、倒霉了。真的。你想想，我若把你提为副处长或处长，别人会怎么想？肯定会说三道四。你是可提可不提的干部，如果你与我没有瓜葛，我肯定提你。话又说回来，你若真有能力，我也不怕别人说三道四，你知道，我不是那种怕树叶掉下来砸破脑袋的人，古人都讲'举贤不避亲'嘛！可咱们关起门来谈谈，你哪点出类拔萃？你是个平庸的人。你都快50岁了，干吗白提你占个位置？那就不如提个30多岁的人了。你说我讲的有没有道理？"

　　卢绍德擤了一下鼻涕，说："对，对，你说的都对。"

　　他真窝囊，连一句硬碰硬的话都没有。本来在亲家面前，他与我是绝对平等的，我也没有一点儿想以势压人的意思，可他这人没骨头，好像天生比我低一头似的。他若真敢硬邦邦地说出几句驳我的话来，我也许更高兴些，可他呢，屁也放不出！

　　结果，我拿茅台酒款待了他，这是破例的，我觉得多少有点儿对不住他。他那天喝醉了，不吵也不闹，也不多话，只是吧嗒吧嗒掉眼泪，怪可怜的，我差一点儿就心软了。

　　为这次"不讲情面"，我同二儿子克俭夫妇间的关系极度紧张起来。克俭公然来兴师问罪，说我"假正经"，被我臭骂了顿，直到事情过去两个多月了，这小两口仍然对我采取敌视和封锁政策，不来往，不深谈，我和他们只像住在同一旅店里的房客。每逢这时候，我就特别想念在北京工作的长子克勤夫妇，还有在济南的大女儿墨玉。我也会诉苦的，一感到孤独时，我就写信，向克勤、墨玉他们告状，请他们出面仲裁，多有意思，我有时想起来自己都感到好笑。

"我……来看看你。"卢绍德对我笑着，我觉得那是巴结的笑。我真想大喝一声："你正常点儿笑不行吗？"

我忍住了。我断定，他天生缺钙，这辈子骨头是硬不起来了。基于过去对他的歉疚，我今天显得格外热情，格外随便。我一边喊金鹿煮咖啡，一边说："今天在我这儿吃饭，茅台酒没有了，还有一瓶'五粮液'呢。"我拉着他的手进了客厅。

他随手带上房门，房门吱嘎地响了一下。卢绍德站住了，把房门来回开合了几下，然后走出去了。过了一小会儿，他拿了一个小油壶走回来。我认出，那是给缝纫机上油的油壶。他也不看我，又把门开合了几次，然后在铁门轴上浇了点儿油，再试试，果然一点儿声音没有了，这才送走了油壶。

真拿他没有办法！我忽然觉得，这人如果生在旧社会，给地主当管家，准是精明强干的一把好手。我为自己这想法好笑，几乎笑出声来了。

一坐到我面前，他又拘束起来了，手脚似乎都感到多余。

我为了打消他的窘态，故意说："我离休了，闲得难受，你也不常来走走，看我没用了是不是？"话一说出口，我立即后悔了。天哪，万一他答应"常来走走"可怎么办？我跟他有什么可说的呢？

　　他笑了笑，说："我是怕你心烦。我这腿不值钱，说来就来……"说到这里，他显得有点儿心不在焉，眼睛在往对面墙上看，屁股都快欠起来了。我闹不清他在看什么，对面墙上除了悬挂着我老伴张茹的遗像而外，什么也没有。

　　他到底走过去了，原来，托着石膏相框的两颗钉子不一般高，左高右低。他出去找金鹿要了一把小锤子，回来重新把两颗钉子比齐钉好，才又坐到我对面来。

　　我和他谈当前的改革，谈农村的巨大变化，谈生活的琐事，我说得多，他说得少。我发现他眼睛常常发直，好像有什么心事。

　　我问他："你有什么事吧？你就直说吧。"

　　"啊，没有，没有。"他又矢口否认。

　　看看坐到快开晚饭了，他才吞吞吐吐地说："我有件事，想来请你帮我拿拿主意……不知当说不当说。"

　　我望着他那一脸可怜相，不由得想起契诃夫笔下的可怜的小公务员。我轻轻吹了口气，说："有什么当说不当说？我不是早叫你有话直说了吗？"

　　卢绍德两眼看着窗子，说："我可半点儿求你的意思也没有，我也不指望升官，只是……像别人说的那样，太丢人了，辛辛苦苦一辈子，芝麻大点儿的错误没敢犯过，干到退休，还是个科长……"

　　我又要反胃了，他又犯了老病。不过我还是听下去，手却不由自主地拿起了茶几上那本《万历十五年》。

　　卢绍德溜了我一眼说："听说，要提我了，可是……我正好满50，过口了……"

"是呀，"我翻着书，赶紧说，"有文件，不会再提拔50岁的处长了。"

"可是，我实际岁数是48呀！"他几乎是用哀告的语气说出来的。

我十分吃惊，放下书本。48？这是什么意思？

他见我吃惊了，就一口气说下去："我参军那时候，不够18岁，我多报了2岁。如今，若是把这2岁刨去，不就行了吗？"

我差点儿哈哈大笑起来，可我没乐出来，我想说："你是来找后账啊！找回去2岁，换一顶处长的纱帽！你把共产党看成什么了？买卖铺子，还是交易所？"

我尽量压住火气问他："你打算怎么办？"

卢绍德说："我……没准主意才来找你的，有不少人撺掇我回原籍去开证明，回来改户口……"

"然后拿着户口去要处级？"我实在忍不住了，替他说了这一句。

他咽了口唾沫，垂下了头。

我叹口气说："撺掇你这么干的人，不是好人！你以为你拿来一张证明，就会封你个处级吗？我不相信共产党的市委会开这样的玩笑。话说回来，假如我主管提干的事，我本意要提你的，正在年龄问题上犹豫时，你若拿来这样一张证明，只能促使我下决心不提拔你，你这不是伸手要官当吗？我劝你不要的为好。"

他沉默了好一阵，才说："那，我听你的了。"

我又可怜起他来，却又弄不清我到底可怜他什么。

他参军那时候，正是抗美援朝招志愿兵的时候，他本来16岁，却多报年龄上战场，那时他是多么纯洁呀，他把过去的"他"丢失了，丢失了……

我突然联想起我自己，我把从前的"我"丢失了没有呢？

我吓了一跳，这真是个古怪而又新颖的问题！

我真的是"太空垃圾"吗？

刚把卢绍德送走，天又阴起来了。我站在院门前望望天空，黑云低得很，简直是压着房脊在奔驰。百花广场上20层高的友好宾馆大厦，上半截全掩隐在灰黑的浓云中。好大的风，刮得天昏地暗，碎纸片、枯叶和各种杂物混在尘土里卷上天空，形成旋转升腾的烟柱，扯天扯地。看这阵势，又要下暴雨，红得发黑的云彩不是好云彩，说不定又要下雹子。

果然，还没等风停，已经落了一阵大雨点儿，雨点子够大的了，打在脸上、手背上很疼。稀疏的雨点儿砸在人行道土路上，现出密密麻麻的小坑，马路上泛起一股浓烈的潮土气息。

再下暴雨怎么得了！一连下了好几天，才晴了一天啊！听说这场连阴雨降水量达500毫米，而这个地区正常年降水量才750毫米左右。我真有点儿担心了，不用多，再来一两个小时的大暴雨，那江水非溃堤成灾不可了。

金鹿悄无声息地走来，把一件毛线外套给我披上。我望望她，又抬头看天空流云。风势缓下来了，雨点儿加密了。

"回屋去吧，别冻伤风了。"金鹿说，"立秋了，不会再有连雨天了。"

这孩子懂得我的心事，知道我正担心着什么。

这时，屋子里克俭突然吼了一声："金鹿！你过来！"

这吼声很刺耳，像在唤奴婢。

没等我说什么，金鹿早跑过去了。

我慢慢走着，心里总是放心不下江堤上的事。万一洪水漫堤，只有动用面粉厂的白面袋子了。这我有经验，1956 年大水就是用几火车白面袋子堵住的。这决心一般人不大敢下呀，白面毕竟不是黄土啊！

突然，我听见一粗一细、一高一低两个嗓音在骂人，一个是克俭，另一个是卢金姝的动静。不用问，肯定是在骂金鹿了。

"骚货，你臭浪什么？偷我胭粉搽，不嫌丢人，屯老二样，抹得脸多俊哪，像驴粪蛋子挂了层霜！"这是卢金姝恶狠狠的声音。

克俭在帮腔："我们家可不容贼！别穷得穿不上裤子到这儿来捡便宜，别看有老头子向着你。"

听不见金鹿回嘴，她在嘤嘤哭泣。

我气得小跑起来，我好久没跑过了，我真恨不得把这两个家伙打上两扁担出气。

我刚赶到门口，只见克俭和卢金姝正扯着金鹿的胳膊撕扯，克俭一迭声叫着："撸下来！"卢金姝则尖着嗓子大叫："好啊，你连老太太的欧米茄表也敢偷了，大模大样地戴到手腕子上。呸！你也不撒泡尿照照自己，你上秤量量，你值不值那 500

块钱！"

金鹿赌气地自己把表摘下来，扔到了地上，跑到她自己房里哭起来。

我一站到门口，克俭和卢金姝不吵了，用白眼翻了我一眼。

我压住火，伸出手去，说："给我。"

克俭瞅了他媳妇一眼，不怎么情愿地把表递给了我。我说："这表是我给金鹿的。"

"知道！"克俭拉长声说，"这我可得提醒您一声了，您这样做，我们合法继承人可要到律师顾问处去立案了！"

我上去给了他一个耳光，我气得声音都发抖了："你这个浑蛋！我死了，最后一分钱都捐给公家，你想继承，继承个屁！"

"咱们走！"卢金姝进屋拿了雨伞，对克俭说，"家里的反倒没有外边的吃香了！"

"滚——"我伸出手来指着门外。先前克俭还有几分犹豫，见我怒了，就索性同卢金姝一起冒着雨走了。

天地间充满了雨声。雨点儿落在小楼的水泥房顶上，落在院里的花圃上，落在院墙上面的铁皮上，发出轻重疾徐各不相同的音响。

我半躺在沙发上，觉得鼻子阵阵发酸，两颗老泪到底流下来了，顺着鼻子两侧往下淌，凉冰冰的。我没有开灯，屋里和外面一样黑洞洞的，东面墙上张茹的笑容也隐没在无边的黑暗中了，天地间只有雨主宰着一切。雨越下越大，天上像有人往地上泼水一样，下得满院子一片白蒙蒙的烟雾，暴雨带来的凉气一阵阵冲进屋子里来。

15 瓦的壁灯亮了，屋子里弥漫着一层昏黄的、柔和的光。我听见金鹿轻轻地走过来了，她把一杯温开水和两片硝酸甘油片放到我面前的茶几上，药片装在塑料瓶盖里。

我抬头看看她的脸，眼睛都哭肿了。多可怜的孩子，她如果在家里，那不是父母膝下的娇女吗？怎么会受这种委屈？我想安慰她几句，却又一时没有找到合适的话。

倒是金鹿先安慰我了："别跟他们生气了，一家人没有隔天的仇，舌头哪有不碰牙的！"

我眼里又淌出泪水来。我觉得金鹿是不该出来当保姆的，这不是她的生活，长此下去，会把她毁了的。我决定把她送回乡下去，不是辞退，而是送回去。我要给她一笔钱，替她立一个户头，她虽然在我跟前只有两个月，可我会永远感激这个好心的孩子。

我这样决定了，心里却又是很难过的，从今往后，我跟前就连一个关心我冷暖的人都没有了。闲来没事，听金鹿用孩子腔讲着乡下人的新旧风俗、各种变化，我觉得特别有意思，我不是答应过金鹿，明年春天跟她一起到她家乡去住上几个月吗？

可我不能让金鹿事实上沦为克俭他们的奴仆！

我对金鹿说："你收拾收拾东西，过几天我们上路。"

金鹿疑惑地望着我。

我说："我想出去散散心，就到你们那儿吧，你不是说你家要盖新房子吗？给我一张床就行。"

"今年不行，"金鹿说，"你不能去，乡下到底是苦啊，又没有好大夫……"

"可我原来也是乡下人啊！"我说。她还是不松口："等等吧，过几年乡下日子再好一点儿再去。"

金鹿走到我卧室里去，把被子放好，对我说："您今天比哪天都累，早点儿睡吧。先把药吃了。"

我确实有点儿胸闷，多半是气的。我吞下药片，用温水冲下去，说："你先去睡吧，我再坐一会儿。"

金鹿答应一声，走出了客厅。

我把窗子关好，雨声骤然小了，剩下一片朦朦胧胧的轰鸣声。

屋子里显得特别空旷，客厅的天棚像陡然增高了，像大教堂的穹隆形屋顶。

我又一次想到应当退掉这座房子。

我离休以后曾经提过退房子，换一个三间的一套，就满够用。我的提案最先遭到克俭的反对，他认为这是变相排挤他。他还算聪明，我正是打的这个主意，我对他们夫妻俩实在是腻歪透了，我图个眼不见为净。

当然，房子没退成，更主要的原因不在于儿子阻挠，那是无足轻重的。我怕犯众怒！真滑稽，有人愿意少住几间房子都有"犯众怒"的危险，你看天下的事有多麻烦！

"犯众怒"说，是现任市委第一书记唐鹤提醒我的。他对我说："你想退房，这我太高兴了，你能退给我几栋宿舍楼才好呢，我就好应付了，房子还怕多吗？问题是，你可要考虑到，弄不好你会'犯众怒'啊！离休的、退休的老干部不是你一个，你开了退房先例，别人怎么办？你不是等于给别人施加压力吗？本来有些离休干部就不怎么安心，怕人一走茶就凉，你一带这个头，知道内情的会称赞老李头高风格，不知道内情的就会骂市委、市政府，说我们势利眼。我跟你说，我可不跟你背这个黑锅！"

于是我还得因为照顾别人情绪而住着这座房子。想起刚进城的时候，敌伪扔下的空房子有的是，满可以"跑马占荒"，多占几间。可那时分给我两间我都嫌多，怕冬天取暖费煤，退了一间，用现在的眼光看，那时真够"愚"的了！

走廊的风窗好像没有关好，被风雨拍打着来回晃荡着。我猜想金鹿睡着没听见，就来到走廊，把风窗关上，挂上了挂钩。

我看见金鹿趴在餐厅餐桌上睡着了，她干吗不回她房里去睡呢？

我走进餐厅，正要唤醒她，却发现了放在桌上的信，是她没写完的信，看样子是她写着写着就困了。

我拿起信看看，随便扫一眼，就发现有一大部分篇幅是涉及我的，我就看了下去：

　　……我知道你着急，我也知道乡下富起来了，我也想回去，我说我乐意当保姆那是故意气你的。可我又不忍心扔下他，他真是个好老头儿，就是脾气倔一点儿。唉，天下不容易有可心的事，他那几个有出息的、有孝心的儿子闺女偏偏都在外面做事，守在跟前的又偏偏四六不懂，老头儿一见了他们气就不打一处来。不哄你，真的，老头儿只有见了我还有点儿笑容，我可怜他。他不像我爹，也不像你爹，他是当了一辈子大官的人，一辈子都是管人的，说一不二的，现在冷丁在家闲起来了，你想想那是啥滋味！自从不当官以后，我看他魂不守舍，简直都不会打发日子了！你今天说的话，我都记在心里了，你也不用将我军，我若是变心，早变了，还等到今天？你再等我一年半载吧。家具打好了先放着呗，又飞不了，烂不了，等我看老头儿心情好了时，我再细水长流地跟他说，那时你再来接我，你说啥时候结婚就啥时候……

信只写到这里就中断了，但意思已经全明白了。虽然信的"抬头"处没写名字，我也猜到就是写给上午捎来苞米、细鳞鱼的人的，从前的"二混子"，如今的农村新崛起的企业家！他是金鹿的恋人，他来找金鹿，显然是想带她回去结婚的。

金鹿的话真摸到我心里去了，我这个"当了一辈子大官的人"，不是果真"不会打发日子"了吗？

我忽然想起一个新名词：太空垃圾。对了，我像不像"太空垃圾"呢？

昨天看《参考消息》看到这样一条新闻，说是自从人类向太空发射许多大小不一的卫星以后，运载火箭的散落物、卫星残骸以及宇航员修理卫星扔在太空的废物，都变成了"太空垃圾"。有趣的是这些"太空垃圾"并不能掉下来，它们在地球引力之外无处可掉，它们也像地球卫星一样，在椭圆形轨道上一圈又一圈地运行着，它们不会给地面发回什么信息，不会给人类提供什么科学数据，它们只不过是毫无用处的垃圾，直到它们在运行中摩擦生热、起火、销毁……

我真的是"太空垃圾"吗?

我在这里

我好像走在一片荒野中,脚下是一望无边的衰草。长满塔头草的水甸子里到处是水,水也不干净,全是铁锈色的死水,水里浮着一层叫人起鸡皮疙瘩的红头小虫子。哪里有路啊?我在塔头墩子上跳来跳去,塔头墩子一踩直晃悠,还不等站稳,臭水就漫上来淹没了踝子骨,你如果不赶快跳到另一丛塔头上,你就非沉下去不可!

我看见一伙人在前面飞快地走着,走得很轻松。细看,不是在走,他们乘着一艘尖尖的小竹筏子,那竹筏子灵巧极了,能在塔头间穿来穿去,真是草上飞。我喊了一声,想叫他们把我带走,他们回过头来了,我高兴极了,都是我认识的老同志。我刚要挣扎着奔过去,却发现竹筏子上的人全是青面獠牙的怪物,我吓得回头就跑。幸好我又碰见了一伙人,有高在榜老头,有卖豆腐脑儿的,也在胡同口路灯底下下象棋的退休老头们。他们虽然没乘竹筏子,却走得更轻松,脚上似乎拴着滑雪板一样,走起来轻捷如飞。我喊他们停下来等等我,他们好像根本不认识我似的,不顾而去。荒草甸子上又只剩下我一人了。西风衰草,不知从哪里传来一阵狼嗥声,还夹杂着打锣样的声音。我正张皇四顾,见一匹"四不像"的怪兽向我冲来,把它那犄角拼命往我前胸一顶,痛得我心都要裂开了……

我猛然从梦境中醒来,出了一头热汗,心口隐隐作痛,但不是要发心脏病那种窒闷和随之而来的剧痛，可能是睡觉姿势不好，压迫了心前区吧。

外面的雨还没有停，已经不像傍晚那样猛了，变成了不紧不慢的竹帘子雨，更讨厌，凭经验，这种雨下上几天几夜都有可能晴不了天。

我从枕头底下摸出表来看看，还不到11点。我在想象防汛指挥部里通宵达旦的灯火，充满房间的灰蓝色烟雾，匆匆的脚步，急骤的电话铃声和永远关不上的门……还有江堤上的人们，湿漉漉的麻包，黑压压的人群，咆哮在脚下的江水和从上游漂下来的木材、家具乃至漂浮在水中的尸体……

是什么声音？是雨水滴在薄铁皮房顶的声音吗？啊，不是，这是锣声。这显然是一面有了裂纹的破锣，敲锣的人又特别用力，破锣发出沙哑的声音，在潇潇雨声中震荡着，在静夜中特别刺耳，使人产生恐惧感、凄凉感。接着是汽车的奔驰声，一辆接着一辆，虽然在隔着好几条马路的地方跑，但仍然听得很清晰。再接下去是人的呐喊声，由一两个人的呐喊变成许多人的呐喊。

我陡然一惊，从床上坐起来。

我判断，这是江堤出现险情了。鸣锣集众，全市总动员，这不是只有到了紧急状况下才会有的事吗？

我怎么能躺在床上？每年遇到这种时候，我理所当然地在最前线。芦席搭成的简易棚子，上面苫一块汽车苫布，一张桌子上摆着电话机、江堤设计图、一件雨衣、一个手电筒，还有提在手中的半导体喇叭，我每分钟都在下达着各种各样的命令，我可以一连几夜不合眼，一连几天粒米不进。等到洪水一退，个个弄得像泥猴似的抢险民工们在江堤上爆发出欢呼声时，我会当场晕倒，被抬进医院，打吊瓶，注射"能量合剂"……可那是快乐呀！

我现在算是什么？躺在床上等着别人来保护？

我穿衣下地，找手电筒找不到，找胶面雨衣也找不到，我又不敢弄出声音来，金鹿如果听见，那是无论如何不会放我走的。我不能小看她，她是省委第一书记郭晴川收买过去的小"克格勃"，她手上有郭晴川机关和家里的电话号码。郭晴川肯定指示过她，只要我有"异常举动"，她就有权通过"热线电话"告发我。我上个月已经尝过一次厉害了。那次是我轻度犯了病，刚住上院就穿着人家病房里的休养服逃走了。后来达成妥协协议，设家庭病房。可是在滴注"小分子"时，我一待护士出门，立刻把针头从胳膊上拔下来。于是万般无奈的金鹿只能向郭晴川告密，搬兵来压服我。

找不到就算了，我倒是摸出了一件旧风衣，还是我50年代穿旧了的，是苏式的，在箱子底下被压得皱皱巴巴。

我不能走前院门，院门上有大铁闩，卸下它来肯定有很大动静。我决定走后门，翻墙出去。

不过，翻大墙，对于我这60多岁的人来说，可不是件轻松的事，好在我小时候常常翻墙偷人家的青杏子吃，我知道怎样才划不破裤子。

烟囱旁有现成的折叠式梯子，是半个月前房舍维修队的人上房串瓦时扔在这儿的，还没来得及拿走。

我把折梯搬到墙下，爬上去，正好一抬腿就能迈过铁箭头的栏杆。不过下的时候到底摔了个腚蹲儿，砖墙上长着湿滑的青苔，一踩一出溜。

我从泥地上爬起来，踮脚向院里望望，金鹿那间房子的小后窗上漆黑一片，没有灯亮。我成功地瞒过了她。

我向前走了几步，马上裹在忙乱、嘈杂的人群里了。

确实是总动员。不但男人出来了，女人也上阵了，连在街口下棋的退休老工人也都扛着铁锹、戴着大檐草帽小跑着赶到淮河路口集合，锣声还在小巷深处响着，"洪峰来了——""上大堤呀——"这喊声接连不断。

没人认识我，也没人理我。小伙子扛着麻袋跑过来，嫌我碍事，用力一搡，差点儿把我搡了个跟头，他还回过头来嘟囔了几句什么，好像骂我："没眼力，老不死的。"我一句不敢吭。这种时候，人家骂我祖宗也得受着，人老了手脚笨，就是碍事嘛。

斜风细雨，惨白的路灯照着人群。

一辆一辆的汽车都开到了淮河路口，有谁用半导体话筒喊了声："按街道为单位，一中队头车，二中队二车，以此类推，上车——"

一片踏水声、跑步声，人们纷纷攀着汽车大厢板爬上去，全都站着，手扶着高栏。

我到底算哪个街道、哪个中队的？

我只好见车就上了。我就近奔到一辆东风汽车跟前，张望一眼驾驶楼里，有两个穿花塑料雨衣的姑娘和司机挤坐在一起，正在吃香肠面包。我真有点儿嫉妒，我这老头子只好站在敞篷车上挨淋了!

我两手扳住大厢板,左脚蹬在车轱辘上,蹿了好几下子都没蹿上去。上面伸出两只手来,是两个披雨斗的小伙子,一哈腰,毫不费力地把我两脚腾空地提起来,扔到了车厢里。用这个"扔"字一点儿都不夸张,他们像扔一个麻包一样,摔得我好疼。一个小伙子非但不同情我,反而讥讽我说:"笨蛋!"我只能忍着,黑乎乎的雨夜里,他绝对认不出我是个老头儿。

我的衣服早湿透了,风衣一点儿作用都没有,而且又湿又重,贴在身上像冬天里的一块铁板,好不难受。我连帽子都没戴,雨水无情地冲刷着我那几根稀疏的头发,又顺着眉毛往下淌,常常淌到眼睛里去,淌到嘴里去,一股土腥气味。

车子跑起来了,一辆跟着一辆,是向着工厂区的祁家屯方向的。

车一开,就发吃的,一个足有半斤重的大面包,里面夹一根半尺长的香肠。

我的怀里也塞进了一大包子,我刚想说"不饿",分发面包的人叫了起来:"咦,怪事,怎么多了两个人?是不是有别的中队上错车的呀?"

一个小伙子说:"干活还怕人多?"

"问题这是分面包呀!"分发的人说,"我是按咱中队的人数领的呀,可没想吃空额。"

"匀着吃吧。"有人说。

我把分到手的那份递还给穿着又长又大的雨衣的人,说:"我是……爬错了车的!我一点儿都不饿。"

"你是老糊涂了咋的？"分面包的人说，"算了，你吃吧，你应该吃的，这是去抢险，又不是铲你的自留地去。"他又把面包、香肠塞回到我怀中。

这时汽车开上了西关大桥，桥上灯光如链，灯光不时地把车身照亮。我突然看见了金鹿！她就在前一辆车上，背着脸蹲在车厢右后角上。她披一件带雨帽塑料雨衣，是全透明的，看得见她里面的衣服。她左手扶着汽车的铁厢板，右臂夹着一件军用雨衣，还背着个暖水瓶。

我挨淋的滋味真不好受啊，我真想喊她一声，叫她把雨衣扔过来。这是完全可能的，车子在桥上排成了串，开得很慢，步行都跟得上，何况两辆车间距不超过四五米。

可是我忍住了，我知道叫她发现了目标的后果。她到了江堤上一嚷嚷，准坏事，大小头目知道了，都会马上派人把一个心脏病患者押送回家的。我在警告自己，挺住，别出声，别叫她发现了。我把脸背过去，躲在一个大块头小伙子背后。我真纳闷，金鹿是什么时候发现我失踪的呢？她的动作够迅速的了。

汽车在雨中奔驰着，车大灯照射着斜长的、扯不断的雨丝，汽车轮子溅起公路上的积水，形成一片片的水雾。我透过迷蒙的水雾看见了灯光，那是把半壁天都照亮了的灯光。我知道，祁家屯江堤到了。已经听得到水声轰响了，吼声比镜泊湖的瀑布要大。

事实上，在江堤下面一停车，就乱套了，在这漆黑的雨夜，人们怎么可能按什么中队、小队的建制来抢险呢？这下子我也不必担心金鹿发现我了，江堤上少说有五六万人，在这样密集的人群中找到一个人，那是很不容易的。

我又看到金鹿了，她夹着我的雨衣站在临时医务所门前，一根木桩上拉了一根电线，一只100瓦的灯泡很亮，照着她焦灼的神态。她不时地踮起脚来，在人群里寻找着。可能她看花了眼吧，有时向前跑几步，背在身后的旅游用的暖水瓶摇摇晃晃。

我就是在她眼皮子底下溜过来的，像从前打仗的时候从敌人碉堡底下摸过封锁线一样。

一爬上江堤，我就真正自由了。

在一片灯海中，大江也成了大海。在没有江堤的对岸，江水至少漫出去几十里，大概同30里地以外的大雁塘都连起来了吧？

今年的水情确实比1956年要险！江堤下面156个台阶全在水下了，水面距离江堤平面只有5厘米了！1956年战胜洪水后，我在这段江堤上立了个水泥标位，上面刻了一道红杠，标有"1956年最高洪峰水位"字样。可这一次，不要说大水淹过了水泥标桩上的红线，连水泥桩都整个吞没了。

大江像是暴怒了，精神变态了，疯了。它平时多么驯服，引人遐想啊！它那时是可爱的，平波如镜，像天一样蔚蓝，江上不时掠过练习滑水的体工队员，远处静静地浮着几片白色的三角帆，在江边露营的少先队员们嬉戏在水中，围坐在江畔绿色的草坪上，间或可看到几个上了年纪的渔翁在江湾怡然自得地垂钓……这时节的大江，就是个性格温柔、含情脉脉的女孩子！

可现在它变成了凶悍的泼妇，不顾一切地发疯、肆虐！江上哪还有什么蔚蓝色的颜色！它是浑黄的，卷着旋涡，漂浮着一大团一大团肮脏的泡沫，发出震天动地的咆哮声。

周晓波正在广播喇叭里现场指挥。这小子有点儿胆识，他果然把面粉厂的白面调上来了，装着面袋子的卡车在江堤下面排出去好几里地长，一条白色的龙！周晓波正在给人们鼓劲，他说得真带劲啊："江城的父老们、兄弟们、姐妹们、共产党员们、共青团员们、少先队员们，以及我亲爱的同志们，我是防洪抢险指挥部总指挥周晓波，我和你们在一起！1931年大水，曾使这座城市变成了一片水乡泽国，几万人死在水灾中；1956年大水，上级已经忍痛发布了放弃江城、保住哈尔滨的命令，可是我们英雄的江城人民没有炸堤，没有让哈尔滨受害，也把江城保住了！同志们，中央题词表彰我们1956年抗洪的纪念碑，就矗立在江堤上，矗立在你们的面前，这是江城120万人的荣誉！我们能把这荣誉变成耻辱吗？不能！我们不能让洪峰从这英雄的纪念碑顶漫过去。同志们，市委常委12个同志，市政府、市人代会、市政协的领导同志都在江堤上，省委第一书记郭晴川同志就在你们当中扛麻包，我们的心连在一起！同志们，你们可曾想到，我们的前任市委书记、历年防洪抢险总指挥李赞同志也悄悄抱病来到了江堤上，我没有见到他，他的家人正在找他，他就在你们中间……我们有这么好的人民、这么好的干部，我们有什么理由在洪水面前退缩呢……"

十几里长的、人群如蚁的江堤上，爆发出一阵雄浑的呐喊声，像一阵沉雷。这声浪压过了洪水的咆哮、风雨的嘶鸣。周晓波真是个天生的演说家、鼓动家，他的话说得我心里热乎乎的，眼睛潮乎乎的，我扛着50斤重的白面袋子走在滑溜溜的江堤上，一点儿都不感到吃力。

我心里感到好笑。金鹿这丫头好聪明啊！看样子她意识到不可能在几万人中发现我这个小目标了，就去找总指挥部，企图寻求帮助。我心想，周晓波也好，郭晴川也好，他们有天大的本事，也休想把我从人群中辨认出来。

小伙子们居然扛三四个袋子，连黄毛丫头们都扛两个袋子。我这一次也扛两个。

这可不是玩儿的，走了一段路，只觉得左肩胛骨疼得厉害，像有谁在那里插了一把刀，接着，疼痛感开始向后背扩散。我用右手支撑在胯骨处，喘口粗气，左手抹了一把顺脸淌的雨水，再往前走，觉得腿有点儿发抖了。大概是饿了，我后悔没在车上啃几口面包。

我看见，无数双穿雨鞋、胶鞋、球鞋和皮鞋的脚急急地从我跟前跨过去了，在江堤上延伸开来的白面袋子垛起来的面粉壁垒正在升高，江上涌起来的大浪已经开始向面粉墙冲击，一下，又一下……

面粉墙是牢靠的。水冲上来，只能把面袋子里的面粉湿透一层，这濡湿的一层立刻黏着起来，形成密不透水的防渗层，直到洪水撤下去，每袋面里至少还存有 25 斤到 30 斤的干面粉，而粘在面口袋上的面粉，还可以用来打饼干，廉价出售，5 分钱一斤，赔不了太多的，1956 年大水过后，江城到处在叫卖"过水饼干"。

突然，我脚下一滑，肩上重心不稳了，猛然一栽，我肩上的两袋面扑通一下掉到江水里，我真呆，我竟想捞出来，结果左脚又打了个滑，我一头栽到了水中。

幸亏人多，还没等我沉下去，早有两个人把我架了出来。其中一个人竟对我骂了起来："你这浑蛋！不要命了？掉水里还想捞！你那命就值一袋白面钱哪？"

我抬起头来，抹把雨水，嘿，骂人的竟是高在榜！他也认出了我。我倒没觉得怎么样，他却大为不好意思起来。不过，这种表情也就是一瞬间的事，很快就过去了。高在榜把我拉到江堤下面，那里有一个草席棚子，他把我拉进去，从一个帆布工具袋里拿出一个酒瓶子来，是龙泉酒。他打开瓶盖，说："来两口，抗寒。"

我冷得发抖，真的喝了两大口，食管和胃里立刻觉得暖和多了。他又拿出面包和香肠叫我吃。我早就饿了，接过来就咬了一口。这是怎样的面包啊！有一半叫雨水淋湿了，泡得软软的，另一半沾了好多泥。香肠呢，虽然没有泥，却是别人咬过的，明显地残留着牙印儿。

我一点儿都没犹豫，吭哧一口，咬了一大块香肠，又啃了一大口面包，我说："这面包、香肠是天下最好吃的东西了。"

正在拧湿衣服的高在榜龇牙一乐，说："你不是也说过橡子面饼子是天下最好吃的东西吗？"

我停止了嚼咽，有点儿奇怪地打量着高在榜。他怎么知道这个？他为什么要说这个？

我确实说过这样的话，不过那是在好几十年以前了。我那时是抗联第一路军的联络员，有一年冬天，大雪封山，日本鬼子搞并大屯政策，我们被困在山里冰天雪地中，几天没吃到东西了。后来派我从包围圈的缝里溜下山来，想找地下党解决点儿粮食，我却饿得昏了过去。等我醒来时，发现我被人搭救到一个地窖子里，一老一少坐在我对面，他们烤了一个黑得像泥土的橡子面饼子给我吃，我吃得那个香！要知道，这橡子面本来不是人吃的东西，可日本鬼子按月"配给"橡子面，吃得人拉不下屎来，天天胀肚子。可我那天却只觉得橡子面饼子好吃。

我那时，当着那一老一少两个做木头的木把（伐木工人）说："橡子面饼子是天下最好吃的东西了。"

我忽然想起了什么，我问："你，就是那个使弯把子锯的小伐木工？那有山羊胡子的老木把呢？"

"是我爹。"高在榜说。

"你为什么不早说！"我说，"解放后，我打听过你们。"

"你倒是不用打听，名字天天上报纸。"高在榜说，"我真动过去找你的念头，可爹不让，他说，咱这时候去找人家啥意思？叫人家报恩？咱不是那路人。再说，咱这破衣烂衫的样子去见人家，也叫人家害怕。"

这么说我，我多少有点儿委屈，我是那种人吗？我问高在榜："老爷子不在了吧？"

"早不在了。"高在榜说，"解放后，他回关里家了，1960年自然灾害时，饿死在老家了。"

我觉得心口发堵，又一口也吃不下了。

这时，小草棚子里又拥进一些人来，大部分是老年人，真的有好多人是面熟的。在哪儿见过？打太极拳的地方？练鹤翔桩的树林子里？还是街灯下下象棋的胡同口？

他们拧衣服上的水，烤火，把湿透的烟丝烤干，卷烟抽。

我也特别想抽一支烟。

一个老头似乎看出了我的心思。他正在费力地卷一根"报纸王"，卷得好粗，像一根胡萝卜。不能叫人容忍的是他在牙缝里刮下一点儿又黄又臭的牙垢，把牙垢当作黏合剂，把纸烟的尾巴粘住。

他点着火，抽了一大口，然后把烟传给另一个人，这样依次传下去，一人只抽一口过瘾。终于，传到我跟前了，只剩了一寸多长一小截烟尾巴，经过七八个人嘴里叼过的纸烟尾巴，沾满了唾液。

大家都静静地望着我。

我不禁回想起抗战时期的地炕子里、解放战争的战壕里，那时不是常有这种事吗？几十个人轮班抽一根烟，喝一碗水，多么正常啊！没有哪个人犹豫过，想到过卫生！

我那时不是市委书记呀！

我终于接过了烟头，叼到嘴上，香甜地吸了一口，又传给了下一个人。

当我把一口蓝烟吐出去以后，我发现，几个老头子都望着我乐呢，这种只能意会的乐，是我从前没有看到过的。

有一个说："我说，你会下棋不？"

我说："凑合事，不过是臭棋篓子！"

"没事。"他说，"回头好天气时，傍晚胡同口见。对了，带个帆布小凳，你有钱，多带两盒好烟，咱们借光跟着冒冒烟，咋样？"

我一口答应了："我还可以泡一壶好茶！"

大伙都笑了。

高在榜说："咱们居委会办个人才培训中心，缺个大顾问，你干不干？"

"干！"我慷慨答应，"你们聘请，我就当！"

我油然感到我本来就和这些人是一伙的。从前，我和他们中间总好像隔着一堵看不见的墙，如今，在防洪工地上，一场特大洪峰把这堵墙冲垮了。

我在这堵墙的废墟上好像找到了丢失的我！我快乐极了，我真想大叫一声。

风声、雨声、洪水宣泄声混成一体的江堤上，金鹿还在找我吧？她恐怕不会找到我了吧？

（原载 1985 年第 3 期《花城》）

作家将以被告身份出庭

"问题作家"遇到了新问题

被称为"问题小说家"的盛弩熬了个通宵，当他把桌上的稿子收拢起来时，窗户上已经爬上了一片曙光。

盛弩站起来做了几下叫不出名目来的体操，一头钻到被子里，打算美美地睡上一觉。

他有个习惯，哪怕困上10天10夜，入睡前也总要看上几分钟的书，文字仿佛是催眠剂。他捧过床头柜上的一捆书报信函，都是昨天晚饭后送来的。他没有去看一沓读者来信，也没有去翻新出的几种刊物，照例把晚报抓到手中，先去披览《本埠新闻》的栏目。

突然，他被一则醒目的标题吸引了：后天上午9时，将在市人民法院第三公判庭公开审理政治骗子李孝英诈骗案……

"问题作家"总是有点儿问题癖的，不知出于什么原因，他兴奋起来，一时睡意全消。他有一种强烈的欲望，无论如何要躬逢其盛。要知道，这是提倡法制以来第一次的开庭审理，而且这个曾经轰动全城、被记者们描述得神乎其神的案件，已经积了一年有余，社会上流传过种种猜测。如今，这个谜底到底要揭晓了，盛弩还真不知道会是一个什么结局呢！

在这座城市里，骗子李孝英的大名家喻户晓，一点儿都不亚于市委书记。其实，李孝英不过是一个 23 岁的青年，入狱前是个默默无闻的插队知识青年，他既没有权柄在握的师长、亲友，也不拥有殷实的家道，于是只好长期待在乡下。据说，李孝英是个找不出污点的青年，可是生活往往能把人诱导到烂泥塘里，一个人想洁身自好不容易，被溅上一身污点，那是不足为奇的。

去年春天，李孝英回城探家，百无聊赖，经常去泡电影院、戏院，他打算在一个礼拜里，把全年应看的节目都补足，如此而已。

天晓得，李孝英是怎样过上另一种生活的！

那天，大舞台剧场首演古装戏《王昭君》，想买张票谈何容易，早在 10 天前就都预售净尽了。李孝英在戏院门前徘徊了很久，想买一张退票，不走运得很，没有一个人退票。他不甘心，还想再等下去。不巧下起雨来，他发现有一辆"伏尔加"牌黑色轿车停在广告栏前，车门居然没有锁！

李孝英纯属为了避雨，钻了进去，大大方方地半躺在沙发座上。他当然不会知道，这是市委书记吴义南的车（是秘书开车来为书记一家人订票的）。但是，有心人就认得出车号。譬如有个脸长得蛮漂亮的女演员冷静就一眼看出了这辆车子的来头。

她大概一直在寻找机会而未得，一见车里坐着个潇洒的小伙子，便认定是能和吴书记说得上话的人，于是俯在车门口殷勤地问道："怎么，不想看戏吗？"

李孝英没好气地斜了她一眼："没有票啊！"

冷静巴不得有这样献媚的机会，于是赶紧拉开车门，说："没别人的票，还能没有您的吗？请吧！"

李孝英当然不傻，他立刻明白过来，他之所以受到如此厚待，完全是因为借了"伏尔加"的光，反正他只是要看戏，乐得装聋作哑，顺水推舟。

戏还没有开场，李孝英被冷静让到首长休息厅去喝茶。冷静并不冷静，她急不可待地问道："您是吴书记的儿子吗？"

李孝英说："不是，我是从北京来的。"

从北京来的、能坐上市委书记专车的人，那来头肯定更大，说不定是吴义南的老上级或老战友的孩子——冷静这样想。于是她开始盘问李孝英的根底。她几乎把中央政治局、人大常委会委员长、副委员长、总参谋长、副总参谋长的名字一一念叨出来（难为她有这样好的记性），但是李孝英一律摇头否认，不承认是他们的儿子。可是后来，不知是出于什么心理，也许是被她缠得不耐烦，也许是出于恶作剧或对生活的捉弄，当冷静提到一位副总长名字时，李孝英竟然笑而不答。于是，冷静狂热起来，亲自陪"副总长的儿子"看戏，还把剧院院长介绍给他。市文化局长闻风而动，主动上门来。也难怪这些人如此热情，他们都是有求于李孝英的：女演员冷静希望得到一套新住宅；剧院院长的儿子今年在某地质学院毕业，希望借助权势分回到省地质研究所，否则有可能到大西北或大西南的深山老林里吃苦头；至于文化局局长，早就想补上市委宣传部副部长的缺了，怎么能不全力巴结、讨好"副总长的儿子"？

李孝英就这样被莫名其妙地抬到了云彩顶上。当然，后来的事情，他是逃不掉干系了，他居然摸到了吴义南书记的电话号码，再通过军队专机接转过去，仿着"副总长"的乡音腔调要吴义南"不要溺爱，要好好管教我的儿子"。吴义南当然乐于承命，他的"管教"办法是把自己的专车"伏尔加"拨给李孝英随意使用，宁肯自己天天另要公用车，直到45天以后李孝英被捕为止。

这段行骗史，报刊早在一年多以前就详尽披载了，并非什么时髦新闻。不过，在这场表面平息下去的波澜底下，涡流却一直没有停止过。有些人实在可恶，他们不去谴责骗子李孝英，却幸灾乐祸地拍手称快，大讲市委书记、文化局局长、剧院院长的"自觉上当史"，好像骗子是无罪的，要受到鞭笞的反倒应该是市委书记，岂有此理！

在这股逆流中，我们的"问题作家"盛弩，是被认为起了推波助澜作用的。应当说，他并不冤枉，对这起案件的结局，他一直在拭目以待，所以晚报上的这条新闻，很自然地驱跑了他的睡意，他又要琢磨点问题了。

盛弩正要到楼下传呼电话间去给报社记者打电话问问究竟，眼光却被一封刺眼的公函吸住了。那是一封寄自本市的公函，落款处印着黑色仿宋体字，是"市人民检察院"，作家的名字也是用黑笔写的。

盛弩有生之年，尚未与检察院、法院打过交道，他无论如何也猜不透检察院为什么写信给他，总不会是请他去讲创作体会吧？当然更不至于传讯他，盛弩是个连封建道德都肯去遵守的人，虽则并不舒服。

他将那封公函迅速拆封，只有寥寥的几行：

盛弩同志：

　　兹定于本月 13 号开庭审理李孝英行骗案，务请届时出席做证，此案涉及您某些因素。

盛弩素以研究社会问题而著称，看了此函，也愣住，一时研究不透问题症结所在。他与李孝英素昧平生，要他出庭证实什么呢？见鬼！

不过，盛弩是有点怪癖的，别人躲事还躲不及，他却喜欢往是非旋涡里搅，他觉得置身旋流以外是摸不着问题的。因此，他看了这个无头告示非但不忧不慌，反倒乐于前往，他无论怎样，都想象不到他会是以一种什么角色出现在法庭上，但一定是很好玩儿的！

且慢！他还得设法"进入角色"，免得演砸了戏。他决定马上出去摸摸底细。

作家若是工具就好了

盛弩没有来得及走出屋门，就不得不退回房间。有一个 40

岁左右、穿一身中山装的人，夹着黑色公文包走了进来，皮鞋踏得地板笃笃响，很有几分气质。

来人礼貌而冷淡地问道："是盛弩同志吗？"

盛弩本来是应当热情的，看来人自傲的架势，他产生了本能的反感，大概觉得"来而不往非礼也"，于是抱起肩膀客气而冷漠地说："请坐——假如你愿意的话。"

来人睨了盛弩一眼，拉把椅子坐下，说："我是市委办公厅的，姓冯，你叫我冯处长好了。"

盛弩偏偏不称他的官衔："噢，老冯同志，找我有什么事吗？"

冯处长又斜了不卑不亢的盛弩一眼，他大概第一次见到作家，第一次体会到作家这种"见官大三级"的清高作风。他心里虽然不舒服，可是为了把事情办得顺利一点，他不得不委屈一下，脸上露出温和的笑容，说："我不大看小说，可您的大名我还是知道的，吴书记也经常提起您。您好像不到40岁吧？年轻有为啊！"

这一套不着边际的恭维，使盛弩像吞下一只苍蝇那么难受。此前，市委吴书记却是把他视为异端的。盛弩听别人说过，有一次在宣传工作会议上，吴书记就点过盛弩的名字，他说："盛弩这个作家很有才气嘛！才非所用，就要帮倒忙的！问题小说，什么问题？无非是在社会主义制度里挑毛病，找问题！好事为什么看不见？他的小说，社会效果不好嘛！譬如，我的秘书告诉我，他写了一篇小说叫《谁的罪过》，公然同情一个骗子，把板子打在各级领导身上。我了解过市委13个常委，有9个常委是反对的，能说社会效果好吗？"

　　谢天谢地，幸亏还有 4 个常委是赞成盛弩的，否则，后果真不堪设想。

　　那么，今天这位处长的光临，是不是要来开导他注意社会效果呢？大概是的。

　　果然，冯处长开始接触实质性问题了。他说："青年犯罪是一个社会问题，因素当然是很复杂的了，但是，不能不认为，有些作品实际上起到了教唆的坏作用，譬如您那篇《谁的罪过》……"说到这里，他打开了公文皮包，从里面抽出一沓纸，放到盛弩面前，"请您看看好了。"

　　盛弩耐住性子拿起那沓纸，原来是一份预审笔录，有一段文字是画了红杠的，无疑是要提示盛弩重点去看的部分。

　　审判员：你的犯罪动机是什么？

　　李孝英：没有动机。

　　审判员：你是个在红旗下长大的青年，是什么力量促使你行骗的？怎么会没有动机？譬如，社会上有没有人教唆过你？

　　李孝英：没有。

　　审判员：再譬如，有没有哪篇小说、哪个电影启发你去行骗？

　　李孝英：我不看小说。

　　审判员：《谁的罪过》你也没看过吗？你要老实交代，不然你的问题结不了案，要无限期蹲班房的。

李孝英：我看过《谁的罪过》，我是受了小说影响的……

盛弩看到这里，只觉得全身的血一下子都冲到太阳穴上，他把那份没有看完的笔录唰的一下甩回到冯处长怀里。他现在明白了，检察院之所以要他出庭做证，原来他是以"被告"和"教唆犯"的名义出庭的，他感到受了极大的侮辱。他冷笑一下，说："我的小说不过说了点儿真话，不过写了一点点生活中大量存在的事情。如果我的笔不去写它，社会上就不存在阴暗的东西，那我一定洗笔洗手。倘或你能拿出证据，证明李孝英真的是看了我的小说才起意行骗的，我愿意负法律责任。但是，你这份笔录是诱供，我不怕丑，希望我们也勇敢一点，把这份笔录公开发表，你敢吗？"

冯处长大约没有料到作家还有这么一手，他连忙说："那没有必要。当然喽，你说的不能说没有道理。问题是，现在社会上有股歪风，他们不去谴责骗子，却把责任往领导身上推。所以，我是来同您商量的，希望您能顾全大局，从党的利益出发，出庭一下。哪怕违心地承担一点责任，这对党、对你个人都是有利的。"

冯处长说得够明白的了，让我们的作家出面揽过，替人受罚。

盛弩开心地笑了起来，笑过，他说："是呀，从我自身的利益考虑，你确实给我指出了一条十分得体的道路，可我若是一件得心应手的工具就好了——可惜我不是。真遗憾，现在，你可以走了，我会出庭做证的，不，也可以站到被告席上去。"

冯处长的鼻翼呼扇了几下，终于没有说出一句话来，悻悻地走了，留下一阵急促的脚步声。

作家可惜没有惩办的权力

正如盛弩自己所说的，他不是工具，更谈不上得心应手。为了争得不当工具而做一个可以维护自身尊严的人，他曾付出了多大的代价啊！剃鬼头、挂牌子、住牛棚，浩劫总算过去了，他手里那支笔，终于可以写点良心发现的作品了，却不料又要搅到法庭上去。

盛弩正在气闷，楼下传来一片杂乱声音。他推开窗子向下望，只见一群衣着朴实无华的青年人正向楼下患风湿症的老太太问什么。老太太说话不方便，只是举起手杖向楼上点了点，于是那群青年人一拥而上，楼梯打鼓样地响着。

又是一伙不速之客！这群男女青年是来找盛弩的，每个人的胸前都戴着综合大学的校徽。

为首的是个梳短发的姑娘，看上去文弱，说起话来却响亮，有节奏："请您原谅，作家同志，我们是法律系学生，有一件事，不得不来打扰您的工作。可以进来吗？"

盛弩苦笑一下，说："当然可以。不过，我的屋子只有 10 平方米，同学们别挑剔就是了。"

大学生们一拥而进，坐床沿儿的，坐板凳的，甚至连地板上都坐满了人，还好，给作家留了一把藤椅。

盛弩笑道："昨天一夜未睡，因此没有做着好梦，今天一早就和法律打上交道了。你们这些未来的法官、律师们，一定也是为李孝英的事情来的喽！"

梳短发的姑娘说："您说对了。我叫李丹，是受权讲话的人。您的作品我们看过很多，您能够切中时弊，提出许多发人深思的问题，特别是那篇《谁的罪过》，我们认真讨论过，觉得您提出了一个十分尖锐的问题，那就是，骗子固然可恶，可逼使他走上这条邪路的旧势力为什么不应受到鞭挞？如果骗子真的是首长的儿子，那么，他的一切骗术岂不都是天经地义的了吗？可是，不客气点儿说，您只提出了问题，却没有回答问题，这不能不说是遗憾的。"

盛弩被李丹伶俐的口齿打动了。他笑了笑说："作家、作品的责任是反映生活，却从来没有承担惩办人的使命，那是法律的事情。所以，我并不遗憾，你们是真正寻求解决问题的人。"

李丹笑道："您也许是对的。可是，您不去关心法律，法律却要来关心您的。您大概已经收到出庭做证的通知书了吧？"

盛弩心里不觉暗暗称奇，这帮未来的律师们，竟然动用起侦查手段，这么快就知道了一切。他想了解一下大学生们的真实想法，于是用不介意的语气说："这有什么大惊小怪？"

"不，"李丹那张带三分稚气的脸上透出了七分严肃，"事情并不那么简单。据我们了解，这是一个计谋。有人想把骗子的犯罪根源推到您的小说上，这是滑稽戏，连野蛮的中世纪宗教法庭都没有过先例。"

盛弩故意说："那有什么办法？人家供认是看了我的小说才犯的法，这是检验作品的社会效果啊。"

这几句话激怒了所有来的大学生，他们一下子都站起来，面红耳赤地吵起来，有指责，有辩论，弄得盛弩狼狈不堪，简直无法招架了。

还是李丹有点儿权威，她向同学们摆了一下手，屋子里立时鸦雀无声。她对作家说："我们尊重您，首先是尊重您的人格和正义。您如果拿人格同法律开玩笑，您势必得到加倍的嘲弄。"

嗬！李丹公然对作家使用起外交辞令了。

盛弩觉得好玩儿，就故意忍住笑问道："假如我真的出庭，做出了违背你们意愿的事，你们又能怎么样？总不会判我两年徒刑吧？"

"是的。"李丹说，"可是，世界上除了有刑事法庭以外，还有一种无形的良心法庭，您不会过得舒服的，因为您危害了公共道德，纵容了邪恶。何况，我们会当场让您出丑，把您批得体无完肤。"

一个男同学接着说道："我们法律系同学组成了一个70多人的律师团，由李丹充任首席辩护律师，已经声明，我们不计代价地充当李孝英的辩护律师。"

好大的阵势！盛弩虽然觉得这有点类似"大民主"样子的超级辩护律师团并不见得被法庭承认，但他的心被这群正直青年感动了。如果说他在"问题小说"里没有找到问题答案的话，那么，现在他找到了，祖国未来是光明的，光明必将战胜邪恶，这希望的曙光，就蕴藏在这些正直的热血青年身上。

盛弩不再兜圈子了，他向大学生们说出了自己的想法："我是要出庭的，哪怕是以被告身份被传讯。法庭也是一种斗争场合，为了保障现代化建设得以实现，我们都有义务去维护社会主义法治的威严。从某种意义上说，作家的笔是起不到这个作用的。"

大学生们几乎欢呼雀跃起来。他们临走前，李丹告诉盛弩说："现在看，这次开庭审判阻力很大。检察院同市委吴书记商谈了三次，让他出庭做证，因为他是直接为犯人行骗提供汽车的人嘛。可是他拒绝了。据我们了解，昨天午后，他以开会为由，躲到黄山温泉疗养院去了。文化局局长没有那么大的谱，却在家泡病号，看来也决心不去丢这个丑。而且据可靠消息说，市委已经讨论过四次，指令法院判处李孝英三年有期徒刑，如果不是检察院和法院顶着，市委根本不主张开庭公审的。"

盛弩很佩服李丹他们的能量，他说："这不是对实行社会主义法治的嘲弄吗？没有开庭，市委怎么就好越俎代庖先行判决了呢？"

李丹反倒笑了："有趣的正在这儿。所以，我们感到，李孝英的案子是一块试金石，是能否尊重法律的一次考验。我们决心维护社会主义法治的不受侵犯，就由此开始。"

学生们走了，盛弩感觉心里踏实起来。他甚至盼望早点到开庭的日子，他已经预见到真理战胜封建特权的曙光了。

他忽然觉得肚子饿了，就走到厨房去，打算做点儿早点吃。

作家不是贵妇人裙边的巴儿狗

盛弩刚喝了一口牛奶，又听见了叩门声。

他心里说："这是怎么了，一清早就门庭若市的？"

尽管不耐烦，他还是打开了房门。

这个来访者是个四十五六岁的女人，胖瘦适中，穿着雍容华贵，特别是配上一副无边方形镜片，更衬托出了她的身份。

她很客气，笑容可掬的样子，话说得也蛮亲热："哦，对不起。你是小盛吧？"

盛弩习惯性地用冷静的眼光一边观察着她，一边拉过一把椅子请她坐。

这女人显然是希望作家询问她的身份，见他不问，只好委婉地自报家门："看，你这屋子都叫书堆满了，真是个做学问的人啊。难怪我们家吴书记常常提起你，夸你是一肚子文才呢，敢情，读书破万卷嘛。"

这女人讲话有点儿艺术，含而不露地点明了身份，既然称"我们家吴书记"，那她自然是吴书记家的了。

不用她说明来意，盛弩已经大体猜出了她此行的目的。不过他心里有点好笑，那位办公厅冯处长唱黑脸达不到的效果，书记夫人扮红脸会得到满意的结果吗？

他很想研究一下她。这样高档人物，他还真缺乏研究呢。

见盛弩没有什么反感的表情，书记夫人露出了更明显的笑容，她在继续运用语言的艺术。她特意环顾了一下房间，用打抱不平的口气说："哎呀，一个出名作家就住在这样一间鸽子笼里！老吴啊，他整天叫会议缠住了，他若是知道，说什么也不会不管的。回头我叫办公厅行政处长办一下，靠菱湖不是新盖了几栋带洗澡间的房子吗？叫他们给你拨一套。"

盛弩虽然觉得滑稽，却并不认为书记夫人在开空头支票，她绝对有这个本事，只消给行政处长挂一个电话，那他盛弩就可以享用到一套阔气的房子了。可是，他明白为什么一下子他成了幸运儿，他更多的是感到悲凉。

书记夫人随手翻了翻他刚写好的小说草稿，说："真是大手笔。叫我抄，我都要头疼的。听说你的书都卖到香港、日本去了呢。"

盛弩应付地一笑："我写得不好。"

书记夫人脸上带着神秘的色彩说："你听说了吗？最近中国作家协会要组织一个作家代表团，到日本、西德好几个国家去访问呢。听组织部说，咱们省有一个名额。"

好香的诱饵！

说心里话，盛弩早就想出国去看看了。他不贪图游山逛景，不乞求去开开洋荤，他倒是真心实意地想去看看中国以外是个什么样子，用自己的眼睛看，用自己的大脑分析，而不是人云亦云。他对于那种把海外描绘得像一片神仙乐土的说法，如同对前几年说西方一无是处一样不感兴趣。

现在，这梦寐以求的机会送上门来了！

盛弩当然知道得到这份荣幸的代价是什么，出卖灵魂，出卖真理，把社会犯罪的狗屎全部拍到作家脸上，然后在狗屎上头再涂一层胭脂，最后坐上波音飞机去出国观光。

他忽然感到胸腔隐隐作痛，脸上火辣辣的，他感到比指着鼻子骂他祖宗还不堪忍受。

但是他并没有发作，没有采取对待冯处长那种态度，生活使他学会了对付各种手段的办法。

他脸上挂着难以捉摸的笑，问道："您有什么事吩咐我吗？"

书记夫人不光懂得语言艺术，还是深谙世故的人。她始终没有正面点破她登门拜访的目的，总是顾左右而言他。她在听了冯处长碰了钉子的报告后，骂了他一句"愚蠢"就决定亲自出马了。

她坚信：响鼓不用重槌敲。她本人就是个受过大学教育的知识分子，她更懂得知识分子的性情，他们敏感、正直、清高，又易于感情用事，他们抵得住高压，却经不起感化。她相信，用不着把事情真相说穿，只要对方感动了，那他就自然明白应当怎样去报恩。

她猜对了一半。盛弩的敏感是不用怀疑的。可是智者千虑总有一失，她忘记了另一条，盛弩不是蹲在贵妇人裙子边的巴儿狗！

书记夫人到底没有交底、摊牌，盛弩也乐得装疯卖傻，直到把她送走。

盛弩喝掉半盏冷牛奶，忽然来了灵感，坐到桌前急速地写下了一个标题：作家将以被告身份出庭。

作品的顺手是可想而知的。各种人物都送上门来了，用不着他花力气去体验生活。说真的，即使他登门造访，也未见得能这样真实、生动地把握住他们的内在灵魂啊！

作家的形象思维靠不住

一篇一万字的小说一挥而就，由于激情和责任感的驱使，他自认为写得很精彩，几乎无须眷清就很干净。

他重读了一遍，忽然产生了一火焚之的念头。这篇小说怎么可以没有被告人李孝英的形象呢？他为什么承认是受了小说的毒害才行骗？如果是假的，那他又是在什么情况下，出于一种什么心理招供的？

盛弩感到必须弄清楚，一则为了小说更完满，二则为了明天的出庭。

于是他连忙骑上自行车，通过检察院去见看守所里的李孝英。

盛弩是带着一种悲凉的情绪走出看守所大门的。李孝英非但没有读过他的小说《谁的罪过》，甚至连鲁迅是何许人都不知道。

盛弩向他提出了一长串古今中外名著的书名，他一律瞪着眼珠子表示茫然，后来他突然说："我读过《智取威虎山》，是小本的有画的小说。"

盛弩哭笑不得。李孝英充其量是个小人书读者。

距离开庭还有十几个钟头，他坐在桌前出了一会儿神，觉得改小说还在其次，拯救青年是当务之急。从重判刑能使李孝英改过自新吗？法制不是法治，李孝英自己不是说了嘛，他啥原因都没有，当官的那么吃香，他就恨他没有一个当官的爸爸。

听起来是幼稚可笑的，可细细想来，却又道出了一个朴素的道理。打击这个人固然应该，不煞住封建主义特权的歪风，像李孝英这样幼稚的青年难道不会再走邪路吗？治本还是治标呢？

他正在胡思乱想，李丹带了几个同学气喘吁吁地闯了进来。

李丹张口就问："您同李孝英谈了些什么？"

盛弩被责问得张口结舌，茫然地望着她，半晌才说："没有说什么呀，我只是问了问他前后过程。"

李丹气呼呼地坐下，尖刻地说："我以为您要比我们成熟，我却忽略了您是靠形象思维生活的。不过，社会上的事情，可不都是形象思维啊！"

盛弩显然意识到事情出现了坏的趋势，于是问道："怎么，我帮了倒忙吗？"

李丹叹了口气，说："你不该告诉李孝英，要出庭为他辩护。"

盛弩说："我也告诉他，以毒攻毒是不正当行为啊！"

李丹说："你一离开看守所，有人就给书记夫人打了电话，她马上给黄山挂了长途。吴义南连忙打电话给检察院和法院，指令取消这次开庭审讯。"

"理由呢？"盛弩有点儿愤然了，"他一个人能代表市委吗？他有什么权力凌驾于法律之上？"

李丹反倒显得老练了："道理和现实总是有距离的。中国的家长制延续几千年了，父母官一句话，就定论了，有什么奇怪。而且他说得头头是道，法律系学生竟然搞个70多人的律师团为骗子辩护，矛头指向谁？学生与专门揭露社会阴暗面的作家结合起来为犯人撑腰，这不是向无产阶级示威吗？你听，没有几分道理吗？"

盛弩一屁股坐下去，心里一阵阵发冷。

他是手无缚鸡之力的人，他能有什么办法呢？除了重新改写他的小说《作家将以被告身份出庭》，他一无所长。

而且，这篇作品能否与读者见面，本来就是个问号。

（原载 1981 年 2 月《芒种》）

手杖不是权杖

除了走街串巷吆喝着卖水豆腐的，很少有人起得这么早，街面上静悄悄的。大概昨夜夜市散得很晚，烤青玉米的炉子里还有残火，瓜果市上到处是西瓜皮、烂西红柿和骡马粪。

我的手杖点地的声音笃笃的，特别响亮，像是经过扩音器扩大了几倍音量。我知道，这是因为手杖的尖端套了一个金属箍圈。小孙子果果不知从哪里找来这么一个铜箍，替我套在手杖顶端。他把我的这根花梨木手杖称为"权杖"，像斯特凡大公握着的"权杖"一样威风。

哈，多有意思！"权杖"！一个把一切权力都交出去的老人，却握着一根没有半点实际意义的"权杖"！我不由自主地把手杖横在手中掂量了一阵。这根花梨木手杖质地真好，用手掂一掂，沉重，称手，有一种金属感。由于我每天几乎不离手地摩挲，手杖像烤了一层亮漆，红油油、亮晶晶的。

每当我踱出雅静的康宁路，提着手杖出来闲走时，总有人在背后悄悄议论。我听不清他们在议论什么，但我敢肯定，十有八九是在议论我的"无所事事"，或者"权杖失落"云云。

他们都以为我早已失掉了权杖，只不过是一个普通老头了。哼，他们哪里知道，我仍是陈实的耳目、参谋、后台，我是不掌帅印的帅，不拿权杖的王！两个月前，省委正式跟我谈话后，市委书记处书记陈实暂时坐到了我的转椅上。那天，我到办公室去搬东西，带了两个孙子、一个外孙女，我连服务员都不想麻烦。可是陈实把我好顿奚落！他说："我可没赶你啊！你照常来，你的办公室还是你的办公室，我可没有抢交椅的意思。"

我的办公室真的保留下来了，早晨照样有服务员给送上一暖水壶开水，照样有人打扫屋子，甚至连传阅的文件也照常送到我桌子上，稍有的一点区别是没有人给我泡好一杯茶放在桌子上了。泡茶倒不是服务员的职责，向来是李海宽的额外负担。那时李海宽还不是办公厅的秘书长，只是行政处长。他来得很早，冬季，他给我泡上一杯花茶，其余三个季节一律为我泡绿茶，他说花茶热天上火，而绿茶的功能恰恰是败火消暑。

开初，我在家里实在闲不住，还和从前一样按点上机关去，人们见了我一样客气，一样带笑点头，可我渐渐悟出来，那表面看上去没什么两样的客气和微笑里面，已经缺少从前那种敬畏成分了，代之而来的是无所谓的应付，像说"今天天气哈哈哈"一样。

我的办公室已经无公可办。从前，我一上班，屁股还没等坐到椅子上，就会拥进一大群人，送文件的、等待签批的、请示报告的……我那时名副其实是这个一百多万人口城市的中枢神经，我的意志随时随地化成我的指令，不容改变地通过这严密且有效的神经网送到每一根末梢神经去！

一离休，情形大变了。茶还是那一杯，屋子里却再也没有那种令人烦恼的喧闹了。那时节，天天忙得我当众骂娘，一边骂娘一边高效率地决定着许多大事，每天浸泡在烦恼的快乐之中。现在呢，那种烦恼再也不会有了。清闲和孤独包围起人来，比忙乱要讨厌得多。

从那以后，我不再自讨没趣，不再象征性地去坐班了。

天已经大亮了，许多路灯都还亮着。我仰起头看看那些像鸡蛋黄一样的路灯，心想，管路灯的人该打屁股，一个灯泡一百瓦，全街多少？全市多少？这种浪费还得了吗？不知道电力十分吃紧吗？

我绕着水泥电线杆转了一圈，也没找到路灯的开关，只好独自叹气。

炸油条的挑子上街了，送牛奶的三轮车三三两两地从我跟前驶过去，跑步的、打拳的也陆续出现在林荫道上。

我的"权杖"声音一下子变小了，注意听，才听得到嗒嗒声。

我不知不觉走到漠河路了，咦，怎么满地是铁屑垃圾和断裂了的耐火砖块？啊，路口右面的通用机械厂正在搬迁，院子里矗立着好几台液压吊车，冲压机、牛头刨床都已经装到了30吨的平板运输车上。

为什么要搬家呢？生产发展了，新建了现代化的厂房？这是可能的。可是，干吗把这里的旧厂房也要扒掉呢？厂房旧是旧一点儿，卖给街道企业或者租给待业青年们办工厂，不是比两手攥空拳好吗？

这些败家子儿!

我的"权杖"狠狠地在马路上戳了几下。我觉得这种做法简直是不能容忍的。

我把头掉过去,望见几棵火焰松后头的那栋日式小楼时,心头的火烧得更烈了,我想把一腔怒火都发泄到陈实身上!

毁坏这座工厂建筑,陈实会不知道吗?就在他眼皮子底下嘛。陈实住的小黄楼和通用机械厂是近邻,一墙之隔。

我正想到陈实家去点着他鼻子问个究竟,却被一个饶舌的老头缠住。他的样子比我老迈得多,头发全白了,背也有点儿驼了,可他仍然是个大块头,足能比我高出半个脑袋。这老头手大脚大,10根手指头伸出来,像10把钢锉,不用问,是个退休的钳工或者锻工。

"看什么呢,老哥?"驼背老者凑到我跟前来说,"看西洋景吗?这年头,稀罕事越来越多。没听说吗?福建卖假药,29个省市都有人买;假茅台酒里掺敌敌畏,为的是有那股子酱香味儿;河北往鸡肚子里注射凉水以增加分量;北京铁路摔坏几百台电冰箱……所以呀,啥怪事都不怪了。"

我有些反感,我觉得这老头子嘴太冷,他像许多讨厌的家伙一样,以长他人威风为荣,以灭自家威风为乐事。所以我冷冷地说:"有蚂蚁,可不见得遍地是蚂蚁。"

"那是,那是。"驼背老人完全不理会我的反感,一味说下去,"怪事年年有,这年头怪事格外多呀!因为市委书记失眠,怕吵,就拆迁一座工厂,这可够新鲜的了……"

"你说什么?"我大吃一惊,老头的话像是投向我的一颗炸弹！我知道，他这是在讽刺市委书记陈实，我忍不下这口气。他挖苦陈实，就如同挖苦我一样不能忍受。

真会像他说的那样吗？

不，无论如何不会的。

这座通用机械厂，在这儿矗立半个多世纪了。我刚进城时，它是一座小型的民用铁工厂，只能打点儿镰刀、锄板、犁铧之类，后来才逐渐发展起来的。

打铁的叮当声，鼓风机的嗡嗡声，吵得人心烦意乱。更要人命的是那震天动地的空气锤，它嗵嗵起来，大地、房屋都跟着打战。晚上睡在床上，觉着床板都被它震得咯吱咯吱响。

这种滋味我尝够了。我在这座小黄楼里住过5年，就任市委书记时搬过来，升任第一书记时迁走的。不知是从什么时候起立下的不成文规矩，这座荷兰式的小黄楼成了市委书记的法定住宅，而一旦提升为第一书记或省委书记，就会立刻搬走。论居住条件，小黄楼在这个城市里是首屈一指的，比我现在住的房子还多50平方米。

问题是小黄楼有个倒霉的邻居，这家专门生产噪声的工厂使得小黄楼大大贬值了。

刚搬来这里时，呼啸的空气锤弄得我彻夜失眠，不得不靠吞几片冬眠灵来躲灾。我也好，我的前任市委书记们也好，没有一个人会异想天开，动起拆迁工厂的脑筋来。

我也不相信陈实会自私到拆迁工厂的地步。即使他有此心，也未必有这个胆量。他这样干，有何颜面见全城父老？

不，不，陈实不是这样的人。

在市委机关里,陈实是出了名的"老正统",不要说这样大的事情,平时机关里迎来送往的宴会桌上,都很少能见到他的影子。假如不是他的政声甚好,我下来之前,能把陈实写在荐贤名单的榜首吗?其实,陈实只比我小两岁,这年头,小一岁都是很吃香的,别看他小我两岁,他却可以安安稳稳地再干一届,而我,就得自觉自愿地下来,尽管我精力正在充沛之时。

会不会是秘书长李海宽下令干的呢?这个人倒是干得出来的。

一想起李海宽,我的心里泛起一股苦森森的味道。他是我一手提拔起来的干部,5年来,由普通科员升到科长、副处长,又跳到秘书长的位子上,这在市委机关里,地位已经是相当显赫了,好多实权都在秘书长手中,即或够不上操持生杀予夺大权,也可以称得上"权倾朝野"了。所以好多和李海宽资历差不多的人妒意十足地给他起了个外号:"三级跳"。正因为如此,在确定秘书长人选时,市委十分慎重,而在提拔使用李海宽的问题上,我同陈实的观点水火不容,他坚决反对,没有一丝一毫妥协的口气。我鼎力扶持,绝无半点退步的意思。当然了,那时我还坐在第一书记的椅子上,在市委常委会上,尽管人人都明白彼此平等的浅显道理,可是扪心自问,又有谁不明白更为浅显的道理?那就是,第一把手的那一票是灌了铅、镀了金的,沉重,闪光。

于是,李海宽就任秘书长的提案以微弱多数通过了。

李海宽有没有缺点呢?人无完人,怎么会没有呢?反过来说,你陈实就没有缺点吗?干吗要马列主义尖朝外,只会从严要求别人呢？

我知道舆论的核心是什么。无非是说"李海宽是马屁精，仰壳撒尿往上浇"，还有更挖苦的，说李海宽对上级"是绵羊"，对群众"是虎狼"。

群众这么说倒也罢了，万万没有想到，在常委会上，陈实也这样评价李海宽："这个人的思想意识不够纯正，对领导往往是投其所好……"

"你干脆说他专门施放糖衣炮弹得了呗！"我气得火冒三丈，"什么叫投领导所好？和领导多接近一点有什么不好？难道见了干部都哭丧着脸，像欠他二百吊似的就好吗？不要当群众的尾巴嘛！"

我觉得我的驳斥是极为有力的！

我也知道，李海宽对领导是格外热情一些。照顾和溜须毕竟不是同一概念，哪一任行政处长不是围着领导转的？这又何罪之有？

我也听到过一些议论，说李海宽为了巴结我，来了个全家总动员，每逢节假日，全家都上，赶着到我家来做义务仆人……你听，这嘴有多阴损！

是的，一到节假日，他们全家都来我这里不假。那是我邀请来的呀！他们会饭来张口地等着吗？大家动手热热闹闹地过星期天，不是人之常情吗？怎么轮到我这儿，就成了仆人与奴隶主的关系？

别人背地里嚼舌头倒也罢了，叫我心里发烦的是陈实，他居然能把这些上不得台盘的东西倒在常委会会议桌上！

最后，前第一书记的意志变为市委常委会的意志，我松了一口气。随后，我也离开了第一书记的椅子。记得，我在同陈实交代完工作以后，顺便谈起了李海宽，我说："李海宽的事，你还耿耿于怀吗？将来你会明白的。他到底是怎样的人，不能人云亦云。"

我敢说，我这几句临别赠言是真理。可当时陈实只是固执地、不屑地一笑。

几个月过去了，我没有机会去问陈实对李海宽是否改变了看法。我想，至少是不那么反感了，按陈实从前的态度，他说不定能随时罢免李海宽的。

站在通用机械厂的废墟旁，我又迷茫地反问自己："你怎么会想到是李海宽的主意呢？是出于对他的了解，还是出于对他的不了解？"

我一时无法回答自己的提问，不怕别人笑话的话，也可以承认，是没有勇气回答。

你还像从前一样赏识李海宽吗？啊，不，你已经不是李海宽的上级了，赏识和青睐这样的词儿已经属于词不达意了。那就换一种提问方式：你还像从前一样对李海宽抱有百分之百的好感吗？

我的心仿佛经历了一次轻轻的震颤，震颤之后，是弥漫开来的酸甜苦辣的混合滋味。我只能让这种说不清的滋味留在心头，当着任何人也不好出口的，特别应当对陈实一级保密。是啊，我怕陈实笑话，怕他得理不让人，怕他自吹"三年早知道"。

李海宽在过河拆桥！我敢说，这个成语用得绝对恰当！我没有用了，说得更难听一点儿，对于他的继续提拔没有用了！他李海宽把我当成一块随手捡起来的砖头，敲开了他要敲的房门，现在，又毫不可惜地把砖头扔掉了。

他是这样的人吗？我很想说他不是，可那件事怎么解释呢？

他竟然下"毛毛雨"，叫我做搬家的准备。岂有此理！

他小子倒也挺鬼。他料定我会骂他个狗血喷头，骂得他走不出门去，他不敢来，却派了两个行政处的毛头小伙子来传达旨意。会说的不如会听的，别听那两个小伙子说"是统战部的意思"，可我认为这是越描越黑！统战部管统战，还管起房子来啦？

真他娘的憋气！怎么能不憋气呢？让一个出生入死的共产党人给沦为流寇的国民党人腾房子！

据说，我现在住的这幢俄式房子，从前是一位国民党要员的，此公天亮前出逃，这栋房子解放后作为敌伪财产没收充公。据那两个行政处干部说，最近有消息说，那个当过伪国大代表的流亡者如今仍健在，而且在美国旧金山经营起电器商行，最近要回来看看。

看看就看看吧，干吗要赶我搬家？莫非要那位如今当了大亨的国民党人再回到老房子里重温旧梦？

我猛然想起了我还在任时的事。也是从省里传下消息来说，俄式别墅原来的主人可能要回来看看。当时市委常委扩大会议上议过此事，有人提出过：是否把房子腾出来，好好整修一下？那时的行政处长李海宽坚决反对，他说："能不能因为要同蒋经国先生搞第三次国共合作，就把南京的总统府也腾出来呢？"

李海宽的话征服了提议腾房子的人，我住在那里安然未动。

可是，今天李海宽为什么不再拿这样的话来征服别人了呢？

我找了好多种答案，替李海宽辩解、开脱，又都推翻了，唯一推不翻的就是这么一条：我已经不再是市委第一书记，因此也就没有资格"与统战政策抗衡"了！

这就是李海宽吗？

人人都说是的。

我有权的时候，也偶尔听过类似的议论，但我多数时间是带着火气听的，听不进去，而且怀疑他们"打狗"的目的是打"主人"。他们把主人跟前的狗统统打光了，我不就彻底被孤立了吗？耳聋，眼瞎，只好被蒙蔽。

在我放下权杖以后，我常常觉得我的耳朵、眼睛都比从前好使了。

最叫我震惊的是"北方实业公司"事件。"北方实业公司"是市文化局和几家剧团联合经营起来的，是我签的字、批的条子叫他们贷款。我看文化系统太可怜了，舞台戏卖不出座去，大家坐吃山空，要办一个公司未尝不可。他们经营了半年，就名声大震了，报纸、电台一齐吹，我被吹成他们的"实际董事长"。我派过几个文墨班子去抓这个典型，"北方实业公司"成了改革家的样板。后来，省纪委找上门来，说这家公司问题很多，要求市委配合清查。记得当时李海宽自告奋勇带队进驻这家公司。他去，我也放心，李海宽是善于领会领导意图的。

果然，两个月后，李海宽拿回了足以驳倒纪委调查材料的证据，满天乌云全散，典型仍旧是典型。事后李海宽是这样说的："怎能叫北方实业公司倒台？这是第一书记的点，它倒了，等于给书记脸上抹黑。"

历史是无情的，上个月，"北方实业公司"的盖子到底捂不住了，他们买空卖空，炒买炒卖外汇……十几个人被开除了党籍，进了监狱。我听纪委的老吴说，如果我在任那次彻底查一查，那时还只是一般性问题，由于我的红伞的遮护，他们敢于变本加厉了。

是我害了一批干部，然而李海宽呢？听说他这次又是联合调查团的负责人，说他的攻势相当凌厉，苦战了三个通宵，就把犯罪分子们的防线突破了。

李海宽比那个犯罪集团危害要大！

我不知从什么时候起产生了这样一种意识。

有没有私人意气呢？我在努力搜索这方面的因素。不能说没有！我对李海宽有气，是因为他再也不到我那里去嘘寒问暖了吗？是因为他不再为我准备每天早上的第一杯热茶了吗？是因为前几天水库来了新鲜鱼，他居然把我忘记了吗？还是因为我要车不再是"豪华型"，至多是标准型皇冠？

不会这么直接，但也不能一点儿关系没有。"势利眼"是很多人都有的通病，可那分对谁，我吃不了这一套。

现在回过头来看，我不能不佩服陈实这家伙了！他有知人之明，他在我被李海宽迷惑着的时候，就十分清醒了。

我很后悔，在我有权摘掉李海宽这种人"顶戴"的时候，却又额外赏了他一根双眼花翎；如今在我没权的时候，却大彻大悟，可惜已经迟了。

手杖毕竟不是权杖！

我独自苦笑起来，双手摆弄着这根花梨木的手杖，忽然想入非非：假如这时候再给我一次执掌权杖的机会该有多好啊！哪怕一年也好，不，一个月足够了。那，我会大刀阔斧地干一场，把我离休以来看到的一切弊端，来一个一次性手术！

这当然是想入非非了！

唉，真是不可思议，有权的时候偏偏干了那么多蠢事，到了没权的时候，反倒如此的清醒！

不过，我也不悲观，陈实的权杖不是在手吗？我可以假手于他！何况他本来就比我清醒些。

我正往陈实家的院子里走，一辆伏尔加轿车从我身旁擦过去，拐到陈家后门停住。

啊，是李海宽，一家人下了车，妻子手里提着一尾鲜鱼，女儿手里提着蔬菜篮子，司机从行李箱里取出一箱汽水、一箱啤酒，几个人高高兴兴地摁响了陈实家的门铃。

我站下了，不再想往陈家院子走。

是忌妒？有一点儿。是失望？也有一点儿。更多的是说不出来的滋味。多么熟悉的一家人啊！从前，每个星期天的早上，李海宽一家人不也是这样出入我家的吗？

废墟前面，一些工人来上工了，通用机械厂院里机器声、马达声隆隆作响，黄烟冲天而起。

我听见，那饶舌的驼背老头又在饶舌："好好的房子硬要扒掉，是吃饱了撑的……不扒不行啊，《参考消息》上说，超过多少分贝的噪声能使人发疯，市委书记疯了可不好办啊……"

开推土机的小伙子大声说："你懂个啥？工厂噪声污染，咱市委书记失眠，工厂搬走，不就清静了吗？"

"什么人出这损主意？"有人问。

"除了马屁精李海宽还有谁这么会溜？"那小伙毫无顾忌地说下去，"这主意可不损啊！人家打的旗号可亮堂了，叫作给老厂更新换代，叫作解除居民的噪声干扰……"

我的心像被什么狠狠地刺了一下，我觉得小伙子句句在说给我听，句句是指桑骂槐，但是，他肯定是无心的，我确实不认识他。

我离开烟土四起的工厂废墟，顺林荫路走着，我的"权杖"再也不威武地点着马路了，而是扛在肩上。

我有一种从来没有过的失落感。

我差点撞在一个打太极拳的人后背上。那人回过身来，我愣住了，他却哈哈大笑。

原来是陈实。

陈实不理我，他在街心公园的落叶松林下坚持做完了白鹤亮翅和海底捞月两套动作，才走过来："大清早发什么傻？"

我实在憋不住了，也忘了做一些解释和铺垫，挥舞着我的"权杖"，生硬地、几乎是命令式地说："必须把李海宽马上撤职！这种人危险得很，思想意识不纯正，对领导是投其所好！"我差一点说出"有的领导偏听偏信"了。

陈实哈哈大笑起来，他说："什么叫对领导投其所好？和领导接近一点有什么不好？领导就不许有知近一点的朋友？见了领导，就该哭丧着脸，像欠谁两百吊的样子？不要当群众的尾巴嘛！"

我像被用钉子钉在了地上一样，面前有如打了一串焦雷！陈实一本正经说出来的话，不正是从前我替李海宽辩护的词儿吗？

他如今鹦鹉学舌般说出来，脸都不红一下。

接下去，陈实一本正经地说："李海宽这人很地道，很可靠，将来接我的班是没有问题的。"

我来不及想陈实对李海宽改变印象的表面的、实质的过程，我只是想到了这样一点：写一份自我反省的材料，当一面镜子在党内印发，叫那些权杖在手的人听听失落权杖者的内心独白。

太阳冉冉地升起来了。

（原载 1985 年第 1 期《作家》）

萨哈连乌拉

我行进在青幽幽的波涛上。真的，尽管你从船舷旁伸出手去，掬上来的一捧水像露珠一样清亮，可黑龙江的色泽确实是青森森的，它像一口古老的深井，埋藏着不知几万年的神秘，谁也无法解开它的谜。

不知为什么，每一次航行在黑龙江上，我都像进入了安徒生的童话世界。

"啊啦赫尼娜，啊啦赫尼娜……萨哈连青味萨哈连大，赫哲人的手上有鱼叉……"划船的姑娘唱起了标准的赫哲人小调。有一个乘客也是同族，吹起了口弦琴，像是用树叶子做成的"叫叫"的声响，虽然原始，却很动听。姑娘的唱法也很原始，既不是什么美声唱法，也不是什么通俗唱法，唱的是纯粹的打鱼人的"伊玛堪"民歌。

她长得并不漂亮，脸有些扁平，用电影界行话来说，是不大好打轮廓光的脸型，眼睛不大，皮肤由于江风吹打，有些粗糙。

　　我想起了萨哈连娜，她在哪里呀？

　　我明明提醒自己，眼前这位摆船姑娘和萨哈连娜风马牛不相及，可我总是产生错觉。昨天的记忆是无法夷平的。

　　算起来，是三年前了。我搜集民歌素材到了街津口下面的一个小村子里，找了好几个年过七旬的赫哲族老人，请他们演唱古老的"伊玛堪"民歌。可是没记成谱，因为这几个老人偏偏是不爱说唱的，我只好乘船到另一个村子去。

　　萨哈连娜被指派为艄公和向导。

　　我吃过大马哈鱼肉馅的饺子，背着录音机，沿着长满红毛柳的毛毛道奔向泊船的江边时，猛然间吓了一跳，赶忙就地蹲在柳毛丛里，一动不敢动，连喘气也不敢大声。

　　原来，一个赫哲族少女正在江边浅水里野浴，健美的身材在阳光下闪着光。她几乎是旁若无人的，哼着好听的赫哲民歌。我蹲坐在草丛里，都听得见姑娘往身上撩水的哗哗声。

　　在闷热的、蒸腾着潮气和青草香扑鼻的草丛里待着，真不是滋味。白天，蚊子、小咬本来已经贴在草叶背面休息了，这时受了我的搅扰，倒活跃起来，成团地扑脸颊，还直往耳朵眼和鼻孔里钻。我真想朝那任性的赫哲族少女大吼一声："你快点儿洗不行吗？"

　　终于没好意思喊。

　　过了一会儿，我听见一阵金属样清脆的笑声，笑得好长。姑娘笑够了，忽然冲我大吼："别藏在草里喂蚊子了，我的音乐家同志！"接着又是一阵天真无邪的纵声大笑。

　　我走出草丛，有点儿狼狈，裤子上沾了好些草籽儿。我看见这位赫哲姑娘背着阳光在江水前面站着，短裙下露出两条健美的腿，赤着一双很大的脚。再向上看，她穿的是一件没有纽扣的鱼皮褂子，缀满了新式的金属片装饰，闪闪发亮，像舞台上歌唱家们的演出服。那种用鳇鱼皮制作的衣服，一般来说，现在只能在博物馆里见到了，而她，嘿，却真有办法弄了这一身的复古装束，而且只在腰间松松地扎了一条鱼皮绳带子，胸部半裸半露，隐约可以看见隆起的乳房。

我把视线压得低低的，不好意思去看她的脸。

大概是我的样子太熊吧，她又纵声大笑了一阵，然后便从红毛柳丛中扛出一条桦皮船来。

我只在北京图书馆资料室里查阅过有关赫哲人桦皮船的资料，那是俄国人纳达罗夫所写的《北乌苏里概要》里所提供的一点儿图片资料。万万想不到，20世纪80年代，赫哲人竟还保存着这种原始的桦皮船。

我试着动了动放在卵石滩上的桦皮船，顶多三四十斤，弓起手指头叩击一下船帮、船底，铿然作响，真正的金属般的音响。

我望了一眼烟波浩渺的黑龙江，再用手捏一捏鸡蛋壳样的小桦皮船，然后，目光便瞟着了眼前这位很有几分野性的姑娘。

她猜中了我的心思，把桦皮船往水里一推，自己先跃上去，拿起铲形桨，挑战般地对我说："敢不敢上啊？"

我会游泳，即便翻了船也不至于丢命，可我不放心我的这一批录制好的音乐素材和资料，万一这些盒式录音带沉到江底，那我这半年来的心血就全部付诸东流了。

见我犹豫，姑娘说："是怕你的录音带吧？拿来！"

她麻利地接过录音带，全部塞到一个塑料口袋里，外面又套上一个鱼皮口袋，斜背在身上，接着向我一挤眼睛："这回怎么样？"

这回，满可以。

我小心地上了桦皮船。

没坐过桦皮船的人，真无法想象它的优越性。由于它体轻，转动灵活，只要桨稍稍动一下，桦皮船就如箭一样往前射，我的形容一点儿也不过分。

"你叫什么名字啊？"我问她。

"你往哪儿看！"她用斥责的口吻说。我赶紧把目光从她颤动的胸上转向烟雾弥漫的江面。

她又宽宥地笑了，说："我呀，我的名字和这条江一样，叫萨哈连娜。"

"这条江？"我真有点儿弄不明白了。

"黑龙江是后来的名字。"萨哈连娜一往情深地说，"从前，它叫萨哈连乌拉。你知道，乌拉是江，是河，萨哈连是黑色，连起来就是黑色的江。"

我想起来了。这可能是满语，因为松花江叫"松阿里乌拉"，意思是漂满松树花的河。

"你知道黑龙江的水为什么是黑的吗？"萨哈连娜像舞蹈演员那样，以优美迷人的姿势划着桦皮船。她歪了头，问我。

我摇摇头。我正百思不得其解呢。松花江的水是黄的，乌苏里江的水是绿油油的，黑龙江的水是青森森的，三条江汇合以后，形成黄、黑、绿三条彩带，并肩流淌，几十里地都不融合，真是一种奇观。

萨哈连娜嫣然一笑，把桨和录音带往船上一放，连鱼皮服也不脱，一个猛子便扎下水去。几秒钟光景，又蹿上船来，手里抓着一块亮晶晶的河卵石，是黑石头，像是涂了福建的脱胎漆，油黑锃亮。

"明白了吗？"姑娘的头发梢儿、眼上、眉上都滴着亮闪闪的水珠。她把石头递给了我。

"是这黑石头把水衬得发黑了？"我问。

萨哈连娜无声地一笑，点点头，说："别听他们瞎编，什么秃尾巴老李大战白龙，都是胡诌八扯！"

黑龙江在又高又蓝的天底下静静地流淌着。我眯起眼来看它。它有时不像一条河，倒像一条巨大的黑色传送带，均匀地、不紧不慢地在天底下运转。我们这只小小的桦皮船，还有中心界那一侧挂着苏联国旗的水翼船，还有那艘挂着五星红旗的航标船，都像是这条巨型传送带上慢慢蠕动的小甲虫。

太阳暖洋洋地晒着我的脸，小小的桦皮船里蒸腾着淡淡的鱼腥气息。萨哈连娜不时地哼着古老而优美的赫哲民歌，而我像是催眠曲里的孩子，真想在这轻轻摇摆的桦皮船上沉沉睡去。

哗一下，冰冷的水忽然泼了我一脸，头顶上炸开了一串几近疯狂的笑声。

是萨哈连娜将那江水往我脸上撩呢，她笑着喊："该下船了！"

我又看到了她那丰满的、颤动的乳房，不过这一次，像是有意在我眼前炫耀似的，她并没有责令我移开视线。

我向岸上张望了一下，首先看见高高的将军崖上有一座大约 40 米高的铁架子，铁架平台上有瞭望楼，一架高倍望远镜在上面支着。明白了，这自然是边防哨所的瞭望塔。

"上这儿来干什么？"我不肯下船，"这里全是军人，他们会唱'伊玛堪'吗？"

萨哈连娜又往我脸上撩了一下水，说："你看太阳多高了？在这儿吃了午饭再走！"

拗不过她，只好听命。

看来，萨哈连娜是将军崖哨所的常客，她见了谁都打招呼。喂猪的兵刮她鼻子，扎着白围裙的炊事兵唱着南腔北调的"伊玛堪"与她取笑，文化干事拿了一卷子招贴画送她，只有一个满手机油、穿着蓝色作业服的兵只是斜了她一眼，从她左边擦肩而过。这个兵看来是修理机械的，或者是开摩托艇的，有一身黑红的腱子肉，像半截铁塔。

萨哈连娜扔下我，跑到红砖房的兵营里去了。不一会儿，又跑出来，煞有介事地站在台阶上高叫："将军崖哨所最高军事长官、连长袁方明召见作曲家！"

院子里的士兵都哗然大笑起来。

随着笑声，走出一个 30 岁上下的青年军官，他一脸含笑，打了个检阅官似的手势，说："欢迎！希望我们哨所能给作曲家同志留下印象，将来在你的黑龙江组歌里有那么一两个音符就行了。"

我也乐了，走上去同他握手。

袁连长皱起眉头，说："你来得不巧，没什么菜。

小李——"

一个穿胶皮衣服的战士跑过来，打个立正："报告连长——"

"去弄点儿菜！"

随后，袁连长便拉着我的手进了他的办公室。

在我同袁连长闲聊的当儿，萨哈连娜不在了，我也没找她。

半个来钟头，门外有人喊报告。

"菜弄来了？"袁连长推开窗户问。

底下的人在外面喊："少了点儿。"

我也站到窗前去看。袁连长说："是少了点儿。这几天不怎么好弄。"

天哪，他们所说的菜原来是鱼。小李和另一个士兵用木棒子抬着两条大鱼，一条是鳇鱼，另一条是鲤鱼，两条鱼都比人高，尾巴拖到地上。看那两个兵，累得肩膀都打战。

我啧啧惊叹了一番。

袁连长下令："做生拌鱼、鱼丸子、熘鱼片、炒鱼丝，要快！"

鱼被抬走了。

趁还没有吃饭的当儿，我到外面去走走。

这一带的江面特别开阔，遥望对岸，只模模糊糊看见边岸的轮廓线，茫茫的白沙滩，一堵墙似的白杨树林子，林子上头，间隔不远就竖立着一个瞭望塔。苏联那面的浅水里有人游泳，沙滩上还有人在晒太阳，江边有一些挂着各色帆的帆板。

我们这岸是悬崖，到处是灌木丛、红毛柳，杜鹃一声又一声地叫着。黑龙江显得太宁静了，太古朴了，太原始了，除了大自然的声息，什么都没有。如果没有铁制的瞭望塔穿插其间，你在这里排演几百年前的历史剧，绝对不需要任何加工。

我听到了一种异样的声音，就在我立足的崖边不远的柳毛丛里。

我侧过身来向那里张望，看见了红毛柳柔嫩的枝条在晃动。

我好奇地蹑手蹑脚地走过去，双手分开密密层层的灌木枝叶，一时间，简直不敢相信自己的眼睛了。一个大兵正骑在萨哈连娜身上。我一时不知道该下什么样的结论才对。正在我进退两难、不知该怎么办才好的时候，两个人已经穿上裤子站了起来。当兵的低着头从我身旁一阵风似的跑过去，消失在灌木丛中，看那半截铁塔似的身材，我认出了他就是那个摩托艇水手。萨哈连娜没跑，只捋了一把瀑布般的秀发，半裸着那一对颤动的乳房，朝我走过来。

我惊愕地望着她。我发现她的牙齿紧紧咬着上唇，咬得嘴唇没了血色。她显得很平静，可平静中潜藏着愤怒，我从她那本来蕴含着野性的眼睛里看到了一丝凶光，哦，这是不是古书上所说的"杀机"呢？我有点儿胆怯了，对这次江边漫步非常后悔。我不由自主地后退了两步。不能再退了，再退就掉到悬崖底下去了，而那里是黑沉沉的黑龙江水。

萨哈连娜一直逼到我跟前，默默地望了我好久，忽然抽出右手打了我两个耳光，然后悻悻然地说："你去告发吧！"

我的头一时涨得有笆斗大，我真想回敬她两个嘴巴，然后骂一句"淫妇"或者其他什么话，可是我忍住了。我想了想，轻轻对她说："我，什么也没看见。"

"是吗？"萨哈连娜似信非信地笑起来，"那好，你就饿肚子同我马上上船。"

她那逼人的目光一直盯着我。

我明白，她是不想给我在哨所逗留的机会，也就是立即中断我与袁连长的任何接触，那么，守口如瓶的保证才有可能落实，当然是这样。

我虽然感到萨哈连娜幼稚可笑，可还是屈从了。"好吧，马上走。只是……连告别一声的机会都没有，我太不礼貌了。"

"这个交给我。"萨哈连娜的样子不像方才那么凶了，还掏出一包鱼皮豆来，分给我几粒，说："方才……他给我的。"

我知道萨哈连娜的"他"是指谁，为了不招惹她，也不便多问。不过，平白无故挨两个耳光之后，再吃她的鱼皮豆，可实在不知是什么滋味。

鸡蛋壳样的桦皮船又飘飘摇摇地在江涛上晃了，我越寻思越窝火，心里很不是滋味。如果不指望她把我送到下一个村子去，我是不会这样委曲求全的。

萨哈连娜一上船，好像满天阴云都散了，立刻恢复了她那无忧无虑的模样，唱她的小调，讲她的故事，甚至向我撒娇，好像在此之前根本就没有那两个耳光的响声。

我忽然想到了报复。我嘿嘿冷笑一声，说："你认为，把我弄上船，不让我再见到袁连长，你就没事了，是不是？"

萨哈连娜停下桨，眨动着乌溜溜的大眼睛看着我，冷静中透露出一丝恐慌。

我说："我哪怕回到北京，只要写一封信给将军崖哨所的袁连长，还不是一样？"

"真的吗？"萨哈连娜也回我一个冷笑，"如果你真是这样的恶魔，我现在就把你掀到黑龙江里去！"

她的眼睛里又一次闪露着凶光。

我的心咯噔一沉。这种玩笑，无论如何是不能再开下去的。我告饶般地说："开玩笑，开玩笑，我不会去告发的，永远不会。"

"你发誓——对着大江。"萨哈连娜用桨戳点着江水。

发誓，容易。

我认认真真地说："我若是泄露此事，就掉进江里淹死！"

"喂王八！"她补充了一句更狠的。

"喂王八！"我诚诚恳恳地复述一遍。

她咯咯地乐了，扔下桨，扑到我跟前，双手搂住我的头，在我脸上胡乱亲吻着。这大概是她表示亲热和信任的方式吧。

待她又退回划船的位置时，我又认认真真地说："每个人都有爱的权利和被爱的权利，每个人都有选择爱的方式的自由，这又算什么事情。"

她有几分惊奇，大概是没想到我会这样的不拘泥吧！她笑了，笑得好看极了。

过了一会儿，她的笑容便消失了，忧心忡忡地对我说："可是，他……他……他是个有老婆的人，那也……行吗？"

我吃了一惊，这可是事前没有料到的。我除了顾左右而言他，已经没有办法令她满意了。可是我见不得她那双眼睛，那是一双充满了依赖、友谊和期待的眼睛。

"他是个兵？"我问。

她点点头。

这就更难办了。兵，服役期间是不准谈情说爱的，何况与人发生这种关系！又何况是少数民族女人！更严重的，这个兵竟是已婚之人！说他道德败坏，喜新厌旧，绝对是不过分的。

“你爱他吗？”我问，“他爱你吗？”

“那还要问！”萨哈连娜噘着嘴说，“你不都看见了吗？”

唉，我还能向她解释什么呢？这处在原始情爱圈子里的萨哈连娜，把性爱当成了爱情的一切。

“那，他应当先离婚。”我断然说，“不然，那是违法的，也是不道德的。”

“我不管，”萨哈连娜奋力划着桨，“那是你们男人的事。我爱他，他有老婆我爱，没有我也爱，一个样。”

我还能说什么呢？

三年过去了，我再也没有见到萨哈连娜，我曾经给她发过两封信，可是两封信都如沉入江底，再无消息。

我在这世上活了几十年，见过各种各样的女人，而像萨哈连娜这样给我留下那样难以泯灭印象的姑娘，还真不多见。不知为什么，我总怀念着她，怀念得如同青幽幽的黑龙江那样深沉。

这一次，黑龙江又见到了，可惜，坐的船不是桦皮船了。

我打听了。对于萨哈连娜，有人说不知道，有人说“出远门了”，我有点儿凄然。

上船之后，我送给扁平脸的女艄公一串玻璃珠子项链，算是讨好，然后打探萨哈连娜的消息。

那姑娘收下项链，马上戴到了脖子上。她斜睨了我一眼，不无讥讽地问："你不是那个来过这里的作曲家吗？"

"是呀，是呀，"我说，"那年，你大概还小，不认识我呢。"

"认识，"女艄公说，"你不是给萨哈连娜撑过腰，打过气吗？"

我大惑不解起来，这是从何说起？

"反正你有的是时间。"她说，"我叫舒茵娜。我们第一站是将军崖哨所，在那儿吃午饭。到那儿，你就知道了。"

将军崖哨所远远在望了，绿色的铁架子，绿色的瞭望塔，飘在黑龙江上空的国旗……一切都像三年前一样。那一排掩映在绿树丛中的营房，崖下的摩托艇，都使我想起了三年前与萨哈连娜在这泊舟的情景。我的心有点儿不托底，难道……萨哈连娜出了什么事吗？

将军崖哨所一如从前，可人事皆非了。最高军事长官依然笑吟吟地接待我们，也同样慷慨地下令去"弄菜"，吃鱼丸子、生拌鱼，可他已不是当年的袁连长。兵，也全是些生面孔了。

我有点儿索然。我找到正在洗脸的舒茵娜。

没等发问，舒茵娜就朝我摆摆手："跟我来。"

我们沿着通往江崖的羊肠小径走去。杜鹃在黑龙江两岸一递一还地叫着，灌木丛中蒸腾着潮土和青草的气息，黑龙江依然像一条缓缓滚动着的传送带在天底下流动……

突然，一个小土堆出现在我面前。小土堆上长了些多年生草本植物，差不多要把坟土盖严了。坟的底角，不知什么人从黑龙江底捞上来一些黑油油的河卵石，围了一圈。

是坟吗？

我的心怦然猛跳。难道，在这个极其荒凉的坟堆底下，就埋着昔日那个活泼可爱的赫哲族少女吗？

舒茵娜阴郁的目光证实了我的判断。

"怎么回事？"我一把抓住了舒茵娜的手，"到底是怎么回事？"

舒茵娜轻描淡写地说："男的犯了事，受了处分，复员回家了。萨哈连娜要跟他去，他不肯答应，他说那样是犯重婚罪。他走了，萨哈连娜就从将军崖上跳了下去……"

结局是如此简单，如此凄惨！

我的眼睛有点儿模糊了，我抬起头，只觉得青森森的黑龙江正在逆向流动。

我仿佛听见这逆向而来的江涛中，裹挟着一个赫哲族少女的近乎粗犷的"伊玛堪"歌声。

不，这也许只是我内心的长长的叹息。

（原载 1986 年第 3 期《小说界》）

康 乃 馨

12 号，比她的本名更普及，更容易记，久而久之，她的本名在养老院里变得陌生了。只有邮差送信、送礼品包裹时才响亮地呼喊她的名字，有时她竟会被吓一跳，那表情与喊不相干的人一样生疏。

12 号，是四年前她入养老院时院长为她编的床号，同时也是序号。本来按自然排法，她应当是第 13 号。她一知道自己是 13 号，头轰的一下，如吞了个苍蝇般恶心。她几乎是神经质地叫起来："我不要，死也不要 13 号。"这使院长和先她而来的老头、老太太们困惑不解。就在院长试图换上耐心的笑脸劝导她时，原来是 12 号的一个驼背的退休钳工宽厚地说："我的 12 号你相得中吗？若相得中，我换给你。"

于是她松了口气，幸运地成了 12 号。她在感激这个乐于助人的驼背老钳工的同时，内心也泛起酸酸的滋味，深感对不起他。她油然想起了小学六年级课本，她在给学生讲孔子的"己所不欲，勿施于人"的时候，不是说得言之凿凿的吗？她睡在

12 号铺上，一连几宿睡不安稳，白天总在留意驼背老钳工的表情，看看他有没有沮丧和勉强的神色，幸而没有，他照旧与别人在楚河汉界的棋盘上酣战，整天乐呵呵的，偶尔吼一嗓子不伦不类的京剧唱腔。

哦，原来他是没有知识。她想，是啊，他一辈子同老虎钳子、钢锉打交道，自然不会知道那幅叫《最后的晚餐》的画，也当然不会知道排在第十三位的犹大是出卖耶稣的叛徒，也自然毫无禁忌。看起来，还是没有知识的好，没有烦恼。难怪古人说人生识字忧患始呢。

她起得很早，此刻坐在面向秋天田野的长椅上，像是在凝视红缨枯萎的玉米地、稻穗低垂的水稻田，其实她眼里没有焦点。

昨夜下了今年的第一场轻霜，俗话说"雪下高山，霜打洼地"，一点儿不假，你看，洼地里白花花一片，像泛出一层碱花。

再过四天就是中秋节了。昨天她就看伙房的采购员从县里推回来半车各式各样的月饼，喜庆气氛正一点点地向这安静的院落渗透进来。

每当过节，她都心跳好些天。

她是养老院的一尊偶像，无论是精明的还是糊涂的，也无论是乐观的还是情绪低落的，老头、老太太们都尊敬她，他们看她的眼神中都带有崇拜的色彩，很像她的学生看她的目光。

这是她最大的快慰和满足。是啊，她与所有进入养老院的人不同，她说起自己的身世和家境，令所有人艳羡。黄昏或者是阴雨天，老头、老太太们便聚在一起饶舌，讲那些别人早已听腻了的陈芝麻烂谷子的往事。没有子女，暮年无依，只好迈进养老院；虽有儿女，但都不孝顺，或者儿女为生活所累无力赡养老人，这儿自然也是他们的归宿。听吧，人人都有一部辛酸史。养老院的伙食再好，护理人员再精心，其实都难以抚平他们心灵上的创伤。

唯有她与众不同。她是带着干干净净的行李，几大皮箱衣物和书籍，自愿到养老院入伙的，她不是被逼上梁山。

初时人们并不相信她的表白，驼背老钳工就说过，有人打肿脸充胖子。

四年来，她用事实证明了自己的清高和不俗。不用说她常常拿出零用钱、衣物周济别人了，单是各种节日的辉煌，已经叫那些老头、老太太们瞠目结舌后不得不对她肃然起敬了。

也许，不是她的出现，这些虚度了七八十年光阴的人压根儿不知道世上还有情人节，更不知道5月第二个星期日是母亲节，6月的第三个星期日是父亲节，还有感恩节、复活节、愚人节、圣诞节……再加上中国的传统节日、公历的节日，大家几乎每个月都要随她过几次节。每当这些土节、洋节来临前夕，人们不用看日历，只消从笑嘻嘻的邮差举着大邮包跑来就判断得出，又要过节了。

邮差是信使，但真正快乐的天使是她。

她的儿女们总是在节日临近时，从遥远的大城市邮来各种应时食品、礼物，而且每次花样都翻新。近年来邮局开办邮送鲜花业务后，又多了一样，每次子女随邮包奉上的总是一束香气四溢的康乃馨花。她不厌其详地向养老院的人讲解，康乃馨是专门献给母亲的花，如同中国人把母亲比作萱草。

她是养老者一群中的核心、重心，她明白，不是她当过四十年教师的经历，而是她有这样一群出色的子女而赢得了人们的敬仰。

太阳从山背后爬起来了，洼地的霜花斑斑驳驳地融化了。枯黄的草梢上滚动着亮晶晶的小水珠，照着她的眼睛，她觉得刺目，同时感到一阵阵心悸。

还能支撑多久呢？她这些天来不时地在心底自问。

她指的并不是生命的长短。确切点儿说，她更看重的是脸面、自尊。她为人师表的一生不容许她媚俗，她生命中的每一天都不能离开景仰的追随者，从前是学生，现在是养老院的老伙伴们。

有谁知道她心底的凄苦呢？她已经不止一次地发誓，把一切痛苦都悄悄地带到棺材里去吧，她留在人间的只能是清白与自爱、自洁、自尊。

她判断笑嘻嘻的邮差又快登门了。

她判断得没错。当吃过早饭，扁着没牙的嘴的老伙伴们来叫她时，邮差捧着好几束红的、黄的、粉的康乃馨，提着几大盒精致的南式、苏式、京式月饼骑车飞奔而来了。

老伙伴们友好的、欢快的、羡慕的目光全都射向她，她心里暖洋洋的。人们在重复着说了千百遍的话：看看人家……多有家教……真是龙生龙，凤生凤啊……有其母，必有其子……

这些议论每次都令她流泪。任何人都会认为这是喜泪，是激情的泪，她可以尽情地流泪，大哭也行，哭也是幸福，同样令那些各有各的不幸的人羡慕。

给每一张床的床头插上一枝飘散着清幽幽香气的康乃馨，给每一个孤寡老人分两块月饼，这只是程序，是她分享骄矜和自尊的一种心理上的愉悦和满足，她例行公事地在交口称道的气氛里飘飘然地走出了房门。

不知哪个多嘴的老太婆的一句话追了出来："是够有孝心的了，怎么从来不见一个儿女来看看她呢？真的那么忙吗？"

走到门外的她怔了一下，打了个寒噤。

是呀，她不止一次地告诉老伙伴们，她的儿子个个都忙，有的在国外讲学，有的在西部导弹基地，有的在远洋货轮上当船长……

她接到过很多写着洋文的信。她告诉别人，她的孩子为她办好了签证，让她到国外去。可她说她会过不惯的，她也不愿意去拖累子女。

于是，四时八节，依旧有源源不断的康乃馨和礼品从遥远的地方飞来。

她的目光又投向了院外的衰草。霜花彻底融化了，小水珠也蒸发掉了，像一切都没存在过似的。

她的心头越发沉重起来。她觉得自己的一切正是枯叶上的晨霜……

她不知道自己该去哪里，但脚步没有停过，似乎一点儿都没犹豫地走进了乡村唯一的商店，叫供销社。药品柜台只有3尺，夹杂在卖农药、兽药的柜台中间。

她买了一瓶安眠药，100片。

供销社的瘸子售货员有些吃惊，于是问道："前天你不是刚买过一瓶吗？这东西可不能多吃呀！"

"我知道，"她说，"老年人都离不开它，我好意思一个人用吗？"瘸子售货员一边收钱一边开玩笑地说："你这老太太，送点心，送鲜花，竟然连药片也送！"

供销社积土的柜台上电视机里正在播放一条西方的消息，说欧洲人一对青年男女平均生育 1.3 人，无法赡养两对老人，有科学家推算，到了下个 1000 年，即公元 3000 年时，欧洲民族将趋于灭绝……

这是纯数学运算，还是耸人听闻，她没心思深想。1000 年以后的事不是太遥远、太渺茫了吗？假如人类那时真的灭绝，也就没有孝与不孝之分，也无所谓子女、父母了，自然不用顾及脸面、自尊，想来倒是干净。

她脚步轻飘飘地飘出了供销社门槛儿。她手里用力攥着那瓶安眠药，手心都攥出汗了。

她信步来到村外小溪旁，溪水红红的，是小造纸厂流出的臭水断送了小河的清纯。但这里的野草分外茂盛，散发着清新气息。

该烧的信她陆续烧了，没什么扯不清的东西，她不愿叫别人拿她的家书去考证。

这个世界还是很美好的，地平线上浮荡着一层雾浪，流动着，幻化着人世间的种种美好与丑恶。

忽然她听到了一阵呻吟声，是在草丛里。

有人在哭吗？啊，不，那分明是快乐的呻吟，她的心骤然收紧了，那是她恍如隔世的体验，这种男女欢媾的快乐对她来说已是极为陌生的了。她僵在那里，不知道是走好还是藏起来好。她已经看到了风吹草低处半掩半露的四条腿……

她走开了，悄悄地，深深地咽了口唾沫。到底惊动了偷情人，草丛里一阵忙乱。

她的心又有些乱了，她能保证身后不留骂名吗？

她怕的是四个儿子闻到噩耗会蜂拥而来，会去翻她的存折，他们知道她有一笔积蓄。当他们在存折上看到的是只有一块钱的折底时，会不会丑态百出？那她一世的清名不同样要葬送了吗？用虚荣和自尊的经纬线精心钩织起来的神话岂不要冰消瓦解了吗？

还有那个笑嘻嘻的邮差，他有义务永远替自己守口如瓶吗？当四时八节的礼物、鲜花都是由邮差代办的把戏被戳穿后，她也许比养老院里任何一个灰头土脸的人更可怜，更可悲。

唯一的办法是把这美好的人间戏剧没完没了地演下去，永不谢幕。可是钱呢？她的积蓄只够这最后一个中秋的辉煌了。

她想，入养老院的当初就声称是孤寡老人呢，还是像别的人一样，扁着没牙的嘴不停地咒骂不肖子孙呢？有何不可？他们不是照样乐乐呵呵吗？并没有人笑话他们。

她何必当这个人人崇敬的圣人呢？

她心里冒出无数个也许，又都一一否定了。她突然笑起来，也许根本没有也许，这是哪首歌里唱的吧？

她必须去找邮差。如果说没有尊严，她只在邮差一个人面前是这样，只有他是自己的合伙人，种种假象的合谋者。求得身后平静、不背骂名的唯一办法是说服他最后合作一次，永远不把她的死讯告知她的儿女们，这样，她在养老院最后时光树起的人格碑便不会倒塌。

这对青年男女相拥着走过她的身旁，男的瞪了她一眼，女的啐了她一口。她知道，自己惊了他们的好梦，撕破了人家的面具。

自己的面具呢？真的有把握一直戴到火葬场去吗？

她连怀疑的勇气也没有了。

（原载 1999 年 12 月《作家》）

章　鱼

大章鱼舞动着腕足，先是在梦境中缠绕着我，现在又游出漆黑的梦的海洋，游到夜空，弯弯曲曲地缠绕着我的肢体，勒得我喘不过气来。我的心就在这没有光亮的混沌中窒息着，无法摆脱。

我一直没有开灯，其实是不敢开灯，黑暗使人害怕，从黑暗里走出来更需要勇气。

我痴迷地来到阳台上，外面依旧是躁动的、光怪陆离的世界。乱七八糟的市声让你无法逃避，小汽车尾灯组成的彩色河流在新建成的快速路上流淌着，几幢标志性建筑物楼顶上的警示灯诡谲地闪烁着，那是警告夜航飞机的，从而维护自身的安全。如果人的头顶上也有这样一盏不知疲倦的预警灯，那该多好，让外来的一切伤害远离自己，就不会感叹高处不胜寒了。

我头上也许曾经有过这样的灯，只是我无视它的存在。当它不知什么时候悄然熄灭时，我才感受到了黑暗的可怕与黑暗中的无助。

我知道留给我抉择的时间不多了，更可怕的是留给我可供抉择的每一条路上都是危机四伏，都足以让我身败名裂。这不是光明与黑暗的选择，而是黑暗与更加黑暗的选择，毁灭与彻底毁灭的选择。

也可能有侥幸存在。

我感受到了怀中硬邦邦、冷冰冰的存在，那是贴身揣着的一本护照，它给了我希望，也让我一阵阵心悸。一走了之，这是很多人使用过的备用通道，有人成功，也有人毁灭得更快，那是一只脚在天堂一只脚在地狱的危险走廊。我能安然无恙地出去吗？我若能化作一片云该有多好，飘飘悠悠地消失在谁也不知道的地方，忘记从前的我，忘记荣耀与耻辱，忘记欢乐与烦恼，像一滴水蒸发得干干净净。人能做到物我两忘吗？

我是一个市的市长，我深知这条路的凶险，这充满希望也充满变数的赌博可能在海关边防检查站那里画上句号。我的心不由得缩紧了。我知道边检员的桌子下方，在旅客目力达不到的角落，通常贴着重要通缉犯的照片。我不止一次地亲临现场，坐在旁边，笑容可掬、若无其事地一页页翻着旅客的护照，扫一眼他的面庞，再不经意地对照一下桌子底下的照片。别看这貌似不经意的几瞥，却不知挡住了多少负罪逃逸的罪犯。哪承想，角色错位，我要去扮演那惶惶然闯关的角色了。谁知道我的照片是不是早已悄悄地混杂在通缉犯照片当中，成了边检员的搜索对象呢？我仿佛看到了那不寒而栗的一刻，边检员不动声色地看我一眼："市长，您的签证好像有点儿纰漏，请跟我到休息室来一下……"我此时想一下都眩晕了，哪堪是真的？

　　夜晚的凉风阵阵袭来，我不感到冷，却感到无比燥热，像喝多了烈酒一样，从心里往外冒火。我大概想发散一下燥热吧，不知不觉走到了院子里。几棵去年栽的白果树已经枝叶婆娑了，秀气的小扇子般的叶子在晚风中飒飒作响。脚步声，有人过来了，我认出那是邻居老韩头，从前当过政协副主席，退休好几年了。我等着他同我打招呼，老韩头话多，见人从来都是先打招呼。今儿个怎么了？面无表情，又似恐惧又似躲避地闪了我一眼，快步溜走了，那样子像见了鬼。

　　我的心忽悠一下子，向下一沉，他那眼神、那举动太反常了，我哪里得罪他了？如果不是他知道了什么秘密，他没有理由像躲避瘟神一样躲避我。我不由得想起了机关微机室外号叫"小燕子"的李燕燕，今天下班时她也够反常的了。我是在电梯旁碰上她的，按她那自来熟又热情的性子，又是面对首长、长者，她本来应当主动打招呼并且抢先为我按电梯按钮，替我开门，可今天怪了，她居然装作看不见，低着头从我眼前溜掉了，这也是偶然吗？怎么老韩头、"小燕子"在同一天犯了抽风病？一个是偶然，两个、三个怎么解释？最可疑的是市委书记林振，昨天下班时他主动约好，今天上午9点到我办公室为一批即将进入考核的干部征询我的意见。可我等了一上午他都没来，快吃午饭时，他的秘书才打来一个电话，说林振"今天不方便"。什么叫不方便？是他不方便，还是我不方便？当时我还没太在意，现在把这三个人可疑而又反常的举动连起来想，就不是好兆头。我和林振是一起被提拔的，他在省委办公厅当秘书处处长时，我是副处长，后来又脚前脚后地下去当县委书记，又在中央党校会师。我们相处得很好，平素是可以说点儿悄悄话的。上午的事我本可以直截了当地问问他：搞什么名堂？有什么不方便的？

可我几次操起电话机都扣上了，有一次都拨完了号，还是放弃了，"不方便"变得扑朔迷离，神秘兮兮，这里头肯定有真正不利于我的"不方便"。也许是我自己心里有鬼吧，我没有勇气去发问，莫名其妙地没底气。我不禁想起了疑心邻人偷斧子的寓言，我是不是那个有疑心病的人呢？

林振、"小燕子"，还有老韩头，他们成了三位一体，纠结成一团笼罩在我心头挥之不去的阴影。不驱散这团阴影，我真是茶饭无心。我能求助于谁？除了我的秘书小刘，谁还可靠？我不能等到连小刘也用叫我悚然心惊的目光对待我时再动作，那就一切都迟了。我摸出手机，拨打小刘的号码。

他像从前一样立刻回话。"用车出去吗？"他首先这么问。我说："哪儿也不去。""让我过去有急件要处理吗？"我知道他还会问出一连串关乎一个秘书职责的事情，诸如赶赴事故现场，调武警部队应对突发事件，等等。我吼了一连七八个"不"。秘书一定奇怪，我怎么突然变得毫无章法、毫无条理了呢？机关里的人都盛赞我的干练、自如与潇洒。我恨我自己现在怎么变得这样笨拙！我颠来倒去、语无伦次地说了半天，小刘才像听出点儿眉目，他莫名其妙地笑了起来，说了句"这算什么事呀"。

"你别管什么事，马上弄明白！"我本想再多说几句，已经没有心情了，挂了电话。我又有点儿后悔，这不是授人以柄吗？方才小刘为什么笑？他肯定认为我神经出了问题。这还是轻的，如果他想得更深一些，那就更可怕了。

由它去吧，好在小刘跟了自己四五年了，他是个锯了嘴的葫芦，他的嘴从来没给我惹过祸。有一回他在省报上发表了一篇挺有品位的杂文，用的就是"锯嘴葫芦"的笔名。我问他是何意，他说："您不是最得意我这样吗？"以他的机灵和忠诚，我没有必要担心。咦，我怎么走到夜市来了？烤羊肉串的腥膻味直冲鼻子，吃夜宵的、听戏的、跳街头舞的，杂乱无章的人影在广场上伸缩着，扭动着，人影、声浪忽而夸张变形，忽而古怪异样。几个卖晚报的青年死磨硬泡，非逼我买一张晚报，我只好买一张以求耳根清净。这帮记者，就知道炒，通栏标题竟用了一号黑体字，大书特书"云阳市委书记中箭落马"。这消息我虽然早就知道，此时看了却是另外的感受，也就格外悚然心跳。

假如明天或后天，当晚报上也用一号黑体字赫然登载我这棵大树轰然倒下的新闻，这座城市会怎么样？会不会像闹一场地震？那些总是把反腐败挂在嘴边的人们会不会祝捷一样奔走相告？围在两大院的下岗工人会不会更来劲？那些曾经庄严神圣地投我一票，选我为平民市长的市民们会是什么样的感受？震惊？感到受了愚弄？

会有同情我的一点儿杂音吗？我不敢肯定。我资助过的特困大学生，曾经是那样感恩不尽，现在会是什么样的感觉？我捐款救助过的患白血病的小女孩，曾经要认我为亲爷爷，会认为我是个坏人吗？也许他们不会像别人一样骂我个狗血喷头。一声叹息？几滴同情的泪水？不，不，他们也许会说，我是为了求得良心稍安，才从不义之财中拿出一点儿来装潢门面。更可怕的是类比，不是有个副省长用赃款捐给寺庙想求得佛的庇佑吗？我和他只是五十步笑百步而已。

我一点儿都不怀疑那一天的到来。在"鲍鱼翅"被抓进去的当天，我就感觉到脚底下的根基动摇了，大滑坡一样的泥石流正汹涌而来，我面临着灭顶之灾。"鲍鱼翅"原名叫包迟，他是这个城市的首富，因为开了一家十分火爆的鲍翅海鲜馆，得了"鲍鱼翅"这么个外号。

他的案子是由中央纪委直接办，又是异地办案，我们躲都躲不及，谁敢伸头多嘴多舌！这几天凡是与"鲍鱼翅"有瓜葛、有过节儿的人，都有些惶惶不可终日，先后已经有好几个局级干部被"双规"了，两大机关的空气顿时非比寻常地紧张起来。司机班那个最调皮的胖子居然在饭堂里说，不知道明天餐桌上又会少了谁的一双筷子，碗筷可能换了地方，摆到看守所去了。真够损的了！若在平时，必然招来一片笑声，可那天上百人的饭堂里居然没有反应，大家都低头吃饭。我想，迎合他或是反对他都"不方便"吧。

我来到了幽静的临江路。江湾处有一片富人别墅，各种各样欧洲风情的建筑成了本城富裕的标志，被戏称为中国的长岛。宁静的夜晚，别墅群在暗蓝色江水的衬托下，显得宁静、高雅。我一眼就认出了"鲍鱼翅"的西班牙风格的三层大别墅，顶层还有个钟楼，鹤立鸡群。往日七彩桃形灯把它装扮得富丽堂皇，如今却是黑漆漆一片，冷清而阴森，楼门上贴着封条，早已人去楼空了。

　　我忽然觉得自己有点儿失态，傻呆呆地站在这里做什么，这才是真正的"不方便"，我不由得惊出了一脑门子冷汗，立刻觉得有无数双窥视的眼睛在黑暗中直盯着我。四下看看，幸而附近只有几个行人而已，我吐了口气，赶快走下江堤。

　　江水悠悠东去，岸柳在水中摇出层层浪圈，江还是从前的江，柳还是从前的柳，可人的心境大不一样了，在我眼中，一切都尽失颜色。天不算晚，江上还有人在划船，轻轻地唱着"人间有真情"。人间真的有真情吗？"鲍鱼翅"曾经对我说过，这么多年的商海沉浮，他弄得血淋淋的一身创伤，他对什么人都没动过真情，包括他的情妇们，她们只知道要钱。更不要说玩玩而已的女人了。他说他此生此世唯一要以兄弟相待的只有我。

　　这话听起来很叫人舒服，我对他有用时，这话可能水分不大，如今他落水了，这话也就注水了吧？我应该是他将功赎罪的最重的砝码。那些被他"咬"出来的陆续被"双规"的人，当初未尝没听到过"鲍鱼翅"同样的表白，真情不过是纸里包着的一团火，有时一文不值。

　　真正血肉深情的人远在大洋彼岸啊。

　　时差13个小时，此时他刚刚起床吧？是在校园长椅上边吃着热狗边做早课，还是在海滩上漫步？不管怎样，他不必为一日三餐奔波发愁了，博士的方帽子就悬在离他不远的地方。是啊，儿子再不用为一年十几万学费而苦恼了，哥伦比亚大学是他的圣殿，而获得圣殿的准入，代价是不是太大了？这代价是他父亲的地位、名节，甚至身家性命。

　　我不寒而栗。

一阵尖锐的叫人悚然心惊的警笛声撕破夜空，由远而近。我的心无缘无故地怦怦乱跳。唉，现在用"无缘无故"已经很不恰当了！过来的不是警车，是一辆白色的救护车。你看你，真是神不守舍了，救护车的鸣笛声本来和警车是有很大差别的。

是什么时候开始，警车叫声与噩梦相连的？这是因果报应的条件反射吗？指挥过无数警车、警力应对突发事件的我，居然怕起警车来，绝对是讽刺。

也许，那一天不会来得那么快。脑子里突然稀奇古怪地冒出来一句戏曲里的唱词：坐困愁城。有时我退一万步想，为了儿子，一切都豁出去了。如果我所付出的"牺牲"，最终换得的是为儿子所不齿呢？很可能是这样，儿子会感到因为有这样一个不光彩的父亲而蒙羞，爱他反害了他，他自然要恨我，那我为谁去坐牢？只能说是为了一种虚幻的贪婪殉葬，这值得吗？

这么一想，冷汗都下来了。

我不由自主地又摸出了手机，不用拨号，儿子的号码是存储了的。只消轻轻一按重拨键，就能听到地球那一端儿子那憨憨的声音了。嘟嘟两声过后，我又鬼使神差地挂了。说什么呢？暗示？道歉？和盘托出？于事无补不说，我不能不想到我的电话早可能被监听了。

我恨"鲍鱼翅"坑害了我。他其实就是那个叫人无法摆脱的大章鱼！它不单样子丑陋，全身还长满了曲曲弯弯的腕足，还有超强的吸盘，它只要选准了猎物，就会吸住你，狠狠地缠住你，叫你无法脱身。回头想来，他能缠住我，也真算有本事。我是谁？我是被多次命名和奖励的模范干部。我的清正廉洁的事迹不止一次地在媒体上宣传。如果有一天我真的倒下，我真无法面对媒体和受众，倒不如当初不宣传我。我白白地清白了几十年。

我过生日，他送过礼，我退了。我生病住院，他往我褥子底下塞存折，说是不知道我喜欢什么水果，叫我自己看着买。天哪，这买水果的钱居然是20万！我没有动心，退得他老大不高兴。那年我老妈过七十大寿，他的鼻子比猫都灵，叫他嗅到了，他跑到乡下去，背着我，给了老妈一捆钱，又是20万，差点儿把老太太吓出一场病来。过后，我生气地把那捆钱摔到他脸上，骂了他个狗血喷头。他连连检讨，说这不是想行贿，他对我一无所求，只是看我人好，想交个朋友。他说他赚的钱多得要"倒垛晾晒"，不忍心看着我这样清贫的公仆如此寒酸，说他心理不平衡，他当时还流了泪。我领了情，也不忍心再骂，他与我相交几年，确实没求我为他办过一件私事，人家总是一片好心，难道官员就不能交有钱人为朋友吗？我对钱也不是不动心，心里总还有一道门槛，所以尽管没有断交，依然分文不取。

前年，从美国那边不断传来儿子的坏消息。他是留学签证，因非法打工受到了移民局的查处。不打工哪里有钱攻读？于是便"黑"了下来。所谓"黑"下来，是留学生中间的行话，是指没有身份的非法移民。我日夜悬心，几次和老伴商议想叫儿子回来，儿子说宁可死在外面也不回来，好马不吃回头草。老伴又心疼儿子又怕他回来丢面子。这不也正是我的心病吗？我比别人更怕丢脸。别人的孩子出国深造，都混出个人模人样来，我的儿子灰头土脸地回来，我有何颜面见人？我可是向来以儿子为骄傲的呀！在僵持不下时，儿子没了音信，还是一个同学偷偷打电话告诉我们，说儿子天天在打黑工，一天在中餐馆里干十三四个小时，胳膊都泡烂了。听了这消息，老伴哭了，骂我没能耐。我又不能去偷去抢，孩子在外面受罪，我心里就好受吗？想想那些斗大字不识一口袋的大款们，心里确实不平衡。他们对社会有什么贡献？他们的孩子初中没毕业竟可以带着保姆去留学。我为官一辈子，只积攒了3万多块钱，全拿去换了美元捎给孩子了，又能支撑几天？

下边的事，大家很容易猜到了。儿子绝处逢生，结束了噩梦般的打工生活，又回到了哥伦比亚大学的殿堂。他告诉我他遇上了好人，一个好心人写信给他，说为了挽救一个人才的流失，慷慨解囊，给他汇去10万美金。天下有这样的好事吗？我的傻孩子哟！听到这消息，我心里有如打翻了五味瓶，什么滋味都有了。我不用动脑就能猜到是谁做出这惊人壮举。天下人本来是锦上添花的多，雪中送炭的少，10万美金抛出去，会是不要补偿的吗？商人做什么事情不都先问回报率吗？我装聋作哑吗？我感激涕零吗？我真不知该怎样面对"鲍鱼翅"，感激、担忧、厌恶，搅成了一锅粥。我总是装傻也太不成样子了，几经煎熬之后，我到底暗示了他：日后，不管是我还是儿子，这钱终归是要还的。

这并不能使我找回从前的坦然和轻松，从前头一挨枕头就睡着的日子不复存在了。那感觉像是一时把握不住自己失去了贞操的少女，惶惑不安将相伴终生。后悔？已不是"后悔"两个字所能涵盖的了。说是还他，10万美金对一个不贪不占的公务员来说，那不是个天文数字吗？

"鲍鱼翅"真有他的，当我向他隐晦地致谢并表示将来要还时，他竟显得万分惊讶，矢口否认他往美国汇过钱。他的表情相当夸张，这倒使我心里踏实了不少。彼此心照不宣也好，不捅破这层纸，是他给我留面子，他还是很会做人的，将心比心，我不可能不心存感激。

但从那以后，我觉得自己有了微妙的变化。此时我才对"理直气壮"这个成语有了真正的领悟。周围的人也许不会觉察，我自己也感到很奇怪：从前讲到反腐败时，我总是慷慨陈词，疾恶如仇，那以后，无形中有些嘴软了，说话也留有余地了。是怕日后别人加倍报复自己吗？也许我并没有想那么远，谁心虚谁知道。

令我心灵震颤的日子终于来了，我早预感到在我跟前张牙舞爪的章鱼总有一天会把我缠得紧紧的。"鲍鱼翅"来求我了，他说得很轻松，只求我写张便条，或者打个电话也行。他走私的事败露，他的一个同伙被捕。这个人如果不放出来，拔出萝卜带出泥，"鲍鱼翅"必然完蛋，救人等于救自己。我看到了他眼中的哀求，还有哀求背后的威胁。我这时才明白，什么叫"上贼船容易，下贼船难"哪！

假如我拒绝他，那他势必翻脸，他知道我不会因小失大。退一步说，当时我不给他办，马上向组织上说清楚呢？今天的烦恼和恐惧倒是不会有了，我也早失去恐惧和烦恼的资格了，不能为官，却也不能沦为囚徒。五十步怎么不可以笑百步？

五十步总比百步强啊！人生百病，什么药都可以吃，唯有后悔药不能吃。

条子写了，像一阵风吹过，什么痕迹也没有留下，或者说，如同一场大雪覆盖了一切，白茫茫一片真干净，叮是总有一天要雪化冰消啊！这一天不是来了吗？

起风了，江风吹起的浪花碎成细小的水珠，凉冰冰地扑到脸上，一直凉到心上。我站起来往回走。

手机振铃了，我先看看显示屏上的号码，是秘书小刘。我急忙接听，他是向我交差，报告调查结果的。这小子办事就是麻利，滴水不漏。他说这几天打字员李燕燕失恋，她把全部积蓄资助了男朋友出国求学，可男朋友从此一去无踪影，跟别人同居了。这几天她神情恍惚。邻院的老政协主席老韩头最近患上了早老性痴呆症，见了谁都是麻木状态，小刘叫我别认真。至于市委书记林振，他本来是要准时到我办公室去的，可不知吃了什么不洁的东西坏了肚子，上午蹲了五六次马桶，拉得头晕眼花，现在还在医院打吊瓶呢，这当然是"不方便"了。

我忍不住哈哈大笑起来，心里的一块大石头总算落了地。天下本无事，庸人自扰之，我在嘲弄自己。几个在江边散步的人见我莫名其妙地傻笑，都愣愣地看着我，一定以为我精神有毛病。等我回头去看他们时，一个人认出了我："呀！这不是市长吗？大概是下来私访的……"我的脸一阵阵发热，逃也似的走开了。我真是那个疑人偷斧子的人，先时看每个人都像是贼，当找到斧子时，再看那些人，怎么都不像贼了。往回走，我甚至打了电话让司机来接我，机关里还堆着一大堆文件等着我批呢。

又一阵警车的笛声响起来，我吓了一跳。扭头望去，这次没有听错，不是救护车而真真切切是警车。我又心悸起来，方才瞬间的好心情又无影无踪了。为什么"鲍鱼翅"没有供出我来？忘了还是没来得及？还是抱一线希望等着我下水去捞他？很可能是这样，不然他为什么只供出官小的却保官大的？只有大官有力量扔给他一根救命稻草。这并不是最可怕的，假如是办案人员欲擒故纵，放长线钓大鱼呢？从林振书记对我目前的态度看，不像有这么严峻，纪委办案尽管是异地办案，也断不会背着市委书记，除非他和我一样，屁股底下也不干净。

看来还是乐观不起来呀。我仍然在泥淖中挣扎，仍然朝不保夕。黑暗里我仿佛又看到了那只面目狰狞的大章鱼，正伸卷着巨大的腕足向我袭来。章鱼是"鲍鱼翅"，又好像是别的什么东西，也许这章鱼就在我自己的心中。命中注定，我下半生无法摆脱它了。

侥幸是存在的。如果世间从来没有侥幸存在，大概就没有铤而走险的人了。

明天会怎么样？也许和昨天、前天没有什么两样，一觉醒来，出去晨练，在江堤上与民同乐，听着他们夸赞市长为他们开辟了这样舒适的广场，在倾听百姓意见的过程中接受他们敬重目光的洗礼，其乐融融。司机准时来接我上班，用手挡着车门上方，唯恐碰了首长的头。秘书像往常一样，沏好一杯我爱喝的龙井茶，例行公事地给我"分配"一天的工作，我会半开玩笑地说："我倒成了你的下级！"是呀，明天也许能像从前一样地出席会议、做报告、处理公务、剪彩，一样地发号施令，也不妨发一点儿无伤大雅的脾气，享受着被人拥戴着的乐趣，和为自己的成就感到自我陶醉的喜悦。

可我不得不问问我自己：我还是从前的那个市长，还有从前那份平和从容的心态吗？我还是我吗？

（原载 2003 年第 4 期《作家》，

2003 年第 6 期《小说月报》选载，

2003 年第 6 期《短篇小说》选载，

入选 2003 年度人民文学出版社《短篇小说精选本》，

入选 2003 年度中国作协编选《短篇小说精选》）

期　货

　　你去过美国的太平洋赌城和拉斯维加斯吗？难怪你不懂，下次我带你下海去试试身手，就知道什么叫豪赌了。一般的人都有输不起的毛病。输钱的人都是胆战心惊怕输的人，什么叫赌神？押上的筹码应当是你的胆魄和才智，甚至是你的前程、生命，这一把输一万，下一把要下两万、三万的注，才可能捞回来。

　　人生又何尝不是一场赌博！

　　你不总说我有逆向思维的毛病吗？你又说对了，我决定去给落入法网的市长牟逐林送礼。你觉得奇怪吗？我精神一点儿都没出毛病，也不发烧，你只是少见多怪罢了。不信你到监押牟市长的看守所去看看，你就知道什么叫门庭若市了。那些排着长队去探监、送礼的人没有一个是白丁，他们的智商更不容置疑，他们投注是期待回报，没有一个甘心做赔本生意的。你不用摇头，你是头发长见识短而已。宦海沉浮是没准的，三十年河东，三十年河西，别看人家一时失势，栽了跟头，就转过身去抱别人粗腿，最终吃亏的是你自己。忘了上次那场华联股票风波了？你服了吧？那时牟市长还只是个体改委主任，他涉嫌股票受贿进去了。好多人便落井下石，我幸亏没有墙倒众人推，我只是到监狱里看了他两回，送了点儿吃的用的，人家就记住了吧？那些目光短浅的人哪承想人家老牟树大根深，哪那么容易撼动啊！怎么样？不到两个月出来了吧？不但官复原职，转年市里换届，老牟不是还升了副市长吗？你承认没远见了吧？若依你，恨不能立马与人家划清界限，见了面也不抬一下眼皮，那还有后来的关照吗？你还算知道记住人家的好处，良心没让狗吃了。

你说我骂你？这不过是个比喻而已。你懂那句诗吗？投我以桃李，报之以琼瑶。对了，哈哈，通俗点儿说就是买一还十。牟市长主管土地城建，凭啥一次就批给咱50亩黄金地段？寸土寸金哪，一转手，我就净赚5000万，你凭啥不给人家烧香上供！谁是天生不食人间烟火的？你说牟市长这人又黑又鬼？那看怎么说了，谁也不傻，依我看，他黑无所谓，咱挖门子盗洞钻钱眼，不也同样是黑吗？捞到实惠就得给人家烧香，你说是不是？李市长倒不黑，啥年月了，家里还用黑白电视机呢，装清廉，每天哭丧个脸，像谁欠他二百吊似的。我给他试探地送了一点儿票子，他转手交了纪委不算，还把我叫去狠训了一顿。他倒不黑，可指望这种不黑的人你什么事也办不成。说真的，我不怕当官的黑，怕的是他们不黑。你笑什么？笑我坏？好人能挣大钱吗？哈哈。

你说什么？记混了？你太小瞧人了。牟市长是哑巴吃扁食，心里有数。有一回在酒桌上，他有点儿喝高了，我问他，逢年过节，你家的门框子都快被挤倒了，你能记得都谁来过吗？你猜老牟怎么回答的？那才叫妙！他说，都谁来过，我记不住，谁没来，我记得一清二楚。你服不服？这才叫大人物。什么？你说心术不正？你还不知道他另一件事呢，那才叫绝。那是前年夏天，他从北戴河疗养回来，大概吃蟹子吃多了，得了肠炎，住了院，真他妈邪了，不知从哪儿吹来一股阴风，愣说老牟得的是肠癌，最多能活三个月。

连你都听说了吧？这风也传到老牟耳朵里去了，可不是我，跟前有秘书鞍前马后的，哪轮得上我。你猜错了，人家老牟根本没生气，要不怎么说宰相肚子里能撑船呢。老牟不动声色，来了个将计就计，叫医生散布出去，他得的是结肠癌，最恶性的一种。哈，你猜着了，他就是要试探一下世态炎凉，看谁是可托生死的朋友，谁是趋炎附势之徒。没用三个月，十天后他就红光满面地站在市人代会的讲坛前做政府工作报告了，叫那些势利小人肠子都悔青了。

你说我怎么不靠前？你不用讥笑我，我确实失去了一次打时间差的机会，竟然没上医院去看他。我不是神仙，没有能掐会算的本事，太嫩，说穿了，其实我他妈也是唯利是图的小人，我哪知道他得的不是绝症啊！这是我人生中犯的最大的错误，过后真恨不得撒泡尿浸死自个儿。你问老牟怎么会原谅我？这得靠智慧，好在我事后编了个谎，说我那几天在俄罗斯倒腾钢材，没在家，不知道他生病住院的事。我又不是供职机关的干部，天马行空，他反正也没法去莫斯科调查一番，也不值得。

对了，从那以后我可长了记性，做事得看得远些，别叫眼前的小利眯了眼睛，钓鱼还讲究放长线钓大鱼呢。

你别恭维我，我也是讲适者生存的。你不懂这个词吧？我也是现头现卖。老牟别看在牢里，滋润着呢。他还有闲心给我讲田中角荣的故事。这可不是穷极无聊的胡诌八扯，我讲给你听听。田中角荣嘛，就是为恢复中日邦交做了好事的那个日本首相，后来因贿赂案被追究判刑。可他在自民党里的田中派可是旗倒兵不散，大家紧紧抱成一团，没有一个人当孬种叛变。牟市长说这是可贵的正气、义气。什么？你说是行帮之气？你这么说也行，跑江湖的还讲究行规呢，何况官场！有的人一被"双规"，立马颓了，为活命乱咬一气。老牟认为这是素质太差。这种人谁肯照应？一旦出来，谁都不会理他，没人援手。姥姥不疼，舅舅不爱，臭狗屎一堆。你问老牟？他当然是做人的"模子"了，他把什么都揽过去了，能保一个是一个，他说他死了也要留个念想儿。

现在你不再阻拦我给老牟送礼了吧？这回你总算开窍了，雪中送炭才珍贵，才有人记得，锦上添花的人有的是，用不着打破脑袋往里钻。至于送什么，当然是硬通货了，就是钱，洋钱。我会那么傻帽儿，抱着一大堆美元送到监狱里？我早想好了，在瑞士以他女儿的名义开个账户，汇进去一笔款子。你问多少？嘿嘿，当然不是仨瓜俩枣的事，你别心疼，100万。什么？你能承受？可是100万美元啊！看看，又心疼了不是。我不是说过了吗？人一生下来就等于是进了赌场，大赌、小赌和豪赌都是赌。是的，你说得没错，这一把可能看走眼了，老牟不会像上次那么幸运了，他可能永远失去了价值，可你得往长远看，这也称得上是一笔预期的感情和人格的投资。这你又不懂了吧？对，就像炒期货，即使牟逐林是一只死老虎了，还有别的在笼子外的老虎眼睁睁地看着呢，他们会说我这人够朋友，值得结交，值得信赖，那就值了。你说这账是不是该这么算？

（原载 2004 年第 6 期《作品》，
2005 年第 9 期《小说月刊》选载）

秋　老　虎

　　北京的秋老虎不怒而威。走在马路上，头上有太阳晒，脚下有稀化的柏油马路烘烤着，真像被装进了烤箱。一点儿风都没有，树叶子耷拉着，一片焦煳状。太遭罪了，我浑身上下像水洗过一般，发出阵阵汗酸味。这种样子去造访孙先生实在有点儿不恭，不过想到他是青年作家的知心人，他应该不会在意的。他向来是很有耐心的，又对我的事情格外关切，我不来就说不过去了。况且还有一层，这次对我作品的批判，我隐约感到戏中有戏，对付我一个小人物何须这样大动干戈？分明是醉翁之意不在酒，说不定又要挖黑线。有人暗示过我，黑线就是孙先生。这令我很不安，我不过是一棵自生自灭的野草，而孙先生可是罩在我们头上的一棵大树，它足以荫蔽众多我这样的小草。这样看来，这棵大树怎能让它轰然倒下？

　　我虽愚钝，也从那排山倒海的批判势头中看出来了，背后有文章，光为了对付我，何必这样兴师动众，杀鸡焉用牛刀？孙先生三番五次托人捎话给我，要我沉得住气，要好好检讨，千万不可有抵触情绪，关注之情溢于言表。我每次听了传话心里都热乎乎的。我很卖力气地反反复复地修改检讨书。我曾想寄给孙先生一份，请他这大手笔帮我斧正一下。他曾开玩笑地对我说过，若论写检讨，他是当之无愧的老手，练出来的。但这次他婉言拒绝了，我立刻后悔竟愚蠢地提出这样的要求，传出去，人们会说我和他穿一条裤子，岂不连累了他！过后他又捎来解释，说他必须超脱，跳下水去救人固然勇气可嘉，但就不如组织更多的人下水去营救，一个人的力量总是有限的。

我万万没有料到，后来省委郑书记在我的检讨书上改了一段文字，又勾抹了几个关键词。我非常感激这位擅长写古体诗词的老书记，有人说他是附庸风雅，有人说他是爱才，有人称他毕竟是半个文人，有惺惺相惜的意思。也有人分析，他也希望我能尽快过关，他当然不希望他的治下出个挨批判的典型。不管哪个因素占主导，我都认为他很难得，这是一个好的征兆。如果郑书记对上面说，这个人写毒草是有阶级属性的，是出于本能，或者袖手旁观，也属正常，我又能怎样？特别令我感动的是，在省委宣传部部长奉命进京去汇报我的情况并报告省委态度的前夜，郑书记召集了一个没有先例的常委会，只有一项议程：为我定性。会议的内容当然是后来宣传部部长到京汇报时才真相大白的，但文艺处的朋友还是透出风来，说省委对我还是很爱护的，立足于挽救，这会一定程度缓解和冲淡剑拔弩张的气氛。

这是我冒着酷暑专程赶来北京见孙先生的原因。我必须当面向他报告这个好消息，一来是报答他对我的关怀，二来也希望减轻一点儿他的压力。我本来没想进京，作家朋友文邦打电话给我，说孙先生的处境很糟，他认为我不过是一块石头，用我这块石头打孙先生才是真正目的。我很内疚，有一种给先生惹了祸的惶惶不安感。我想只要我的问题降等了，缓和了，孙先生自然也就没事了。我有了来自省委的大好消息，我能不告诉他，让他心里有底吗？

孙先生接了我的电话，似乎并没有我预期的喜悦，他的声音有点儿嘶哑，我说我马上动身赶到什刹海他家里去，他似乎犹豫了几秒钟，他说恐怕今天不行，他正准备动身去参加作家文邦的作品讨论会。我只好等。巧的是我那天到作协去，恰好碰上了本应当在作品研讨会现场的文邦，便问他，开你的讨论会，你怎么在这逍遥？他惊讶且骂我瞎传马路消息，我才知道根本没这回事。晚上我再度给孙先生打电话时，我告诉他，我在作协见到了文邦，孙先生笑了，说他记混了，也许是说拧了，开作品讨论会的不是文邦而是文韵。

晚上又没有见成，美国世界笔会中心的几位作家来华，他自然要出面接见，否则不够规格。第二天，我再打电话就没有那么顺利了，孙先生再没有亲自接电话，有时是他那有气无力的老伴的湖南腔，有时是说话硬邦邦的河南保姆，不管谁接，都是千篇一律的回答：不在，不知道干什么去了，什么时候回来不好说。我心里很不是滋味，千里迢迢而来，热脸贴了人家的冷屁股。他是有意在回避我吗？太有可能了。我是谁？一个瘟神！人家给你几句好话，你还上脸了！你没想想，你跑北京来招摇过市，孙先生的目标那么大，你在他家出出进进，说不定是给孙先生添乱。这样一想，虽想通了，也感到灰心，太多此一举了。我向来把他视为导师，他也历来把提携后进当作乐事，他不见我必定有不见的理由，也许有难言之隐，我与他频频接触的消息一旦传出去，没私也成了有私，他还怎么替我说话，怎么以超脱的立场斡旋？我忽然觉得此行都欠考虑，几近荒唐。

既来了，总不能不见见朋友就打道回府，一连几天我都在文友中间周旋，朋友们开玩笑也好，玩黑色幽默也罢，见了我没别的话题，全是《野火》，说我的"野火"，按胶东口音说，正是"惹祸"的谐音。说它"出笼"出得正是时候，是一脚踢出个屁来，踢到点子上了。也有人安慰我：你一个小萝卜头有什么关系，大不了不让你再写东西，你还可以去卖豆腐呀……于是朋友们大笑。玩笑归玩笑，认真面对，你不得不承认，形势还是很严峻的，谁都明白，目的绝不在于抓出一篇毒草来批一批，大家都为孙先生的处境担忧。他事实上是一杆旗，这杆旗不能轻易地折断啊！分析来分析去，都感到凶多吉少，来头不小。

我日夜悬望着那场关乎我命运的裁决。文邦是有官衔的作家，他说他有资格进入那神圣的"法庭"，并且允诺，他会在第一时间把结果告诉我。

开会那天，我一整天都坐卧不安。我嘲笑我自己，平时把自己打扮得那么清高不俗，一副视名利为草芥的样子，现在怎么了，如此惶惶不可终日，不是证明你太在乎这一切了吗？

晚上9点，我等得心焦，忍不住又给孙先生挂了一个电话。先为这么晚了还来打扰他道歉。他用叫我非常舒服的语气说，你呀，就不能少给我惹点儿事？你总是标新立异，往枪口上撞，也难怪人家不放过你。下回你再惹乱子我可不管了，自己的梦自己圆。这回，你便宜了，不过检讨书还不深刻，写小说都会，还不会写检讨吗？回去再改改，没什么了不起的，你不要有抵触情绪，人家怎么批你，你就怎么领，不要怕人家上纲。这时候倒需要有一点儿逆来顺受的精神，你懂吗？

我真感到五脏六腑熨帖，有这样德高望重的前辈呵护，自己就是受点儿委屈都是值得的。我试探地问及对他有无关碍，孙先生大度地笑笑，说他是过来人，他是无所谓的。这使我想起了他的一首言志诗，"甘当铺路石，哪怕有一天碾成碎末"，这诗句曾是文学界的美谈。他是文如其人。也确实如此，他这些年来作品越来越少，不是他江郎才尽了，而是他的献身精神剥夺了他的所有精力，报告、讲座、给青年人写序、给初出茅庐的人发奖、带团出国……我常常替他遗憾，如果他不为别人着想，不甘为铺路石，不当这个文人官，他一定能写出不朽的作品。现在呢，大家私下议论起来，不免为他难过，想认真为他出一个集子都有困难，凑数的多是讲演稿，政论居多，又难免是秘书所为，真是可惜呀！

刚放下电话，文邦推门进来了。我知道他是来报喜的，可我给他倒茶时发现他总走神，好像心事重重的样子。我问他：我的事是升级了还是化干戈为玉帛了？他却苦笑了一下，低头喝水。他这是怎么了？我的心不由得往下一沉，看起来不那么简单，孙先生有可能怕我无法承受，故意说得轻松。我一再追问，文邦才告诉我，我的问题不容乐观，不是平息而是升级了。原来只是认为我写了一篇有问题的小说，这回要从文艺理论的根上开始清算了。

原来，我们省的宣传部部长按照省委定的调子是这样向上面汇报的：这位作家写了很多好的和比较好的作品，这一部《野火》确实有资产阶级人性论的倾向，属于失误，考虑到慎重对待人的原则，省委认为应当本着批评教育的精神，令其检讨，以利于今后写出更多的好作品。省委的这个表态至关重要，使会场顿时轻松了不少，负责意识形态的中央领导甚至露出了笑容，说话的口气也温和多了，大有检讨检讨就可过关的势头。但这只针对我个人，说到对整个文艺界的估计，主管领导传递出来的信息也是明确的，并不是就哪个作家、哪部小说做文章，要清除的是这个领域里的严重污染。会场一下子又紧张起来。文邦说到这里便戛然而止，开始不停地抽烟。下面发生了什么事？看起来我已经解脱了呀，何谈升级？不管我怎样追问，文邦都支支吾吾，或者顾左右而言他。我有点儿急了，有什么了不起，最多剥夺我写作的权利而已，看不出还会坐牢！因为一部小说而入狱的事早已被人们留在历史的尘埃中，成为淡忘的往事了。

我突然有了不祥的预感，但我不能说穿，也不忍心说穿。我隐约感到文邦难以启齿，可能与孙先生有关。文邦可以说是孙先生正宗的嫡传弟子，他的第一本中短篇小说集就是孙先生作的序，洋洋洒洒数千言，绝对是先生自己写的，不像后来时有请人捉刀代笔的现象，那是因为太忙，不得已而为之。他极力推举文邦，评价之高、规格之高前所未见，我们当时真是又羡慕又嫉妒。我知道，文邦嘴里不会对孙先生有半个不字，即使是"文革"岁月，那么多人向孙先生发难，文邦宁可背着"走卒""小爬虫"的骂名，也始终三缄其口。

后来我对文邦发了脾气：我怎样升的级，你总得告诉我真相，让我起码应该有个思想准备吧。文邦只肯告诉我结果，他问我，是写过一篇反驳别人批评又涉及理论的文章吗？我说有。他教训我，你老老实实写你的小说得了，又玩什么理论，你这不是撅着屁股让人家打吗？他说，你真是不可救药，按倒了葫芦起来瓢，现在你有了新的罪名，八个字：轻视生活，藐视理论。这确实有点儿非同小可，一部小说失误，尚可解释为偶然，如果从理论上系统地"对着干"，可就有点儿麻烦了。

沮丧地离京回来，一个偶然的机会见到了也出席那次会议的文艺处长，他在看过我新一轮检查稿准备向上交时，突然问我，孙先生不是很赏识你吗？我警觉地问，是又怎么样？他古怪地笑了笑，万分感慨地叹了一声说，人啊人，实在是难说呀！何以发此感叹？他语出惊人地告诉我，在中央宣传口那次会上，我的事本来已经大事化小了，谁也没想到，孙先生突然站了起来，语惊四座，他说，我的问题远远不止一部《野火》，我这个人向来"轻视生活，藐视理论"，请大家翻一下我最近发表在《文林》杂志上的那篇文章，我居然宣称自己从来不靠文艺理论指导写作，过去不靠，今后也不靠。这不仅仅是狂妄，而是对马列主义文艺理论的公开挑战。言外之意是不能轻易放过我。

我一时傻了，呆了，脑子里一片空白，半晌一句话都说不出来。文邦的吞吞吐吐和无奈表情全都有了答案。我还能说什么呢？如果不到万不得已，孙先生是不会这么做的，想必他有他的难处。我只能在心里哭泣，悲伤的是我心中的偶像竟然这样廉价地倒塌了，剩下的是一堆大垃圾。文邦告诉我，孙先生从会场出来就倒下了，发了心脏病。文邦说，他可能比我承受的压力还要大。这我就不懂了，他推出了我，他就安然无恙了呀！文邦苦笑着说，他这棵大树不倒下，大家都有阴凉可乘，况且在那个迷失了自我的年代走过来的人，有谁敢说他没被扭曲，没违心过呢？他劝我理解。我怎么理解？这已经是 80 年代了。文邦说，秋老虎虽然凶，毕竟是强弩之末了，天马上要凉爽了，就算它是最后的十字架吧。

（原载 2003 年第 4 期《时代文学》，

入选 2003 年第 8 期《短篇小说》选刊版）

黑 白 灰

年关已过，晚上拉起窗帘，从抽屉里、褥子底下、衣服口袋里以及所有方便掖钱的地方，先后抖出几十个信封。每个信封上都没有字，却沉甸甸的，拿在手上掂一下，不用打开，便知道里面装的是50张或100张票子，屡试不爽。这都是逢年过节各乡镇、部局委办头头们送来的贺仪。本地人称为红包。这种事情通常是不会让下属或秘书代劳的，本人也不会贸然来送，一般都是先打个电话来，要求到家里坐一坐。我上任伊始就立下了规矩，有公务在办公室解决，谢绝家访，我说八小时以外的私人空间不得侵占。底下便传，新来的这位是用此法拒礼于门外。他们能这样理解，我当然高兴。但这并不妨碍那些蜂拥而来的感情投资者。在这个县里，下级干部给上一级领导送礼司空见惯，有时并不背人，关系不错的甚至互相提醒，商量合适的数目，好像是约定俗成的不成文规定一样。但真正有所图有所求的人就有些隐秘了。我也有个适应的过程。在年节到来前夕，我须谨慎地安排会客时间，这也是一门运筹学。如果一时大意，让两个死对头的下级脚前脚后地在我门前碰上，那麻烦就大了。期望自己成为领导器重和信赖的人，谁人不想！我对大家一视同仁，不管他们之间的恩恩怨怨。我是一碗水端平，我最信任的人，要所有的人都看不出来，而我一定要拿下的人，连他自己都一无觉察，才算人治的极致。

望着摊了一床的信封口袋，我饶有兴味地分门别类。县委直属部委群团和政府组成人员为第一档，政府直属机构和办事机构为第二方阵，各乡镇为第三，再后是政府直属事业、企业以及省、市驻县企业……这样一排队，谁送了谁没送一目了然。其实我都不必这样费力，按历年经验，如果你问我谁送了，我可能一时拿不出准确名单，但你要我开出一个没送红包的名单，我可以张口就来。

不知是哪个聪明人称这种收入为"灰色收入"，很到位。过去上美术课，老师反复强调黑白灰对比，黑白要分明，灰却恰恰相反，不要求分明，灰是介于黑与白强烈反差的中间调子，不白也不黑，也白也黑，是过渡色。如果比喻为官，黑的是贪官，白的是清官，灰的便是不好不坏的芸芸众官了。我走入仕途那天起，就给自己定了一条规矩，绝不贪赃枉法，也就是不过灰与黑的界限。

我也知道，这是一种不好的风气，可你如同掉进了泥潭中，拔出腿来想不沾泥几乎是不可能的。我试图清廉过，别人送来的钱物一律退回，我也不给上司进贡，清白倒是清白了，可我发觉自己也无形中被孤立了，没人敢亲近我，有人视我为另类，坏事虽惹不上身，好事也从此与我绝缘。那时我不过是个科长，活没少干，力没少出，可总是受压，又说不出口，有人说我"格路"，我每天生活在苦闷中。后来有过来人点拨我：万人皆醉你独醒，比醉了还难受。他说的何尝不是。人情往来本来是古老中国留下来的习俗，再大的官也不能六亲不认啊，更何况他们逢年过节、孩子升学、老人寿诞、乔迁、升调以及因病住院等等机会，表示表示，这只能视为友谊、感情，说得功利一点儿，也不过是感情投资，人家又不是"一手交钱，一手要好处"，一律打入行贿之列，也未免太不近人情了。

我有时真不明白，那些为钱所累、为钱而送命的人是不是哪根神经出了毛病？当一个县长、县委书记，工资虽不高，含金量却极高。除了一般人可以想见的实惠而外，四时八节以及名目繁多的礼金，一年也总有几十万，还要再贪吗？前不久刘副县长被抓起来了，他在出让国有土地使用权上做了手脚，受贿200多万，结果东窗事发。那天在看守所里见到他，我好生奇怪，怎么坐了班房他反倒脸色红润，精神正常起来了呢？从前他可不是这样子，每天眉头紧锁，走路低着脑袋，总是心事重重的样子。记得有一次省纪委来人，我和他到车站去接，他一路上都有点儿心神不定的样子。他拐弯抹角地探我口风，想弄清省纪委为何事而来。我明知是为县纪委副书记的工作变动而来，却故意耸人听闻地说，风传两套班子里有人出事了。他当时汗就下来了，那可是十冬腊月天啊。听说，查抄他家那天，从他家墙里、地板下、暖气包中、厕所水箱上、花盆里搜出100多万现金，天棚上的一捆钱都让耗子嗑成一堆纸片了。你说他这是何苦！他这人是机关里有名的葛朗台，除了有隆重场合换上一套旧西装，平日里总是穿一件旧夹克衫，领口袖口都磨白了，一副穷酸相。他家里摆放的家具大概是土改时从地主手里分得的浮财吧，又旧又破，卖给收破烂的人家都不希得收。他一被抓，好多人大吃一惊，也有人替他叹息，这是图希啥呢？他贪了那么多钱，却不敢多花一分，唯恐露富，他难道只是想满足和填补自己难填的欲壑吗？我至今也没弄明白。

一捆捆整齐的百元券在床上码成一垛，像一座塔。当我从最后一个信封里抖出一捆钱往塔尖上放时，我才注意到这是一捆 50 元面额的新钞票。我又拿起信封来看，竟是在邮局买的那种普通信封。这很令我意外。送礼金的惯例是没有署名的，受者只消看看是哪里的公用信封便知送者何人了。送礼者也自然担心礼到而佛未知，也绝不会忽略使用何种信封的细节。那么今天这个违例者是谁？他为什么不遵守游戏规则？这不能不令人疑窦丛生。我又重新用排他法把人头排列一遍，我的注意力集中到办公室副主任宋纯身上。宋纯三十几岁，很有水平，喜欢与别人唱反调，我说他是标新立异。他在我手下干三年了，头两年他都没有过任何表示，包括我出国、我儿子升大学，我以为他新来乍到不见得懂规矩，并不见怪，那他今年怎么醒过腔来了？我把这捆钱在手上掂量了几下，凭直感有一种不祥的预兆。我突然鬼使神差地数起钱来。数了一遍，觉得不对劲，怎么好像少了一张？又重数了两遍，果然是 99 张，那就不是5000 元而是 4950 元了。这是怎么回事？是银行或储蓄所出了差错？不大像。扎条上有银行出纳员的章，整整齐齐，再说现在都是机器验钞，这又是一捆新钞，不会数不准啊！我再仔细辨认，这捆现钞的钱号都是挨着的，我的头不禁嗡一下涨大了。现在只有一种可能，是送礼人自己从中抽出一张钞票，那目的就十分险恶了，只要他想出首，抽出去的一张钞票就是证据。顿时我心里像吞吃了一个苍蝇般难受。我其实并不了解宋纯，他有没有背景，他与上下左右有无特殊关系一概不知，万一是人家抛下的诱饵呢？有这种可能吗？是不是自己神经过敏了？我自信我守住了"不越雷池半步"的信条，我可以承认我有无可奈何的灰色收入，却没有黑色收入。那他们有必要对我这样下功夫吗？

想想也觉得不光彩，刚参加工作的时候，出国带回来的小纪念品我都如数上缴，那时谁说什么我都不心惊。现在敢这样理直气壮吗？恐怕要大打折扣了。自从顺应潮流心安理得地接受下属红包以来，总是有点儿别扭，在他们面前说话底气也不那么足了，有时明明该发雷霆之怒的，也变成了一般化的说教。唉，这大概就是吃人家嘴短吧。在下面滚了几年，我深知，真正想成为一朵"出淤泥而不染"的荷花是太难了。你想生存下去，你想和大家打成一片，你就得入乡随俗，别人送礼你也送，别人收礼你也收。我也想试着洁身自好，可那苦果只有我自己知道是什么滋味。你干得明明比别人强，提拔却没你的份，你又不能去质问领导，你能举证某某人因送礼才买到官了吗？这是时下只可意会而不可言传的，大家都是哑巴吃饺子——心里有数。我除非是个发誓与自己过不去的人，否则必然像我这样随波逐流。我如今坐在了可向人收礼，得到回报的位置了，我理解那些像我当年一样为自己的前程投本钱人的苦恼与无奈，这怪谁呢？

不能因小失大，我还是审慎的。我的目光又停留在那捆50元面额的新钞上，它是那样刺目。想来想去，我告诫自己，不能大意。宁可信其有，不可信其无。最后我决定，明天就把这捆缺了一张钞票的钱送到纪委去，不，干脆端到会场上，当众缴还，如果这背后真有阴谋的话，也就不攻自破了。当然也有副作用，我的下属们会在暗地里耻笑我做戏，掩人耳目，或者说我当了婊子还想立牌坊，也无形中亵渎了他们对我的一份真情，那今后谁还敢与我共事？谁知道我什么时候会心血来潮把人家卖了？况且对四套班子也无形中施加压力呀！半斤八两，谁不知道谁呀，这后果将是自己被孤立，说不定激怒了平日与自己有隙的人，你不是卖乖吗？好，就集中火力拿你开刀，推出你这个腐败典型，恰逢其时。到时候你敢说灰色收入合理吗？你敢说这不属于"不明来源"财产吗？这种事，不认真，什么事没有，认真起来，灰和黑就没有明确边界了。

我又是一阵心悸。看起来，我并没有从阴影中走出来，那是因为我摆脱不了那团灰雾的诱惑。我不知道我该怎么办。

（原载 2003 年第 11 期《北京文学》，

入选 2004 年第 1 期《短篇小说》选刊版，

2004 年第 1 期《社区》杂志转载，

入选人民文学出版社年度精选本）

红　包

　　这次可没有红包，给你个白包吧。说这话的人是我的管教，话里话外虽有点儿讽刺意味，但他脸上的笑容是和善的，和平日里的尖刻、凶狠截然不同。

　　他递给我的纸包热腾腾的烫手，里面是五个大肉包子。我实在是饿极了，连续做了 10 个小时的手术，水米未沾。我连满头的汗水都来不及擦，抓起热包子狼吞虎咽地吃起来。吃了几口，发现助手和护士们都用异样的眼光看着我，我意识到自己的吃相过于不雅，叫大家笑话了。是呀，省城里大名鼎鼎的胸外、心血管一把刀，堂堂的博士导，怎么着也该文明儒雅，不至于这样狼狈呀。我冲他们自惭地笑了笑，埋下头吃包子，包子好像卡在嗓子里，咽不下去，吐不出来，一股苦涩滋味。文明，现在对于我还有什么意义？自从我被戴上手铐那时起，被人尊敬的文明就离我远去了。我现在是谁？不再是连省委书记都在年节请吃饭的显贵人物了，不过是个管教随意呵斥的囚徒。对于我，尊严是和自由同时失去的。

谁知道我出于什么目的，吞下去五个大包子，我又把包包子的那张白纸折了几折，珍重地揣进口袋。我不自觉地斜了管教一眼，他正鄙夷地看着我，并且说：你以为又是收红包啊，赶忙往兜里揣。我闹了个大红脸。县医院的医生、护士们肯定不用好眼睛看我，我因为吃药品"回扣"、倒卖心血管支架导管而锒铛入狱这件事，和我成功地做了本省第一例心脏移植手术一样有名，一样轰动。应了那句俗话：出多大名，现多大眼。

我扔掉了包包子的纸，垂着头跟着管教往外走。县医院院长走过来，低声说了句：多亏你了。然后请我交代一下术后的注意事项，并且希望我能再来几回。我匆匆交代了几句，抬头去看管教，管教只用意不明地哼了一声，大步在前面走了，我只得跟上。我听见身后一片惋惜声：可惜一把刀了。他一年拿红包也够多了，至于那么作损，倒卖导管发不义之财吗？有什么可惋惜的，医生本来是救人的，他却为赚黑心钱去害人，这种人应当永远不让他再当大夫。黄一刀的技术还是过硬的，在全国也排头排，只是钻钱眼儿里去了。今天这起车祸，几个重伤号如果没有他，现在早停到太平房去了……

种种议论如一根根鞭子抽打在我心上，我的心在流血。我恨我自己，面对同行的谴责我无地自容，我的心在颤抖，双腿发软，如果不是管教从屁股后头推了我一把，我几乎爬不上大卡车的车厢了。腊月的寒风刀子一样扑来，车速又快，我双手死攥着护栏，手指头也僵硬了，仿佛和护栏的生铁铸在一起了，冰冷没知觉。没有给我上手铐，已经是对我的极大信任了。车厢上也没有人看守，管教钻到驾驶室去了，没有那刺目的眼神监视自己，应当知足，冷又算得了什么。想起从前，心里不知是一种什么滋味。过去做完手术，院里即使不出车送我，也有患者家属备车，省市领导的车哪个我没坐过？还提这个干吗！那时他们待我为上宾，因为我是站在死亡线上的守护神，我是从地狱门口往回拉人。堆在我书房里数不清的牌匾、金盾、锦旗，救死扶伤、妙手回春、华佗再世……这一切美誉都曾经和我的肉体合而为一，我就是奇迹的化身。曾几何时，涂在我脸上、身上的金粉、油漆剥落得干干净净，露出我这个原本肮脏的赤裸裸的灵魂。

我本来就这么龌龊不堪吗？我是怎么穿起白大褂，拿起听诊器的？陆文婷如今还主宰着我的人生吗？一部《人到中年》像一团烈火，把我周身的热血加热到沸点，曾立志为解决哥德巴赫猜想愿苦熬终生的信念被陆文婷瓦解了。这么多年来，我曾用无愧我心评价过自己。有时我一天做四个大手术，几次晕倒在手术台前，下了手术台，我通常是饥肠辘辘。那时医院发的夜餐只是一个干面包、一段香肠，啃几口又要上台，我从没抱怨过，也没想过要得到什么回报，病人和家属只要说上几句感激的话，我就很满足了。

是什么时候兴起了红包的呢？我是被红包打倒的吗？我坦白的时候曾这样总结过。但管教否定了我的说法，他纠正我，说我是自己打倒了自己。也对，如果自己心旌不摇，不起贪心，别人谁能把你送到牢房里去！送红包之风在医院悄然兴起之初，我也抵制过。我在我们科的班前会上斥责收红包、吃药品"回扣"是败坏医生的医德。我的胸外科顶了一年，眼看顶不住了，新分来的大学生公开对我发难：你是不缺钱啊，可你得替我们想想啊，我们上有老下有小，光靠几个死工资，怎么活？再说，别人都拿，我们一个科再清廉也不能扭转医风啊！大厦将倾，独木难支，我仿佛听到了大厦即将解体的断裂声。我顶不住了，也不想顶了，看着与我医术、资历相仿或不如我的大夫有钱把念中学的孩子送到英国去留学，自己买了高级轿车代步，你想我心里能平衡吗？攀比也罢了，如果只是拿红包也出不了事，包括拿药厂的"回扣"，也是尽人皆知的事，法不责众，最多是境界不高，发现了，退了款，写个检讨了事。可欲望是无止境的，后来我们科里参与倒卖昂贵的心脏导管，不惜二次使用，这就和人道相悖了。事发后想来，这才叫鬼迷心窍。

回到监舍，我一摊烂泥似的倒在床上，连脱衣服的力气也没有了。管教没有像往日那样苛求，他从外边端来一盆洗脚水，替我脱了鞋袜，居然帮我烫起脚来。这举动不同凡响，轰动了整个监狱。在向犯人训话时，管教说：我为什么给他洗脚？我不是给一个犯人洗脚，我是给一个救死扶伤的医生洗脚。洗去的是污垢，留下的是清白，黄医生从前曾经是清清白白的人，后来是自己给自己脸上抹了黑。他昨天随劳改队到高速公路工地去干活，正碰上县里出了一起车祸，县医院听说大名鼎鼎的黄一刀在跟前，就请他上台手术，三个伤员都很重，如果转运省城，非死在半路不可，县医院的医疗条件有限，能瞪眼睛看着死人不管吗？让我批准这容易，可黄医生敢接吗？这本来是分外之事，干好了没功，出了事罪上加罪。可黄医生二话没说，答应救人，这是啥？这是改造之功。

管教之意虽是在突出改造作用，毕竟也说了实话。只是我当时可没有工夫想功过的事，人到了我这样的地步，连有杂念的资格都没有，反倒干净。

管教对我的奖励是亲自写报告，要求为我减刑。他对犯人们说，恨不能明天就让我出狱，让救人的一把刀在这里每天挖一方土，实在太浪费了。

又过了一天，管教喊我去会见室。我心里纳闷，三天前是会见日，老婆刚来过，今天怎么又破例会见？会见室里坐了一屋子人，有男有女，我一个都不认识。管教告诉我，这些人全是我昨天手术的伤者的亲人，特地赶来道谢。面对这些满口感激话的人，我脸孔热辣辣的，内心涌起一阵从来没有过的受之有愧的感觉。他们把水果、零食大包小包地塞给我，我赶忙拒绝，管教却像大人对孩子一样宽容地说：拿着吧，别客气了。在我把这一大堆吃食搬回监舍时，我意外地发现，在糖果里一个红包，我愣了一下，打开红纸包，里面竟是十张百元券，我的手像触电了一样，红包？这是讽刺我呢，还是试探？不管怎样我都极为恐惧，一朝被蛇咬，十年怕井绳。我急忙扔下红包，并且马上喊管教。

管教跑过来，问明了原委，拉长声说：我以为糖果里钻出一条蛇来咬了你手呢。你拿红包不是拿惯了吗？还怕钱咬手吗？我被他的话刺得恨不能钻地缝。管教又嘿嘿地乐了，他把钱往我手上一拍，说，这钱是干净的，你拿吧，没错。不敢拿？有人废话，就说我批准的。别把人家的一片感激之情也都糟践了。钱这东西，是好玩意儿，可也是祸害，钱好花，也不能什么钱都花，没听人说过吗，君子爱财，取之有道。哈，你看我，又在孔圣人面前念《三字经》了，其实你这么大学问的人，给我当老师，教我十个来回也绰绰有余呀。

管教走了，我像被揳进地里的一截木桩，红包像个烫手的山芋，捧在手上，一直烫到心里。

（原载 2004 年第 3 期《春风》，
2004 年第 10 期《新华文摘》选载）

人之将死

从我被"双规"那一刻起，我就看到生命的尽头了。不知为什么，我反倒觉得自己平静得不合逻辑，仿佛是一切都终结了，尘埃落定了，喧嚣的世界正抛弃我远去。是啊，此刻想来，人生最大的痛苦不在于筋骨的疲惫，那种冥冥之中看不见的、时刻啮咬着你心的折磨才是最难挨的。希望、追求是万千苦恼之源，当你把所有希望都粉碎在自己面前时，你会如释重负地嘘口气：好在这一切都结束了。

竹筒倒豆子，没用他们费周折，我把老底全兜出去了，我的坦白之彻底、痛快，肯定令专案组的人都吃惊。我从他们的眼神里看得出来，他们一定为白白伤脑筋准备了若干种对付我的预案而后悔。我是干什么的？攻心战也好，斗争艺术也罢，眼前这些不知从哪省纪委调集来的后生小子，讲这一套，也许得跟我学上几年。他们一定以为我在千方百计地争取宽大处理，我其实是在寻求精神的解脱。说来也许没人相信，自从交代了所有问题，我在当作隔离室的狭小房间的硬板床上睡得很香，而从前躺在席梦思床上也难免翻来覆去地失眠。

走到今天这一步，我不怨天不尤人，我也没有临刑前鼻涕一把泪一把地向后人忏悔的冲动。人啊，实在是奇怪得不可理喻的复合体。我过去何尝不是清白的？刚提升副厅长的时候，用公车送老婆去住院，我都交了汽油费。人的贪欲是与生俱来的吗？我想不会有别的答案。我如果不当这个交通厅厅长，或者虽然当了，别去染指高速公路的招投标，也绝不会有今日的马失前蹄。有一位作家曾开玩笑地对我说：如果你觉得哪个干部不把握，就把他送到文联或作协去"当官"，这个干部就保住了，文联、作协是耗子尾巴上的疮——没几滴脓水，想搂也无钱可搂。这话虽是打诨，却道出了真谛：常在水边站，果然会湿鞋呀！

人之将死，其言也善，我是其人也善。我此时唯一感到慰藉的是我保护了一个好人。如今当着省委常委、本市市委书记的裴佩杰是个好人。这不只是公众认同，我的心里有一块晴雨表。我在官场里浮沉这么多年，哪个清哪个浑，我心里有数。裴佩杰确是个廉洁奉公的人。如果他像我一样把持不住自己，他有条件像扫树叶子一样往口袋里搂钱。他女儿想去美国自费留学，我知道他女儿怨艾不已，砸锅卖铁他也拿不出每年20万元的巨额学费，只好作罢。官当到他这地步，何须他伸手，只要他暗示一下，就会有人把大笔美元汇到美国去资助他女儿深造。裴佩杰什么都没做，忍受着女儿隔三岔五阴阳怪气地在老子面前发牢骚。我可怜他，更可怜他的女儿。我背着裴佩杰，把他女儿送出国了，我给她存过去10万美元，我们订了攻守同盟，大家都对裘佩杰封锁消息。当然后来他还是知道了真相，冲我大发雷霆，但生米已煮成了熟饭，他也无计可施。我打圆场说，将来他女儿成了气候，由他女儿挣钱还我就是了，与他无涉。他默认。这场风波过去了，他情绪低落，说我等于在他清白的履历表上涂上了一团墨汁，永生也洗不掉，怨恨之情溢于言表。我一直觉得对不住他，是一块心病。

　　进来之前，我就料到自己挺不住。此前我像是不经意地跟纪委、检察院的人聊过被"双规"者的状态。他们眼里可没有什么钢浇铁铸的汉子。无论平时你何等刚强、跋扈，一进去，不上三天，精神非彻底崩溃不可。西装革履地进去，狗一样匍匐于地上求生。我绝不比他们更光棍，一进去，我把能想起来的全说了，区别只在我不用他们费唇舌。我也没必要维护什么人，给我送钱的人有几个是因为他们标榜的"感情"？什么叫铁哥们儿？他们最"铁"的不过是我手中的权力，这个具有魔法的可以使人异化、为其带来金钱的权力，才是他们所追求的。而我，在接受他们贿赂，替他们开绿灯的时候，他们背地里也一定无一例外地骂我"黑"，把我归为丑恶一类。他们的笑脸、甜言蜜语和阿谀奉承，其实不过是赢利的门票而已。我从来都是清醒的，不像我老婆，事发前还掰着指头算，万一我出事，谁够哥们儿会死保，谁是软骨头靠不住。我嘲笑她痴人说梦，懒得跟她费口舌。

　　我心中唯一要保的只有裘佩杰，除了因他确是清官外，他也是直接提拔我的上司，我欠人家情，可我还的人情，无异于用纸币化成一副无形的镣铐。他在农村长大，没爹没妈，从小受苦，他从小队会计干起，大队支书、公社副书记、书记，进而被提升为县委宣传部部长、副书记、书记，又过两年，到了地委，一帆风顺。他的政声一贯很好，他下去视察吃饭都让秘书强行留下伙食费。他过于正，以至于首长秘书们背地里常用这样的话来诅咒别人：你得不着好下场，早晚得给裘佩杰当秘书！最近风传，他即将接任省委书记，我不能毁了他的前程，那我死了，灵魂也不会安宁。

我坚信自己能守住这最后的良心底线。我老婆就不好说了。别看她平时狐假虎威、像模像样地摆足了首长夫人的谱，可她这种浅薄的人，是没见过阵势的，一旦进去，立刻是狗屎一堆，连她多占了一包卫生纸便宜的事没准都会交代出来，而她恰恰又知道我给裘佩杰10万美元的事。她倒也是个有良心的人，风声吃紧的那天晚上，在她忙着四处转移、埋藏金钱的时候，她倒先嘱咐我，到了刀按在脖子上的时候，也不能把老裘咬出来，那太对不起人了。

这是她的真心话，但我不信任她"守口如瓶"的承诺。我灵机一动，告诉她，人家老裘早把那10万美元退回来了，根本没要。她大为吃惊，不大相信。是啊，这么大的事怎么从来没听我说起过！再说了，既然钱退回来了，她这个"把家虎"怎么没见到钱影儿？

我说钱藏在我办公室花盆土里。她骂我蠢，那不是沤烂了吗？怎么会呢，我说用防水纸和塑料袋包了好几层呢。她这才放了心，仍不忘唠叨：她若不追究，说不定我会永远不说，是我私存"小金库"，说不定是准备包"二奶"用的。都到这时候了，她还有闲心提醋罐子。

我很佩服我自己的临危不乱，我真的把本来藏在别处的10万美元埋进了巴西木的巨型花缸里以应变。如果我进来之前没有做这场戏，早就坏事了。显然我老婆是与我脚前脚后被"双规"的，昨天的审讯露出了蛛丝马迹。他们拐弯抹角地问起我与裴佩杰的关系。我的心咯噔一下，立刻明白，老婆犯事了，而且把裴佩杰也底朝上地抖出来了。这戏是我导演的，我一点儿都不慌，我承认我想对裴佩杰行贿，可惜人家拒收，退了回来。为了证明一下他们是不是敲山震虎，我故意不说那笔外币的下落，谎称记不起来放在何处了。经过几个回合较量，他们的耐心有限，便抖了包袱说，10万美元已经从巴西木的蓝草图案的花盆里搜到了，训斥我不老实。我的心落到了实处。即将被判死刑的人，老实不老实已不重要，重要的是我用最后一点儿智商保护了一个好人。我死后，在他睡不着觉的夜晚，他能想起我，为我轻轻地叹息一声，我也就知足了。

不好，我忽然觉得，裴佩杰还是凶多吉少。我后悔进来之前没把这个措施通告给裴佩杰，当然，大祸降临得过于突兀，想做也来不及了。万一纪委的人到他那儿去核实取证，他不知我会保他，说两岔去怎么办？很可能是南辕北辙，他怎么会知道我这样为他开脱？唯一的侥幸，只能寄托于纪委办案人员的"忌讳"。一般来说，人都有投鼠忌器的顾虑，以裴佩杰如今的政声和地位，他们并不一定会较真，又何况我和老婆交代的一致，又挖到了赃钱，谁会多事呢？

怕只怕有敢于较真、敢于太岁头上动土的人，我还是乐观不起来，如今多是异地办案，外省纪委的人难免六亲不认。一想到这里，我几乎惊出一身冷汗。倘或他们仰仗中央纪委撑腰，真敢斗胆去与裴佩杰当面核实怎么办？会是什么结局？无怪乎以下几种：对裴佩杰来说，最聪明的莫过第一种，那就是咬紧牙关不承认，倒打一耙说我陷害栽赃则更高明，他不会不明白，有一方死不认账，最后只能以财产来源不明罪定案，那刑期最高才三年，何况此时并没有动他，扛一扛就过去了。如果他乱了方寸，或者他并不如我所了解的那样官清如水，那他可能认为在劫难逃，交代了，那就完了。也可能出现第三种情况，他承认我曾经去送过，但他退回去了，这也是天知地知、你知我知的事，只怕让他具体化，什么时间、什么地点，我没与他通过光，怎么可能合牙，怎么可能天衣无缝！

唉，我成了悬念的制造者和悬念的受害者，最终是被这悬念折磨得几乎自杀的人。

这几天我分外留意纪委办案人员和看守们的举止言行，想从他们的表情和不经意的言辞里印证。印证什么？无非是裴佩杰的安危。有时我捶自己的头，你已是一个只配最后消费一粒子弹或5毫升毒剂的待决死囚，你犯得上为远去了的人世、远去了的官场劳神吗？话是这么说，我却无法控制我自己，我知道，我的心还没完全坏死，一点点良知还活在我这个躯壳里。当我无法从他们的眼神和话语中得到判断元素时，我转而拼命地竖起耳朵听隔壁房间从电视机里传出来的模模糊糊、断断续续的声音。关押我的地方显然是个没有星级的招待所，我这间屋子，理所当然地搬走了电视机，没有干扰，以利交代问题。

而隔壁住着专案组的人，他们当然有权看电视，而且这些政界的人，哪天也不会忘了"充电"，从晚上六点半本省《新闻联播》到中央台《新闻联播》，乃至《焦点访谈》，那是绝不会错过的。尽管他们开机的声音时人时小，我总是把耳朵贴在墙壁上一字不漏地听，如果能听到裘佩杰那略带沙声的男低音，我就放心了，证明他没事。

问题是一连好几天没听到他的声音。作为副省级的一方大员，他不可避免地是电视里的"明星"，想不当都不行。即使他不能每天露面，播音员播发的新闻里也会或多或少地带出他的名字来。大人物一个星期在媒体上失踪，总会引起一阵社会性的骚动，多年来训练有素的人们善于从某人出镜的频率来判断他的消长。

真邪了，裘佩杰像蒸发了一样，从音频里消失了，沉寂了。他出国考察去了，还是到中央开重要会议去了？中央全会年初已经闭幕，经济工作会议上个月才结束，两会也在上一周结束了，还会有什么重要会议呢？我实在想不出了。

于是从第二天起，我依然执着地想从纪委办案人员的脸部表情和捉摸不定的眼神里发现点儿什么。我很好笑，是吗？

（原载 2004 年第 6 期《长城》，

入选人民文学出版社《21 世纪年度小说选·2004 年度短篇

小说卷》）

死刑令今天下达

一缕朦胧的白光撕破黑沉沉的夜斜射到监舍的灰墙上，又迎来一个可能属于我的最后一个黎明。上诉随时有可能被驳回，那就是终结生命的时刻，像是画上一个休止符那么简单，那就永远沉沦到万劫不复的黑暗中了。当你不得不面对它的时候，你才会感受到恐怖的战栗。死亡这个词语，过去尽管不算陌生，却毕竟不是感同身受。自从半个月前市中级人民法院一审宣判我死刑以后，死亡的概念不再是概念，而是实实在在的存在了。

我主管公检法的时候，不止一次地随同押送犯人的执法人员到过刑场，我那时是监督者、领导者，在我面前的那些猥琐的罪犯不过是社会的渣滓，我从没想到过他们濒临死亡时的感受。吓得屎尿屙了一裤子的软蛋也好，梗着脖子叫嚣"二十年后又是一条好汉"的也罢，统统是健康社会的垃圾，谁会同情？当闷哑的枪声响过，罪囚一个跟头掀翻，脑浆流了一地时，你只会感到恶心。他们临刑前痛哭流涕的忏悔、对亲人的依恋、对生的渴求，我统统视为不值一文的动物性的本能。

天哪，做梦也不会想到，有那么一天，自己将成为被绑赴刑场被人视为渣滓的死刑犯。我与那些杀人犯、抢劫犯、强奸犯、拐卖妇女儿童犯、贩毒犯们有本质区别吗？一想到这里，心上就像有千万条小虫在啃噬着。我无论如何是不该与他们画等号的。我至少为党和国家做了很多有益的事，20年来这座城市的每一次闪光、每一次辉煌都与我的名字相连。报纸上有过这样的褒奖，说我是街道社区老头老太太心目中的偶像，须知最难伺候、最爱挑剔和嚼舌头的就是这些人，受他们拥护，这容易吗？当然，一旦沦为阶下囚，这一切光环都变成讽刺了，对减罪毫无意义，胜者王侯，败者贼。

人对生的留恋，只有在行将就木时才更强烈。疾病夺命，那是自然规律，没有办法的事，但当你的生命将被某种强制力量强行剥夺时，你总会心有不甘，总会心存侥幸，总会希望出现奇迹。我的生命轨迹会有奇迹出现吗？答案本来应当是肯定的。

商学俭不可能不来救我，他和我都明白，我们是一荣俱荣、一损俱损的。从我被"双规"那一天起，即使在沉沉的暗夜中，我也看得见他那双睿智的眼睛。那双眼睛在深不可测的海洋里，是我的引航灯塔，是希望所在，使我有临危不惧的从容。哪怕是市中院居然敢逞能判我极刑，我都没有绝望。在法庭上我反倒淡泊地一笑，这面对死亡的平和心态连我自己都很欣赏，这风度当然来自商学俭那泰山崩于前而不惊的一双眼睛。

走廊里一阵沉重的脚步声打破了黑暗中的寂静，听脚步声不止一个人，这有点儿不寻常，大清早的，只有执行死刑令才这么打破常规。脚步声中止在我的牢门前，我从床上坐起来。铁门叮当作响地打开了，我认出最先踏进牢房的那个天生有一副笑面的白脸法官，我的心咯噔一下，不祥之兆一下子攫住了我的心，难道是……吊得高高的那盏只有10瓦的萤火虫般的灯泡亮了，法官将那张不是笑也像笑的脸对着我，例行公事地向我宣布，我的上诉被驳回来了，维持原判，为终审判决。然后合上只有一页纸的硬壳公文夹，转过身迈着机械的步子走了。哈，通向地狱的通行证就这么平淡无奇地下达了，像通知犯人开早饭。

我惊讶于自己的镇静，我有点儿怀疑这宣告的真伪。如果是这么个结果，也应当是我先于法官知道。上次一审的宣判结果，我就是在他们组成合议庭之前得到消息的，这当然是商学俭的作用。他自己用不着抛头露面，就能巧妙地把信息传递过来，以至于他们在法庭上将宣判书一念完，我就把准备好的上诉书呈递上去了，弄得法官和公诉人措手不及，着实有几分尴尬。这次终审判决怎么反倒连风吹草动都没有呢？

按照我处世的原则，我先往最坏处想。是商学俭"捞"我归于失败，还是根本没有鼎力，只是虚应故事？更糟糕的是他自己也掉进去了，自顾不暇？那将是最恐怖的了。除非是他自身不保，他不可能放弃我。记得我被省纪委"双规"那天，他和省纪委书记一起向我交代政策，中间纪委书记上厕所时，他悄声对我说，有两条可保无虞：一是咬紧牙关，别胡说八道；二是好汉做事好汉当。他说，即使到了上断头台那天，只要还没人头落地，他都有办法把我从阎王爷手中拉回来。我感动，我深信不疑，作为市委书记的他，有这个权威，有这个能量，也有这个义务，无论为朋友还是为自己，他都只有一种选择。

是呀，我与商学俭是什么关系？好比车之两轮、鸟之双翼，是轮流照亮这座城市的太阳和月亮，这虽是见诸报端，有吹捧之嫌的溢美之词，毕竟也道出了一点真谛。我与商学俭是同年、同学、同乡，又是同事，我们是手牵着手从家乡的小学走入镇里的初中，再考入县城高中，直至联袂进入省城最负盛名的名牌大学。毕业时正值如火如荼的"文化大革命"年代，又一起下放到军垦连队去当兵，后来回城当了中学教员。80年代，从知识分子当中选拔后备干部的热潮中，我们又脚前脚后地进了市委大院，由科长而处长，都是比着肩过来的。他放下去当县委副书记，我则当副县长，他升任市委副书记，我也当上了副市长。从情感上讲，我们两家也是走动得很勤的。他儿子和我女儿先后去了美国自费留学，他给儿子寄东西从来都是双份的，我每到年终岁尾给孩子准备学费，也从来是不分彼此，两家到了难分你我的地步。很多同事把我们这对搭档传为政界美谈。

天有不测风云，我被一个房地产开发商牵连，马失前蹄了。我知道商学俭会"捞"我，根本不用嘱托。怎么理解他说的"好汉做事好汉当"？什么叫不能胡说八道？这是心照不宣的。小时候我们在家乡涨水的小河里洗澡，我被急流卷入深潭，商学俭跳下去救我，我出于求生的本能，死死地抱住他的腰不肯松手，结果把他也拖到了水底，差点儿一起被淹死。商学俭当时拼命捏我的鼻子让我灌饱了肚子，直到把我呛昏了，才拖死狗一样把我拖到沙滩上，骑在我身上压出了肚子里的水，我总算逃过了一劫。事后我怪他狠心给我灌了一肚子浑水，呛昏了我，对此他有一套独到的理论。他说凡是垂死的人，必定失去理智，出于求生本能，有把别人拖到同归于尽地步的危险，所以救援之道是首先击昏他，灌蒙他，这才不至于当陪葬。今天想起来，我现在的情形不是与之很相像吗？我很快从胡思乱想中自拔了，我找到了证据，他不但没有险情，而且春风得意。看守送来了今天的晨报，头版有商学俭的大幅照片，那是标榜他亲民形象的作品，商学俭穿着早已不时髦的军大衣，年关时下到下岗工人家中送米面，面带微笑，与工人握手，例行公事又似平和亲切。这也是我从前并不陌生的功课。这样看来，他"这一步"走上去了！这不，报道中，他官衔前面那个"副"字不见了，他已经是这个市的市委书记了。我为他高兴吗？是的，他爬得越高，越树大根深，树大则树荫广阔，躲在树下才好乘凉。当然也难免心头酸溜溜的不是滋味，从小一起并肩走过来、一同进退的伙伴如今可是霄壤之别了，一个大红大紫，一个成了待决死囚。我现在已经是一只脚踏进地狱的人了，他伸出救援之手对他来说还有危险吗？他害怕把他这个送殡的也一起埋葬了吗？

我的机会实在有限了，抓不住就是死，抓住就是生。不管他愿意不愿意，我都不能放弃这最后一线希望。我大声呼叫看守，要求马上见商学俭。看守们一定以为我疯了，死到临头还想见市委书记，这不太可笑了吗？他们理所当然地不予理睬，我扯破了喉咙骂街也没有用。

一沓纸、一支笔摆到了桌上，他们说现在讲人道了，准许我给亲人留言，想写忏悔书也有足够的纸张。我愣了好一会儿，真的抓起那支很老旧的自来水笔，遗嘱什么的写不写无关紧要，我必须给商学俭写上几个字，要言简意赅，要写得入骨三分，别人看不懂，他一看就懂才行。他这时候不来救我，我不能不疑心他是希望我速死了，我一死，这张嘴就永远封住了，他也就永远睡得香甜了。这个想法一冒出来，我自己先吓了一跳，他有这么坏吗？小时候游泳遇险的经验难道是人生的借鉴吗？任何救人者都不会甘心被人拖下水的。商学俭有两种可能：一是无力施援，爱莫能助；一是只要一出手，便有同归于尽的危险，便索性无动作。如是前一种尚可原谅；如是后者，便太不够朋友了，他难道忘了自己说过的话了吗？什么叫一损俱损，还不因为他与我是半斤八两！

我一直没有咬他，也真的没想咬他。天塌下来我一个人顶着就是了，我宁可在监牢里度过余生，用我的苦难换取他的荣华富贵，这我都认了，只求他对我好，对我的妻子儿女好，我又何必拉一个陪绑垫背的呢！更何况我也有私心，只要他不倒，我就多一分希望，他倒了，谁还来救我！

如果是一般的案情，我可以耐心地等，可我是站在地狱走廊里呀！我用过各种各样的笔，毛笔、自来水笔、圆珠笔，任何笔都没有今天这支笔这么滞涩，这么沉重，这么不听使唤，而且越用力越不下水，左右甩了一下，竟漏下一大摊碳素墨水。我愕然地望着在白纸上浸润蔓延的污迹，不由得想起自己，我的人品、人生，此时像不像这混沌一片污秽的纸？我恼恨地摔了笔，暴怒地喊着商学俭的名字，天晓得我哪根神经出了毛病，我竟吼出了这样一句：别以为我死了就灭口了，我还没死呢，还来得及！

这话吓了我自己一跳。听上去像是失去理智的胡言乱语，不正是我深藏在内心深处涌动的炽热岩浆的喷发吗？我干吗这样委屈地、忍气吞声地替别人去死？是的，我索贿受贿的数额之大足以让我死两回，但我也明白，一旦我有立功表现，那我也可能免死，我只要想立功，就一定是个让世人瞠目结舌的大功。我这人讲义气，却并不傻，我愿为朋友两肋插刀，却不甘心为人愚弄，当不明不白的屈死鬼。我多么希望我看作生死之交的商学俭不是落井下石的人啊！

是我一骂骂出结果了吗？奇迹发生了，很快传来了消息，说市委书记商学俭马上会来见我。像一个漏气的气球，尽管边吹边漏气，不断地在瘪下去，可这消息如同又打了一股气进去，我那四处渗漏的心又鼓胀起来。

时间在艰涩地消磨着，对于一个已经被下达了死刑令的人来说，我的生命是以分和秒来计算的。我木然地站在窗前，监狱外面的农贸市场又苏醒了，一片嘈杂的市声，那些为生计奔波操劳的小人物早出晚归，过年能吃上一顿肉馅饺子就知足了。我小时候又何尝不是如此？盼星星盼月亮地盼过年，就盼着能吃上一顿酸菜馅饺子，分两个冻梨、一捧花生，那时感到很满足。这种日子远去了，离我太远了。现在过大年，每天犯愁的是不知道想吃什么，人已经到了没有盼头的地步了，没有盼头的日子也是一种痛苦。

现在，我倒重新有了强烈的期盼了，那是生的留恋。如果让我活，哪怕再回到衣食不周的童年，哪怕像乡下一个普通农夫那样日出而作，日落而息，脸朝黄土背朝天，我也乐意，村干部欺侮我，我都不会告状，不再有非分之想。可惜呀，这期望，对我来说都太奢侈了。也许，明天早上，所有的电视频道、电台、报纸都在热炒本市一个最高级别贪官被执行死刑的新闻。如果采用本省首例注射毒剂的执行手段，那将更为轰动，给我一次最强劲、最后在媒体里热卖的余荣，而后永远销声匿迹，像一粒飘过人世间的灰尘。

商学俭始终没有出现，倒是我的律师来了。他是年过花甲的老资格律师，曾经因为职业选择的失误，当了右派，那年月为阶级敌人辩护的职业本来可笑，立场何在？同情敌人且为之张目，你不是敌人谁是？70 年代末期，我帮他改正，帮他重新归队，他一直视我为恩人，后来成了本市顶天立地的大律师，绰号"施洋大律师"。也许因为这点儿渊源，他甘冒风险，自愿无报酬地为我出庭辩护，他其实知道他无力回天，也许是尽尽良心的义务吧。

他见我仍穿着睡衣傻站着，就催我快换衣服。我明白了。我历来要面子，我曾对他说过，即使有一天上刑场，也要西装革履，领带打得漂漂亮亮地去伏法。他这一催促，我的头嗡的一下，这一刻，我的心仿佛被人摘走了，整个人也仿佛蒸发了，我意识到，死亡的瞬间来到了。也就是说，商学俭并没有任何动作，抑或是虽有动作，也终未能力挽狂澜。我仍不甘心，我请律师出面再争取一点儿时间，我必须等等商学俭的消息。

我的律师眼里划过一丝几乎看不见的怜悯，甚至可以理解为揶揄。他叹息着说，早走一分钟，就早一分钟解脱，大家都解脱了。我心头一震：这是什么意思？他嘲笑我徒劳吗？还是认为我直到最后也没有看透人世间的冷暖炎凉？霎时我全明白了。为什么要说"大家都解脱了"？"大家"是什么概念？除了我，还有谁？当然是商学俭。我一死，自然永不会再开口，他自然也就永远解脱了。我的生命的构成居然关系着另外一个生命的安危，我从来没料到我会这样举足轻重。这样看来，他的"捞救"只不过是绑在牛角前的一束青草而已，让我永远感激他的赐予，又永远得不到那束青草。他不这样稳住我，他怕我口无遮拦，把他的老底翻出来。

我变得愤怒了。我可以死，为我的贪欲付出我应付出的代价，但我不愿当别人的保护伞、替罪羊。你不是想在枪声响起那一刻开始，坐享天下太平吗？你别高兴得太早，我上刑场的前一分钟也来得及办这一切，让你知道该怎样做人，否则你将付出什么代价。

我看见执行我的人陆续来了，看见律师在与我谈话，那些人便远远地站在走廊里，他们都戴着口罩，像在防"非典"病毒。我拒绝换衣服，同时大喊，我要揭发，我要立功。我问我的律师，总该来得及吧？律师说，那要看重不重要。

当然重要。别的姑且不论，当初那一笔 200 万美元的回扣，可是有他一半呀，不然他的孩子怎能在国外过着阔少的生活？我的律师哑然失笑了，那表情是讥笑又是怜悯，他问我，那笔款子是存在谁名下的？虽是存在我女儿名下，却是双方共有啊！商学俭当初就说，朋友不分彼此，存谁名下都一样，况且他说别把两个人都捆死了，日后万一有闪失，还有救。律师此时这一提醒，我服输了，他妈的，什么有救，他早打算好了，又要大口大口地吃羊肉，又不沾半点腥膻气。律师说得对，在法律范畴内，商学俭无罪，我理应一个人下地狱。

我的律师为我做了他能做的最后一件事，看着我穿好衣服，帮我正了正打歪了的领带，低着头走了。

我下意识地摸摸领带，仪容对于我有什么特别的象征意义吗？

（原载 2005 年第 8 期《作家》，

2005 年 4 月号《雁鸣湖》选载，

2005 年 5 月 22 日《天津日报》选载，

2005 年第 2 期《文学风》选载，

入选《中国作协选编精品集短篇 2005 卷》，

入选百花文艺出版社《精选小说集》，

2005 年第 10 期《小说月报》选载，

2006 年第 1 期《中外书摘》选载）

知耻而后勇

穷光荣还差 3 个月届满，他在不适当的时候倒下了，不是通常人们猜测的那种倒法，他虽然窝窝囊囊，却是个手脚干净的县委书记。他得了肝癌，一发现就是晚期，肝昏迷倒在了县财政局局长室里，凌晨 2 点。发病的地方蹊跷，时间也令人画魂。

只有同行明白。这不是年终岁尾了嘛，他和财神爷躲在角落里在盘点，这一年下来，是亏是赢，GDP 比上年提高了几个百分点。恐怕在这个时候，在这个 40 万人口的山区小县里，没有比穷光荣更关注的了，怎样向上报，报多少，挤出多少水分，看不看左邻右舍。这可是大事，关系民生，更关系到他的升迁。对于靠政绩说话的干部来说，再愚笨的人也心知肚明。

可以肯定，穷光荣又纠缠在那些讨厌的数字里苦恼着。谁没有过这样的经历？无生命的阿拉伯数码能搭成天梯送你上云端，那些如同蠕动的虫子一样的数码啃噬着你，也能把你似锦的前程咬得百孔千疮。

　　想起穷光荣的外号，我总是忍不住想乐。这外号起自何年何月，何人所起，无处可考。但我仿佛听说，是在一次省委扩大会议上，李永久叫苦不迭的小组发言，惹恼了主管农业的省委副书记，他半贬斥半开玩笑地说：你李永久永远哭穷，你唯一的本事就是哭穷，怕露富。却不料李永久不急也不恼，嘻嘻地笑着回答说：谁有胭粉不往脸上搽，而往屁股上抹呀？没辙呀，真穷啊，揭不开锅了。书记便说：穷还有理？下次再来省里开会，也换件像样的衣服，别这么穷嗖嗖的，这不是穷光荣那年月了！穷光荣来得更快：这不是和戴着国家级贫困县帽子的形象相匹配嘛。

　　人们望着他那身灰不喇唧的老式中山装，还有耷拉着帽檐、油渍渍的解放帽，不禁哈哈大笑，虽无恶意，也绝不是赞美，穷光荣心里明白。

　　从那以后，李永久别的没捞下，捞了个"穷光荣"的绰号，当官的这么叫，连老百姓人前背后也叫，难得的是他并不反感，嘿嘿一乐而已。

　　穷光荣给人的印象是窝囊，用老百姓的话说，没刚性。不管什么会，他从不抢先发言，也不表功，永远甘居下游。如果领导点将，他还是嘿嘿一乐：穷县一没经验二没钱，取经、取经。

　　照说，县太爷在方圆几千公里的山里山外，也是西山一跺脚，东山头乱颤的主儿。可穷光荣生性窝囊，县里干部们恨铁不成钢，背地里说他是一摊稀屎扶不上墙，兵熊熊一个，将熊熊一窝！话传到他耳朵里，他还是嘿嘿一乐了事，他不仅没有官威，似乎更是个没什么自尊的人。

我也看不起他。我没同他共过事，作为邻县的县长，去年，在为期3个月的省委党校"科学发展观"学习班上同过学，那也是年终，他不怎么安心学理论，一有空就往省领导家里跑，有实权的各厅局他也不放过。

难道这个不起眼的穷光荣也在"跑官"？我一直在冷眼旁观，送礼是肯定的，我却挺可怜他，都什么年月了，他竟打发县里成车地拉来鲜人参、加工好的糖参，一车一车跟胡萝卜似的！谁稀罕拿这稀烂贱的玩意儿大补啊！可穷光荣一根筋，认准这一门了。其实，你真不想大把大把地甩钞票，你再穷，山里也有值钱的东西呀，野山参、鹿茸、蛤蟆油、蜂王浆……总还拿得出手啊。他这种窝囊废，天生愚笨，用当地老百姓的俗话说：窗户眼儿里递礼盒，送礼都找不着门。

对他来说，病倒了其实是好事。我这倒不是咒他。就算再挺过去3个月，难道他还能升任地级市的副厅级职位吗？除非组织部部长眼瞎。他在这个穷得当当响的"国家级"贫困县里一扎窝就是12年，4年副县长，4年副书记，又是4年一把手，算是干到头了，不出大乱子已是他的福分。他别的能耐没有，倒是挺善于保持"不败纪录"，12年贫困县的帽子钉帮铁牢地戴着，脸不红，心不跳。他好像从来没有想摘掉的意思，他照例一本正经地哭穷，见人就叫苦。

在我的印象中，穷光荣不是个有贪欲的人，但也肯定是个没作为的人，老守田园，过去农村里嘲笑他这种人，通常这样说：上炕认识老婆，下地认识一双鞋。

躺在病床上的穷光荣根本不会知道，我已经奉命来接替他的职位了。我升迁的风吹了大半年了，却万万没想到，我来接穷光荣的班！我光荣得起来吗？

我暂时住进和大车店差不多的县招待所，据说还是伪满洲国协和会的房子，青砖黑瓦的平房，要说变化也不是没有，煤炉子变成了暖气。说实在的，在当今，这样的县招待所可以当文物了。再困难，也不至于连脸面也不顾啊。我听餐厅的上灶师傅说，盖新宾馆的图纸都画了好几茬了，也不是没钱，穷光荣书记不让盖，所有的图纸都锁进了他的卷柜里。连上灶师傅都看透了穷光荣的小心眼：怕露富！

我竟要到这个穷掉底的地方"履新"来了！我老婆倒挺会开导我：穷地方好哇！穷到份儿了，你稍加努力，就显出政绩了，这叫"水落石出"法。虽然比不上水涨船高好，毕竟也算自我安慰吧。

新官上任三把火，我已琢磨了好几天，想提一个振奋人心的口号。团结、拼搏、高效、务实、走向世界……已经没有新鲜感了。皇天不负苦心人，终于来了灵感，我想起了"知耻而后勇"这句现成的话，对，就把这五个字悬挂在县委大楼正面，成为激励全县人民的口号。这也未尝不是对前任的一个无言的矫正，不思进取，到处哭穷，不以为耻，反以为荣，这正是这个贫穷县永远受穷的原因所在。

我决定带上一篮水果去病房探视穷光荣。

当然，他不是我见的第一个人。到任后，我先找了财政局局长，想摸清家底，看看这个超级贫困县会不会比我想象的还要穷。穷，不可怕，我最怕的是窟窿。这是官场的行话。所谓窟窿，就是风光无限的前任为造政绩，猛贷款，猛搞标志性建筑、形象工程，寅年吃尽卯年的粮，管他是不是打肿脸充胖子，反正各项经济指标的箭头都是直线飙升，后任到了，叫苦不迭，却又有苦说不出，岂能让指标再掉下来，只好继续瘦驴拉硬屎，让数字继续攀升。

穷光荣挺够朋友，本级财政不但没出窟窿，反而有一笔数目不小的存余。惊讶之余，我明白了，这与穷光荣的本性吻合，小农意识，攒钱，一个铜板在手心里能攥出铜水来。听他周围的人说，他总不忘留足过河钱，常将有日思无日，莫待无时思有时，这已经落满灰尘的意识至今主宰着这位父母官，成了他的口头禅，他本能地排斥"负债经营""借船出海"等等诸多新理念，唉，穷怕了。

病中的穷光荣也不老实待着，病房里的水龙头坏了，他正操着管钳子帮小护士紧螺丝呢。见我在县委办公室主任陪同下进来，他露出一口残缺不全的黄牙笑了，用他那粗糙的大手跟我握了好一会儿，用力摇着，说："让我猜，你是来接替我的，对吧？这回好了，我能睡个囫囵觉了！"

他的脸黄中透黑，一层灰，像是总也洗不净，但你得承认，精神头挺足。见了我的面，他几乎没怎么谈他的病，却提醒我趁年关抓紧出去跑跑，前后任得接上溜，好像他已经为我这后任安排好了，必须得踩着他的脚印走。接着他从枕头底下拿出一个年纸单子样的东西，上面是密密麻麻的人名。他说，这都是对咱县里有恩，到啥时候不能忘了的朋友。

我一看，名单上的人头，上至中央、省里有关部委，下至市里，撒芝麻盐一样，全面开花，面真够宽的了。

我的不屑表情一定让他觉察到了什么，他忙说：一个师父一个令，一个和尚一个磬，当然了，我不该指手画脚。他这一说，我反倒不好意思了，忙表示会尊重他的意见。我心里在纳闷，便忍不住脱口而出：还送和胡萝卜一样不值钱的园参吗？

穷光荣笑了，他有他的逻辑，瓜子不饱是人心。他说，穷山沟好比耗子尾巴上的疖子，能有多大脓水！人家理解，理解万岁。

我也用俗话回应他：舍不出孩子套不住狼，你这么小气，能得到什么回报？

穷光荣心满意足地笑了，怎么没有回报？一连这么多年，保住头上这顶国家级贫困县帽子没被人摘掉，不全是这些朋友成全的吗？穷人送礼也得与这个穷字配套才行，穷嘛，心到佛知，意思到了就行，人家不挑，不指望在咱身上发财。

这真让我大开眼界，他一到年根就到处屁颠屁颠地送礼，原来是为了保住他的贫困县能长流水一样永不中断，真正的匪夷所思！为官一任，谁不想造福一方？现在不讲立德政碑，但老百姓的口碑总还是要的吧？穷光荣在这个穷乡僻壤的山野小县一待12年，连贫困县的帽子都没摘掉，难为他还心安理得，毫无羞耻感，脸皮也真够厚的了。

穷光荣并不在意我的嘲讽。他说，人穷志短，马瘦毛长，穷，就别死要面子。听了这话，我暗暗想起了本县即将出台的"知耻而后勇"的口号，不禁扬扬得意，何其振聋发聩！穷光荣绝对想不到。他日后知道了会做何感想？

他这人确实没半点儿羞耻感。他给我算了一笔小账。目前全县的财政收入是可怜点儿，3000万左右，可你知道中央、省里扶持贫困县的补贴又有多少吗？

我还真不知道，我没在穷县待过，也不关心左邻右舍怎么过日子，但讨来的饭总难免有馊味的。

穷光荣说出了一个令我目瞪口呆的数字：6000万。这6000万，包括中央转移支付、减免、救灾各种款项，是每年国家补贴贫困县的额度。这数目居然是县财政本级收入的2倍，不可思议，难怪穷光荣以哭穷为荣，以哭穷为乐，丢了面子却得了实惠，用穷光荣的话来说，面子值几个钱！

接着，穷光荣给我细算了一笔小账，他说，我也可以以每年递增10%的高比例上报，假如以3000万为基数，每年增长10%，达到9000万，需要12年，反过来说，12年里每年额外偏得6000万，加起来，12年就是7.2亿，这一注大财为什么不要？不要白不要啊！

这么算小九九，不是有欺骗之嫌吗？

穷光荣笑了。这总比虚报浮夸好，总比搞花架子动辄浪费几个亿强，打水漂都不响。穷光荣说："我也知道怎样干能升官，到处要饭，天天哭穷谁能得意？我呀，是姥姥不亲，舅舅不爱。只有一点让我心安——老百姓得点儿实惠。"

我不能不对穷光荣另眼相看了，也许，这个县并不真穷，这个表面老实的笨人，说不定比谁都狡猾，他在搞"藏富于民"也未可知。有这么个藏法吗？他是好官？孬官？但肯定不是坏官。

这时马县长风尘仆仆地来了。他刚从最偏僻的鹰嘴碴子赶回来，那是全省出了名的穷山沟，号称兔子不拉屎的地方。正是穷光荣书记扶贫的点。

马县长刚把上了一层白霜的狗皮帽子摘去，穷光荣就问："鹰嘴碴子今年能混个虎皮色吧？可惜我今年大年三十不能和他们一起包饺子了。"说这话时，他眼里泪花闪闪。马县长告诉了他一个消息：别看今年春天掐脖旱，老秋又遭早霜，可全县没有一个乡要救济，他带人下去跑了一圈，也确实没有过不去冬的，明年春耕也有保证，人吃马嚼全够用。于是马县长向他建议，今年的"送温暖工程"是不是改个名堂，谁还稀罕那一袋面、两桶色拉油的"温暖"，还不如送戏下乡、送科技下乡，咋样？这是农民最盼的。

穷光荣那土黄色的脸上泛出了红润，他兴奋地一指我说："你问他呀，你们是搭档了。"

没等我和马县长寒暄几句，县医院院子里腾起一阵喧闹声。我趴在结了一层薄霜花的玻璃窗上一看，农用汽车、手扶拖拉机、小四轮子，各种农用车十多辆，把本来不宽敞的院子塞了个沟满壕平，男男女女百十号人正与堵在病房门口的医生、护士理论，像是群体上访。只听医生大声嚷嚷，派代表，都进去，想把大楼给挤塌了呀！

马县长凑到窗口来告诉我，这都是穷光荣扶贫点鹰嘴碴子的乡亲，是跑了 120 里山路来看穷光荣的。

穷光荣不顾护士的拦阻，蹬上棉鞋要出去。

病房门咣当一声开了，一个穿翻毛皮大氅的老头带着一股

213

冷风冲了进来。他背着个沉甸甸的编织袋子，手一松，编织袋咕咚一下砸到地上。这个有着几根老鼠胡子的老头，抱住穷光荣就哭了，他哽咽了半天，只说了一句话：你该有好报啊，这是咋整的呀！

穷光荣拍了拍老头的背，只说了一句"我去看看三老四少爷们"，就拉着老头要往外走。

这时老鼠胡子才想起打开口袋。我闻到一股中药味，细一看，是一整袋子黄波椤树皮，中药叫黄檗，是毒性很大的，以毒攻毒时才用。老鼠胡子说，熬黄波椤水喝治穷光荣的病，是偏方，偏方治大病，别不信。他安慰穷光荣说：别犯愁，没有过不去的河，把咱山里黄波椤树皮剥光了，也不在乎，只要能治好病就行。

我又一次看到了穷光荣眼里的泪水。就是剥光全县黄波椤树皮，也治不了他的肝癌呀，他只是为了乡亲们一片心，他反复地说"喝，我一天喝它几茶缸子"。他跟着老鼠胡子出去看望乡亲了，我站在结了窗花的窗前，再度陷入困惑中。我不知该怎样评价穷光荣其人，甚至也不知道自己该怎么办了，我拟议中的"知耻而后勇"，还应当作为口号堂而皇之地挂在县委办公楼的正面墙上吗？

（原载 2006 年第 4 期《作家》，

2006 年第 6 期《小说月报》转载，

2006 年第 6 期《小说精选》选载，

入选 2006 年度中国作协《中国短篇小说精选》，

收入 2006 年《小说月报精品集》）

断　腕

　　头上高悬着的那把刀终于落下来，折磨人的梦魇到底变成了现实，这一切似乎意外而又在意料之中。

　　中午饭后，我被市委书记许兰传叫到他的办公室。他笑容满面，和从前一样，亲切地拍我肩膀，还关照秘书给我泡铁观音，并说他这儿可没有几万块一斤的"大红袍"，铁观音绝对是福建安溪的，一共两盒，上次我拐走了一盒，这一盒专给我留着，省长来了他也只给他喝龙井。

　　这倒不是送空人情。许兰传对我向来是既器重又保有一定距离，多年来给我的直感是，他似乎有意营造这种距离感。坊间对官场常有种种传闻，谁是谁的人，谁是谁的嫡系，说得有鼻子有眼儿的，而多半都"不离谱"。但从没有人说我是许兰传这驾马车上的。这可能因为他对我的几次大会点名，他太不客气了，因为修建环城高速公路强行搬迁的事，他竟在全市处以上干部大会上出我的丑，让我到受损害的居民家中逐一道歉，他居然骂我是"国民党"。

当然，我也明白，他是亲者严，疏者宽。在那次令我颜面扫地的打击过后仅仅 3 个月，我就由交通局局长升任副市长了，这戏剧性的一切，我心里有数。

许兰传是个张弛有度、喜怒哀乐不溢于言表的人。通常，他说东，你必须考虑到他想的是西，他否定的，可能正是他所主张的，他的反向思维让好多人无法适应而吃苦头，也许我是为数不多能摸清他思想脉络的人。

今天的约见，尽管他潇洒依旧，尽管他善于掩饰内心世界，我还是能从他的眼睛里看出某种不寻常的东西，那是一丝隐忧，也许还有少许的惶惑，我吃不准。但肯定不是一般的工作谈话，我的预感通常是不会欺骗我的。

他首先说高速公路的事，按惯例，这可能又是虚晃一枪。他让我把好关，常在水边站，难免不湿鞋，要我对交通部门干部严加管束。全国有一半省市的交通厅长落马，除了他们个人意志力薄弱，也不可否认，这肥缺实在肥得流油，太具诱惑力了。接着他就在建的高速公路质量问题、农民工工资拖欠问题以及限定明年必须通车做了很具体的指示。他布置工作，都是经过调查研究的，你驳不倒他，只能遵照执行。

这也许只是声东击西。我仍然顽固地运用许兰传的逆向思维模式琢磨他今天的真实意图。

他喝了一口茶，站到了落地窗前。天阴着，厚重云层铅块一样凝固在楼顶上，狂风猛烈地扫过庭院，大片大片的枯叶在半空翻卷，这种气氛让人觉得压抑、不痛快。我听见许兰传自言自语地说了句"山雨欲来"。

我的心不由得咯噔一下。这四个字从他齿缝间挤出来，绝非下意识。我敏感地猜测到，这与中纪委介入我市有关。

纪委是敏感的符号，他们到了哪里，哪怕是正常的工作、调研，也会引发种种议论，老百姓好像唯恐天下赃官不多，立刻就会有许多传闻不胫而走。某某被"双规"，某某"立案"了，谣诼四起，又往往根本不是那么一回事。在这些人眼中，好像遍地是贪官。仇官心理与仇富心理一样令人无奈。

如果说民间的捕风捉影传言可怕，比它更可怕的是纪委出现在官场引发的水下暗流，这才是最具杀伤力的，你能感觉到暗流的涌动和威力，但你又无能为力。

一定是这样，许兰传喜欢用风云雨雾来比喻官场，波诡云谲、风云变幻，都是常挂在他嘴边的词。我记得，有一次去西欧考察，望着舷窗外层层叠叠的云彩，他在万米高空说过这样的话：人到了高位，有时就如同被架空在云端，高高在上，却没有根基，那厚厚的云，纸一样薄，随时会把人漏下去，摔到地上最不干净的地方。

这是预言还是暗示？想到这里，我问他，许书记今天不是找我谈工作的吧？

他转过身来，盯着我看了很久，那双眼睛足以穿透我的五脏六腑。我心里打了个哆嗦。他慢慢移开目光，用很平常的语调问我：你知道古时候有个"韩信断腕"的故事吗？

我无论怎样调动反向思维，也摸不着他的思路了，怎么一下子跳进了"韩信断腕"的历史故事？这圈子兜得实在太大了。"韩信断腕"我倒知道，他在用兵时，先锋爱将单兵突进导致四面被围，如果不顾一切施援，有可能全军覆没，便忍痛舍弃局部，令主力从容撤走，另觅全歼敌军之战机，韩信称之为"壮士断腕"。断腕虽可惜，却能保全性命，保全全局，典型的舍卒保车。

许兰传接着说，断腕是痛心的，但断腕的代价如果是保全了大局，那就是值得的。

我忽然被他点拨明白了，我的头一下子涨大了。我明白，灭顶之灾正向我压过来，但我没有表现出慌张，我也无须多问，他不想说的，问也徒劳，我相信他会"捞"我。

果然他说，如果能"全身而退"，又何必"断腕"？

我涨大的头嗡地响了一下。看起来，他今天找我来，是向我透露绝密信息，而非帮我安全着陆，也非掩护我撤退，不，都不是。听他的口气，他"捞"过我，但已经是"捞"不起来了，于是只能"断腕"，舍我这个卒，保他这个车。

他不再迂回，他说他尽了最大努力，甚至押上了身家性命，但最终无力回天。"捞"我的过程和细节他没有透露，我也不便多问。我不怀疑它的真实性，我和他一荣俱荣，一损俱损，彼此心知肚明。他方才不也叹息着说，他经营的地盘盘根错节，一枝动百叶摇，扯着耳朵腮动弹吗？

我明白，通风报信固然重要，对于许兰传本人和他所说的"全局"，至关重要的是"断腕"，牺牲局部，保全整体，他更需要的是我的表态，我这业已危及全局的"腕"是否肯"自断"。

我关心的是什么时候宣布我"双规"。

许兰传说，也许就是几个小时后，因此这次见面有着不同寻常的价值。他不会把话说得太白，总会留下一半让我自己去揣摩。为什么说这几个小时不同寻常？我当然懂，是指"善后处理"，该交代的交代，该弥补的弥补，该转移的转移，该切断的切断，该统一口径的统一口径……

我更懂得，这些又不是此时许兰传最关心的。士、相不全，老帅就失去屏障，时刻有城破之危。他这个"帅"，更需要我的保护，而我最有效的保护，就是选择消失，永远缄口，这就是具有战略意义的"断腕"。

我尽量表现出视死如归的神情，表白为朋友可以两肋插刀的仗义，让他放心。我不能直白地说"我绝不乱咬，更不会咬你"，这对他太不含蓄，太具刺激性。我也用他惯用的打太极拳的语言安抚他：除了我自己，别人的事我一概不知道。不知道比知道而不出首更让人放心。

显然，这并没有使他感激涕零，对于"断腕"的理解，南辕北辙。他更加深入地对"断腕"注解，他说没有献身精神，做不到，"断腕"是极为痛苦的，它不是一般的皮肉之苦，而是像耶稣那样，让自己钉在十字架上而拯救别人。

我的眼前如同打了个焦雷，心骤然间沉入了又深又冷的冰窖，好半天茫然，大脑一片空白。他这不是明白无误地告诉我怎样才算"断腕"了吗？对于许兰传和他的"全局"，我这个"腕"要断得彻底，就得像耶稣一样，以自我牺牲的代价来拯救他们。

我忽然觉得，从前我自诩对许兰传了解得入骨三分，现在才知道我的肤浅。在他不动声色的暗示里，我体会到了我不认识他的一面：无毒不丈夫。

他一定是从我的眼睛里读出了愤愤不平和怨恨、反感的信息，他脸上浮现出悲悯神色，他说，我们都养尊处优惯了，经不起折磨，能挺得过去死不开口的，倒往往是那些涉黑的流氓无赖，而落网的官员，几个回合下来就是一摊泥了，心理防线不堪一击，概莫能外。

这虽说是实情，可他说这话是什么意思？不相信我能咬紧牙关？怕我试图"立功赎罪"，便急不可耐地让我彻底闭上我的嘴？

许兰传眼里涌动着泪潮，他很动感情地说，某省有个高官，进去后一顿乱咬，他却忽略了他背着的罪有多大，那是他立多少功也赎不了的，结果还是上了断头台，家里人老婆、孩子也锒铛入狱，还要遭到同僚们和家属的切齿憎恨，即使是舆论，也不会同情一个"不仗义"的软骨头，自己也将成为真正的"弃儿"。与其这样，还不如保全别人，也保全了家人，甚至保全了自己的名节。

但这并非仨瓜俩枣之争，我岂能甘心？他们想以我的消失换得他们的平安？他真想得出来呀！你以为我真的是耶稣啊？我的死，对许兰传他们来说是"断腕"，而对我，可是"断头"啊！我凭什么当你们的保护伞和挡风墙？我宁愿把你们一个个地拉下马，当我的"陪绑"，那更惬意，我才不在"天国"里欣赏你们躲过劫难后的快乐。

许兰传肯定洞察了我的内心。他说，滴水之恩，涌泉相报，凡是被荫蔽的人，只要不是冷血动物，谁能无动于衷？日后照顾你家人，也是他们为良心赎罪的机会。他说，这么算账，当然对当事人的我来说，是有点儿残忍了。

仔细权衡利弊，你得承认，他这账算得够精明的了，算得上是"双赢"。是啊，假如我进去挺不住（我自忖，很难挺得住），不要说很多官员与我一起落马，我的家人也完了，我的罪过可以判十回死刑，日后连个上坟烧纸的人都没有。

既要剥夺我的生存，许兰传还为我庆幸。他有他的道理。幸好我还没有被执行"双规"，还不算"亡羊补牢"，这个时候我如果突然死了，任何人也不能给我扣上贪官的帽子，当事人一死，一了百了，人死账烂，纵然说自杀本身就有点儿"灰暗"，可总比贪官要光彩。更何况，许兰传甚至有更高明的创意，心脏猝死在我这个年龄段并不是什么新鲜事。

他最后说了一句很富哲理性的话：有时活着比死更难，但有时死比活着更明智，这需要睿智者凭勇气来抉择。

我几乎要对送我上死亡之路的许兰传感恩戴德了，虽然有几分凄凉、悲壮的味道。

我只有几个小时可供抉择，趁我暂时还是"清白"的，我在通往地狱的十字路口，该怎样迈出这人生最后一步？

（原载 2007 年第 1 期《作家》，

大型丛刊《围城》创刊号选载，

2007 年第 8 期《小说月报》转载）

回　家

年年都盼过年回家，年年都为回家犯愁，火车票难买。

去年年根，在票贩子手里花高价买了一张卧铺票，兴冲冲地上了开往重庆的火车，却不料刚放下包就叫人起走了。那个铺位有人。是重号？乘警来断案，结果证明我那张是挖补的假票，没收、罚款、补硬座，一票站到终点我都认倒霉了，可没那么简单。一个车长、四个乘警把我弄到餐车里审了仨钟头，也没解除警报，末了扣了我的身份证，开学后又跑到我所在的110中学去外调，好不狼狈，幸亏是连续几年的模范教师头衔救了我驾，不了了之。

校长后来批评我"死心眼"，守着一口井却渴死。他说，我班上的徐边锋的父亲就是铁路公安处的科长，房小茹的父亲是市委组织部的副部长，只要知会一声，别说一张票啊，包一节车厢也容易。

我没吭气。我班上学生家七大姑八大姨我都能倒背如流，还用得着校长提醒？我从当教师那天起就发过誓，绝不求学生家长办任何一件事，我觉得丢人，在学生面前抬不起头来。

年关又近了，我开完放寒假前最后一次家长会，决定到火车站去排队买票。校长好像看出了我的心事，他让我别为火车票发愁。他说：你面子矮，怕失去尊严，我替你折腰，一张火车票算什么，是买，又不是白要，至于吗？他说得我脸一阵阵发烧，忙说谢谢，又谎称已经托人买了。

校长早看透了我，他讥讽我：你说谎还得学两年。短练！你别硬撑，再像去年似的，弄一张假票犯了事，我还得跟公安局的人赔笑脸、出证，我可跟你丢不起这份人。

这一揭疮疤，我就不好再坚持了，为弄一张回家过年的车票，还得麻烦校长操心，我心里也骂自己窝囊废！我这人，也许真像我老婆说的：除了会吃粉笔灰，啥能耐没有。

为了双保险，校长说他同时托了两个学生家长，万无一失。

我的脸又发烧了，怪不得结业式那天，徐边锋和房小茹总是望着我嘀嘀咕咕咬耳朵，校长肯定通过他俩"动用"了他们的父亲。他们一定在暗中嘲笑我：伪君子！你口口声声说"以学生谋一己之利等于谋财害命"，你这不是挂羊头卖狗肉吗？

我暗自怨恨校长剥夺了我在学生面前的"话语权"。

在忐忑不安中过了三天，那天我们教研组正在讨论素质教育改革方案，校长进来，笑嘻嘻地把两张卧铺票拍在我桌上：看好，俩下铺。双保险吧？不过，你得辛苦一点儿，想法去退一张，但总比一票难求强。

我连连道谢，赶忙付钱。

按理说，退票总比买票容易，可还真不是那么回事。偌大的售票厅，十几个窗口卖票，退票口只有一个，队伍排到门外。在广场绕了一圈半，我估算了一下，没有五六个钟头别想排到窗口。

见我在退票口附近探头探脑，几个显然是票贩子的人马上盯上我，小声地说道：有票吗？全额退，外加 20% 辛苦费，咱们边上聊。

我才不上当呢，去年的苦头让我对票贩子恨得牙痒痒的，我理都不理他们，扬着头走开。我听见他们在身后骂我：丫的，德行！

我想到了我的博客。对呀，放着现代化的交流手段不用，跑拥挤的车站来凑什么热闹。

比我想象的要容易，我把准备转让一张多余卧铺票的消息在网上公布没俩钟头，就有四个人发帖子回应，争着要买。

我选中一个离我们学校近的主儿，约好 12 点在马甸立交桥下见面。那人准时去了，是个女的，20 多岁，头发染成金丝般颜色，虽是零下十几度的天气，却打扮得挺时尚，长筒靴子，黑裙，外罩纯羊绒米色短大衣，手袋是深咖啡色鳄鱼皮的。刚搭上话，她身后呼啦一下跟上三个男青年，样子像她的保镖。我心里很反感，但想到中央电视台十二套法制栏目里不断播出的案例，又原谅了对方，焉知你不是借卖票为由骗财、骗色的网上骗子？

我只想尽快把票脱手，便忍着不快掏出车票递给那漂亮女人。

金发女郎翻过来掉过去反复看了一会儿票，又递给同来的伙伴，他们看得更仔细，冲亮看，用手捻，扯着车票一角抖，样子很像破案的刑警在鉴定物证，他们嘀咕了好一阵，还是摇头，看样子还不彻底放心，其中一个问我：不是假票吧？

我无法容忍这种污辱，伸手去夺票，怕假，不买好了。

一个男青年把票藏到身后，口气咄咄逼人，如果是假票，你想收回去就完事了？铁路公安局正严打呢，你丫撞到枪口上了吧？

我又气又急，涨红了脸，说话也有点儿结巴了。我真恨我自己，平日里站在讲台上，口若悬河，头头是道，现在怎么这样不争气！我说这是托铁路内部朋友买的，买重了才想转让一张，真是倒卖假票，有上网去发帖子的吗？不是等着公安局抓吗？

这话起了作用，金发女郎语气缓和多了，她看看票面，从鳄鱼皮包里拿出钱夹，问我要加多少钱。

我总算松了一口气，我说，我又不是倒卖车票的，加什么价，票面上是多少，你就给我多少好了。

此言一出，又发生了戏剧性的变化。金发女郎夹出的钱又塞回了钱包，她很疑惑地扭头去望她的几个同伴。

果然，那几个人又开始新一轮"验票"，更加仔细地鉴别那张票，小声议论着。

我实在受不了这种屈辱了，我说，不买算了，把票还给我。

那女人发话了，她倒是充满诚意地问我，一分钱不加，那你图什么？你有病啊？

这叫什么话！还没等我反应过来，一个男同伴用不屑的口气说，还不到 3 月 5 号，学雷锋早了点儿吧？

几个人哈哈大笑起来。

我被彻底激怒了，也不想再同他们纠缠，过去夺票。

金发女郎倒是斥责她的同伴一句"别瞎闹了"，然后又说："我看你是个老实人，我们一点儿也没有取笑你的意思，也真心想买这张票。你别见怪，你若是张口加价两百、三百，我们倒放心了，虽说多花了钱，票肯定是真的。你原价出手，连跑腿钱、来回打车钱都不加上，咱们换位思考一下，这能让人理解吗？这年头有这样的傻子吗？人家能相信你这张票是真的吗？"

我真是哭笑不得，心里非常郁闷，我连反驳她的欲望、为自己辩解的欲望都没有了，我只想尽快结束这场游戏，我只说了一句：你们若相信我这张票是真的，就买，不然，就别勉强。

看样子，这时髦女郎还真不肯放过这机会，她很诚恳地请我再麻烦一下，能不能同她一起到火车站去一下，到售票窗口去验明正身，那她才放心。她说，这张票不是她要，是她老母亲要回重庆，她怕万一误买了有麻烦的票，不是把年迈的、不常出门的老妈坑了吗？

谢天谢地，她这次没使用"假票"的字眼，而是委婉地用"有麻烦的票"，这姑娘的孝心让我心软了。好吧，认晦气，反正真的假不了，大不了搭上时间跟他们跑一趟火车站。况且，我心里还有一个小算盘，我如果不跟他们走，他们会认定我"心虚"，不敢去验证，票又在他们手里，说不定惹出什么事来。

还好，这女郎是有车族，我坐上她的马自达 6 轿车，直奔车站。我们在人海中穿行，被人流拥来拥去，好歹挤到 2 号售票口了，金发女郎举着票，大声说，请你给看看这张票……

售票员那张没有春夏秋冬的脸根本没理睬，只说了句"这里不退票，下一个……"

金发女郎赔着笑脸向她解释，不是退票，而是请帮忙鉴定真假。

售票员一脸惊诧，继而用揶揄的口吻扔出一句噎人的话来，找错门了，去找打击票贩子办公室，下一个……

一脸热汗的金发女郎退出来，无奈地冲我苦笑。她的几个同伴替她打抱不平，冲窗口嚷嚷，德行，什么玩意儿！看你丫的就像票贩子的内线。

我不能再等金发女郎犹豫了，决定马上走人。

售票处门外，她和看上去很老到的同伴紧急磋商一会儿后终于摊了牌，决定买下我这张票，但又出了个新花样，要留一份我的身份证复印件在手里，一旦上当，好对我提起诉讼。

士可杀不可辱，我宁可把这张票撕了，我宁可让这500多块钱打了水漂，也绝不受这样的胯下之羞！我冷不防从她手上夺回车票，扭身就走。

她倒是追了几步，听一个同伴说：追他干吗？一较真，他溜了吧？若票上没鬼，别说留身份证啊，把结婚登记证留下又有何妨？

接着是一阵刺耳的笑声。

我已经走到站外地铁站口了，下意识地从兜里掏出车票看看，真窝囊！就这么回去？置气归置气，毕竟是500多块钱啊，莫非就让它作废了？

票贩子的眼睛就是尖，如猫闻鱼腥一样，立刻有两个人一阵旋风般围过来，一个人夺过票，问了句：退吧？另一个伸头看了看票面说，525？给你600，别让你亏着。

还没等我反应过来，钱已塞到我手中，那两个人一闪，不见了踪影。就在我发愣的当儿，两双铁钳般的大手按住了我的左右肩头，我连一句"为什么"都没来得及出口，这两个警察早不由分说地把我推到了广告牌下，那里已有一长溜票贩子在示众了。他们也分兵追票贩子，却没追上。

我想申辩：我不是……

抓我的警察岂容我说话？抓你个人赃俱在，你还想狡赖！

我只好"示众"了，我低下头，此时我最怕的是我的学生们路过这里。

（原载 2007 年 7 月《作家》，

2007 年第 8 期《小说月报》转载，

2007 年第 17 期《新华文摘》选载，

入选中国作协主编《2007 年中国短篇小说精选》）

VISA 卡悬疑

出国、开洋荤，我这个土包子从前连做梦都不敢想，如今竟也梦想成真了。可是几天折腾下来，我怕了，整天头晕、心悸，根本无心看风景，只盼着快点儿混到日子，快点儿打道回府。这洋荤不开也罢，一路上除了后悔就没想过别的。我的反常成了彭局长嘲笑的话柄，他笑我土，说我是"土包子开洋荤"，有福不会享。他一直以为我萎靡不振是时差没倒过来，我有苦说不出，也只好顺着他说，是时差倒得不好。

他倒是很放松，好像根本无须倒时差，他说他很适应西方文明。纪检组长老许也附和他，说自己也是"宾至如归"的感觉。在丹麦美人鱼雕塑前，彭局长见我连一张照片也懒得拍，皱着眉头说了一句让我心里犯堵的话：怎么了，整天哭丧个脸，像谁欠你两百吊似的，带你出来开开洋荤，还换不来一个笑脸？

我不得不调整情绪，装笑脸。人家说的何尝不是？

我家祖辈是大山林里放木头的，到了我这一辈，用爷爷的话说，是祖坟冒青烟了，出息了我这么一个。其实我这官说起来让人脸红，小小的林场场长，正科级而已，还能叫官？可爷爷说的也在理，别拿豆包不当干粮，林场场长虽是个芝麻官，可管辖着几百公顷的山林，两百多号林业工人，不说伐木，光每年打下的松子，也有几十吨，一车车原木、山货拉出去，回来的是流水一样的钱啊！

我真没想到，磨盘大的雨点儿会落到我头上，彭局长带两个人出国考察，就有我一个。这消息一传开，全局上下几万人当中刮了好几天风。有人说，没看出来，徐凤棣这小子是彭局长的心腹、红人！也有人猜测，下一个晋升副局长的人选非我莫属。这些都不必去理睬，让我闹心的是另一种舆论，说我花了大钱"运动"来的，不会说我花钱"运动"出国，当然是指"运动"当官。

我挺上火，我还从没有过奢望，更没干过这种事。一怒之下，我真想放弃出国机会了，因为开一次洋荤让人家指脊梁骨犯不上。但朋友们都劝我，"何必置气"，多权威的人也堵不住悠悠之口。

车停到了哥本哈根市政厅广场。彭局长和许组长什么都拍，现在又跑到市政厅右面一组青铜雕像前拍照，听导游解说，他们乐得前仰后合。他俩用的都是索尼牌数码相机，只有我使的是老掉牙的理光傻瓜相机，被他们俩取笑为"一级出土文物"。

这几天，只要他们的索尼相机闪光灯一闪，我心里就忽悠一下子，仿佛不落底。这种有 800 万像素的机器，每台 4000 多元，加上三脚架、备用卡、备用电池等零件，两台差不多花去 1 万。这钱是我出的，我可不是自愿，可我没办法不自愿。

外办把出国任务书下达那天，彭局长把我叫去，告诉我这个喜讯，当时许组长也在。他们确实有经验，告诉我要去买几个电源变换插头，北欧四国是两脚大圆头、220伏，英国是方头插销，外国旅馆没有开水供应，得买电热壶。我说我马上去买，特地讨好地强调"每样三份"。

中国人热情好客，彭局长又指示要带些小礼品，丝绸围巾、惠山泥人、内画鼻烟壶、景泰蓝瓶瓶罐罐，还有字画。这些琐碎杂务，当然应该由我效劳。我的讨好似乎并没感动谁，他们的表情告诉我：这是天经地义的，你饶什么舌！接着，彭局长像是跟许组长探讨地说："别忘了带相机，还有摄像机。我原来那套尼康家什倒挺专业，不过太沉了，不方便。"

许组长便附和他，什么年月了，还背几十斤重的玩意儿？新款的数码相机拍、摄两用，内存卡容量大，一个卡能拍1000张，比火柴盒大不了多少。

彭局长仿佛刚刚被提醒一样，他望着我说，那就去买，一人一台，小徐，你跑跑腿吧。

三个人当中我最年轻，当然由我跑腿。钱呢？钱由哪儿出？局里吗？还是自掏腰包？

我真够呆的了，这话能问出口吗？我马上发现，彭局长的马脸拉下来了，这时有个电话打进来，彭局长没好气地对着话筒申斥对方："我说你这人怎么是榆木脑袋呀？你从火星上来的吗？这点儿小事你都不会变通！"

我心里一抖，怎么有点儿像骂我呢？我正不自在，许组长悄悄扯了我一把，把我拉到走廊里。

"小徐快来，看看丹麦有没有处女！"彭局长在大声叫我了，我一下子惊醒过来跑过去。

我仰头看塑像，是两个举着喇叭欲吹的人，我问：是号兵吗？

他们两个一听都嘻嘻地笑。他们这才告诉我，这是两个打赌的人，他们面对的这条街叫处女街。二人相约，只要发现这条街上走过来处女，便吹响喇叭。可是这么多年来，他们从没看见过处女，喇叭也始终没有吹响。

他们又笑个不住，我却笑不出来。由处女街无处女，彭局长又引申开，说起丹麦是世界上最性开放的国家，难怪有这样的雕塑。可人家也有禁忌，不像中国，没有红灯区，到处是红灯。人家丹麦妓女卖淫只能是第二职业，每天不得超过 3 小时，且必须在网上应召，不得在街头拉客，否则违法；跳脱衣舞不得上下三点同时裸露，露出下体必须捂住双乳，否则也犯法。

我弄不懂他是在贬丹麦的性开放，还是赞赏。

他们又到安徒生铜像前去"借灵气"留影了。我到现在还不知道买相机的钱该怎么变通，从什么科目里下账呢。

光是买相机的钱，我也许不犯愁，可是 20 万的大窟窿，我一想起来就害怕，好像那深不见底的黑洞就在我脚下，我随时有可能栽下去。

好在许组长的话给了我不少安慰。他那天把我拉到走廊，说我太死板，这年月，变通是硬道理。他暗示我，他不相信一个林场会没有小金库。言外之意，是点拨我尽管花。这话从纪检组组长嘴里说出来，让我吃惊，也让我放心，给我壮了胆。

啊也别说了，出血吧！我敢说我的林场水清无鱼，真的没有小金库？只要纪检组组长认真，谁也禁不住查。虽然我从没胡来过，可打松子、卖树苗的钱不入大账，给工人分奖金、搞福利，认真说来，也是不合法的，就看上头是不是睁一只眼闭一只眼了。

我狠狠心，买了两台数码相机，自己没舍得，也是怕日后说不清。我把十多年前当劳模得的傻瓜相机带上了，连上中学的儿子都嘲笑我"老土"。

明天就要飞往芬兰了，我暗暗希望彭局长累了，赶快回旅馆休息，最怕他向导游这样发问：这里有什么特产？

离开安徒生塑像一上车，彭局长喝一口矿泉水，果然问女导游了，哥本哈根有什么值得买的？

这正对导游的心思，你不问她还要引导你消费呢。顾小姐马上眉飞色舞地推介：不买琥珀，等于没来丹麦。丹麦是全世界唯一出琥珀的地方，透明、轻柔，上等成色的琥珀，在灯光下可见里面有各种小飞虫，简直是活化石，历来为皇家钟爱的饰品。她特别介绍，那家琥珀博物馆，因中国前总理夫人进去挑选过琥珀项链而名声大振。

彭局长立刻精神陡长，他说：快去看看，连总理夫人都买，错不了！许组长也跃跃欲试，说他女儿要结婚，正愁买不到合适礼物呢。

我忙小心翼翼地问顾小姐，这东西贵不贵？我多余问，小时候就听说过，珍珠、翡翠、琥珀、玛瑙，这都是富人用的宝贝呀，便宜得了吗？

照理说，人家买东西，贵不贵与你何干？

但此行我是什么角色我清楚，我是跟包儿、账房先生，两位领导只管购物，我呢，管埋单。

我也多余苦恼，周瑜打黄盖，还不是一个愿打，一个愿挨！

走前，许组长拍着我的肩膀说，小徐，彭局长待你不薄啊。这当然是指带我出国这件事，他说我已经让人又羡慕又嫉妒了。他还告诉过我，到明年年初，局领导就出缺了，宫副局长到站，肯定要从局直属处室和各林场一把手里物色人选。更深的话他没多说，他这显然是暗示。暗示什么？难道让我陪同彭局长出国考察，是一个信号吗？想到这里，我的心禁不住怦怦乱跳。

我遇事总不忘去请教我姐夫，他算得上是赤白松林业局的"三朝元老"。他没退休的时候，当过采伐班长、林场场长、营林处长、财务处长、局长办公室主任，又一直是党委委员。他伺候过五六任局长，人人都得意他，又哪一任都没提拔他。人们总是议论他"快了"，用他自己的话说，也许就差那么一"哆嗦"，始终没"哆嗦"上去，到点时却"哆嗦"下来了。

他称得上是局里的万事通，料事如神，当官的碰上下不了决心的事，都愿意跑到他那儿讨个主意，一般说来，帮不上忙也添不上乱。

我当然更得靠他了。当我兴冲冲地告诉他，我就要出国去开洋荤时，他挺冷静，皱着眉头闷头抽烟。他不皱眉头都是一脑门皱纹，眉头一皱，粗糙的脸更是山核桃皮模样了。

姐夫用挖苦的口气说，你以为你摔个跟头捡了个金元宝？

听他这口气，我出国不是喜，反倒是忧了？这回我可不大服气。

姐夫问我，全局中层干部三四百，你有何德何能，彭局长能挑到你头上？

这也正是我纳闷的。我嘴上却不服，我大小是局劳模、市劳模呀，我们大荒沟林场年年给局里上缴几千万，从来没拖过局里后腿，我又从来没争过什么，我就不该沾点儿光？

这些，姐夫并不否认。但他分析，我从来没被列入过"后备干部"名单，一直不在领导"视野"之内，所以有这样的好事降临头上，有点儿让人费解。

他说得我有几分泄气了。当姐夫又续上一支烟时，他忽然舒展眉头大声说，明白了，拿你当钱罐子了！

钱罐子？这是什么意思？

姐夫说，出国的国际旅费、公务费、食宿费、零用钱，这当然都能正常报销了，可非正常消费，比如买东西，谁埋单？你呀！你正合适。局长绝不会从局里报这种账，那等于撅着屁股让人打，蠢到家的官儿才这么干，兔子还不吃窝边草呢。由你当账房开销一切，就再好不过了，他知道，各林场都有小金库，上头装聋作哑，已经是给你面子了，领导出国，你出点儿血，又好走账，不正是报效机会吗？从这个意义上讲，确实是对你最大的信任。信不着的人，你上赶着给他送一座金山去，人家还不敢要呢，谁知道你是不是给人家下套？谁保得住你永远守口如瓶？

听了姐夫这话，我有如醍醐灌顶，想到买数码相机的过程，我还真是扮演了账房先生的角色。

一听有关相机的暗示，姐夫用力地拍大腿，对了，这就对了，证明我的推测丝毫不错，接着他摇头晃脑地替我预测未来：机遇与风险共存。

我有点儿害怕了，有风险的事我可不敢沾边。

据姐夫分析，不用自掏腰包来取悦局长，这是机会，这机会恐怕是彭局长权衡再三，才"历史地"落到我头上的，至少可以印证，他信任我，把我视为"自己人"，才"不外"。在国外的半个月里，一旦把彭局长、许组长伺候得舒服、满意，我就真正由局外走入局内，走进了他的"视野"，有极大的可能成为一匹"黑马"，出人意料地坐到副局长的宝座上去。

这前景当然令我心跳了。他所担心的"风险"，他不说我也能猜到，我动用林场资金，尽管是小金库，也总不能瞒过会计、出纳吧？怎么下账？什么名目？明写，等于给彭局长和我自己记下一笔罪过，巧立名目、偷梁换柱的苦果得我一个人尝。当时我的头一下子大了，即将出去"开洋荤"的喜悦顷刻间无影无踪了。

在我几乎想打退堂鼓的时候，姐夫为我谋划，说毕竟是机遇大于风险，成功了，一俊遮百丑。况且，费用的名目也不是不可以变通的，有些看上去不合理的开销，七转八转就合理了。

这不和洗黑钱一样了吗？

姐夫说，这么说也可以。他不准我后退半步。他分析，许组长在我面前提局领导即将出缺的话，绝不是无意间说出的，说不定就是代彭局长放话。姐夫断言，我此行回来，必高升。

我还是半信半疑，局里有资历、有学历的人有的是，闭着眼睛摸一个都比我强，他相中我什么了？别光是利用我，让我埋单，过后把我忘到脖子后头去。

姐夫的推断恰恰相反。他说他早品透了，这位彭局长是武大郎开店，绝对不容许比他水平高的人在他身边晃。在姐夫眼里，我是个老实人，本事不大，没有棱角，甚至没有思想，唯上是从，好摆弄，如果班子里全换上我这样的人，武大郎这店就好开了。

我的心动了，心活了。于是我让会计提了20万块钱，换成欧元，还不到2万，好像一下子缩水了。我临行前又去请教姐夫，他嘱咐我把欧元分别给彭局长、许组长一部分，其余的要我机动掌握。给他们的，不能搞平均主义，要按2∶1的比例分配，就说是零用钱，打个电话、给个小费、打个出租车什么的，还有，领导交往多，给洋人送点儿礼品也要花钱啊。最后姐夫嘱咐我，每人给了多少，绝不能"穿帮"，不要让他们通气，知道对方得了多少钱，要保持他们各自的尊严，要让他们都感到你对他最好。

我嘲笑姐夫，你这么足智多谋，怎么直到退休也没爬上去呀？

姐夫叹息连连，他说，他如果是武大郎就好了。正因为他一直抱憾而退，心有不甘，才想助我一臂之力，把他没能实现的美梦，在他小舅子身上变成现实，也尝尝成就感的滋味。

这几天，身在异国，我是在圆姐夫的官场梦吗？

车子停到了灯火辉煌的琥珀博物馆门前，说是博物馆，卖货为主。彭局长和许组长已经进去了。这家店显然是中国人最喜爱光顾的，居然有华裔女孩当服务生，跑前跑后兜售。彭局长正在摆满琥珀首饰的橱窗前指点，眼里的兴奋光焰与亮晶晶的琥珀交相辉映。

我随便看了一下标价，是以丹麦克朗标的，最便宜的是琥珀耳坠，200多克朗，不到300元人民币。可彭局长的兴奋点根本不在这儿，他盯着的是手链和项链专柜，一律上着锁。上锁的必定是昂贵的，我懂。我站在他俩身后，拿眼睛余光瞥一眼，心口不禁又是咕咚一跳，天哪，一副琥珀手链要2000多克朗，镶金的7000多，一条上好的项链要上万克朗。

我下意识地说了一嘴：这玩意儿没看出啥好，买这东西大头。

这你就外行喽！彭局长显得很内行，他说，琥珀是地壳变迁几亿年形成的，是松树压在地层下，由松脂演化而来的。他从服务生手里接过一颗大项链坠子让我冲灯光看，晶莹剔透的琥珀里有一只栩栩如生的飞蛾，连翅膀的纹理都很清晰。他说，这真是天工造物、鬼斧神工，是不可再生的无价之宝。

他仿佛成了人家的义务推销员，难怪服务生笑眯眯地称赞他"博学、懂行、慧眼识珠"。

彭局长开始挑货了，哪个贵摸哪个。他说，得给老伴和女儿各买一件。女儿有了，没有儿媳妇的，岂不偏心？他还另外拣选了几条，没说是给谁的。我心里恨恨地想：肯定是说不出口的！他早有绯闻，情人或者"二奶"不更得好好打发吗？

许组长也不甘人后，也在精选，和每次一样，数量比局长减半，他很懂得适度和不能僭越的道理。

我的心狂跳不止，手不由得去摸小腹部位。出国前，见我带那么多外币，老婆怕我丢了赔不起，死活给我在裤衩里面缝了个兜，钱就藏在那儿，用别针别住。老婆说，小偷用刀片割，就会割疼你的肉，你不会不知道。

安全倒安全了，可害得我每次付账都得先上 WC，也不好在柜台前当众解裤子呀。彭局长把这当成了笑柄，每到商店，他总是打趣我：看好 WC 在哪儿，别没地方掏钱。也难怪他笑我"老土"，你看人家彭局长，就是有风度，付款时，潇洒地将右手伸进西装上衣左面，掏出漂亮的皮尔·卡丹钱夹，两个胖胖的手指头轻轻一捻，便捻出几张钞票，动作娴熟而优雅，仿佛受过专门训练似的。

这一劫看来又躲不过去了，我把右手伸进裤袋，隔着裤子按按，那里早已瘪下去，没有几张百元票面的欧元了。此前在英国，彭局长买了一款劳力士情侣表，就把我的兜快掏空了。这可怎么办？看一眼他俩挑选出来的琥珀，那可是惊人的大数目，我拿什么付账？这不是要丢丑吗？我的冷汗呼一下顺脸淌下来。我本能地意识到，丢丑不丢丑还在其次，弄不好惹得领导不高兴，你既是出来"埋单"的，干吗不带够了欧元？你这不是扫领导兴、打领导脸吗？到头来，你不但没溜好须，反倒得罪了领导，还白白花了冤枉钱，赔了夫人又折兵。

但我已经顾不得这些了，得巧妙地提醒局长：我没那么多钱。

不怪人家是局长，他看了我一眼，说："天不热呀，怎么汗流浃背了？怕让你掏腰包了吧？"

我忙赔着笑脸，说：局长这说哪儿去了？我来干什么，还不知道吗？我说这话的样子一定很谄媚，很低三下四。但我还是战战兢兢地暗示局长，兜里见底了。我还小声检讨，头一次出国，欧元换少了，实在是没想到外国东西这么贵，没想到外国钱这么不扛花。我只是没敢说"没想到局长的胃口这么大"，这话只能烂在肚子里。

还好，彭局长没火，没恼，轻描淡写地说了句："你以为西方是咱的低档大卖场啊！"

他并没有收敛的意思，反而又多挑了一个更贵的琥珀挂件。我的心无力地跳着，我弄不懂彭局长葫芦里装的什么药。他从兜里摸出一沓纸巾扔给我，让我擦汗，并且用关切的口吻劝我也挑一件。他埋怨我太土，太抠，钱这东西，生不带来，死不带去，留着下崽呀？怎么也得给老婆买点儿什么呀，你若嫌贵，我替你出钱。

我心里说，别说好听的了，还不知道谁给你出钱呢！反正羊毛出在羊身上，我买一寸，你敢买一丈。可我不能扫局长面子，我一边道谢一边说，我老婆是粗人，从小到大，没抹过胭脂，没涂过口红，更别说戴手镯、项链、金戒指了，顶多戴过做针线活的铜"顶针"。

这话说得彭局长和许组长哈哈大笑，连卖珠宝的女服务生也忍不住背过身去捂着嘴乐了。

在这种相对祥和的气氛下，我壮着胆，附在彭局长耳旁告诉他实底：我可没多少欧元了，顶多500，待会儿找厕所去数一数。

彭局长摇摇手阻止我上厕所，他从怀里摸出他的皮尔·卡丹钱夹，原来里面插着花花绿绿各种卡，他抽出其中一张，送到服务生面前问：这个可以吗？

服务生拿起卡来一看，立刻微笑着点头：当然，这是双币VISA卡，在国外任何地方都可以消费，也可以支取美元、欧元，是可以透支的。先生这是金卡，消费没有额度限制，先生的信用等级没说的了。

我大为吃惊，彭局长还有这一手？怪不得他这么沉得住气。我心里如同打翻了五味瓶，一时不知是什么滋味。彭局长这张双币卡解了我的燃眉之急，我不必惴惴不安地面对他们了。可我又不能不惶惶然，离了丹麦要飞往芬兰，然后访问瑞典，还要去挪威，能说这三个国家没特产吗？纵然彭局长不能买VOLVO轿车带回去，其他特产呢？出国前，我藏了个心眼儿，故意少换外币，让这二位不得不在我这有限的"库存"里支取，妈的，谁想到世上还有在国外能消费的VISA卡？更想不到彭局长猴精，他居然备了一张，又是金卡，可以无限制消费，这个无底洞让我眩晕。

彭局长一指许组长挑出的首饰，落落大方地对女服务生说，请一起结了吧。退税单子各开各的。

许组长一边作掏钱状一边说了句：怎么好这样？我看看我的钱够不够。

彭局长制止了他，幽默地说：你回去还我就是了，我又不怕你赖账。

我忘了禁忌，忙表态：尽管买，回去我把钱补齐。大话出口，心里又后悔，你这是打肿脸充胖子呀，回去怎么做假账才能天衣无缝？怎么做才能瞒天过海？我没干过，心里一点儿底也没有，万一犯了事，人家彭局长可以矢口否认，我能拿出送钱给他的证据吗？况且，我姐夫警告过我，真有那一天，也叫我认倒霉，自吞苦果，不能乱咬，你保了人家，他不倒，感你情，还会有机会"捞"你，你把送殡的也一起埋了，你就一点儿救也没有了。

好可怕呀，放着挺太平的日子不过，我出来开什么洋荤？我有时觉得，自己正一锹一锹地给自己挖陷阱，把毒药当甜果吃。想想这次倒霉的北欧之旅，真是肠子都悔青了，唯有那一丝朦胧的副局长的憧憬还有一点儿吸引力，不然我几乎挺不住了。

彭局长用责备的口吻回应我说，那可不行，公私得分明啊。

许组长随声附和，是呀，是呀，彭局长公正廉明。

我后悔失言，但心里骂开了：装蒜！又想当婊子又想立牌坊。回去我不把这钱还给你，你能饶了我？

我记下了付账的钱数，看着彭局长把 VISA 金卡又插回了钱夹，我心里忽然冒出一个很荒唐、很罪恶的念头：但愿小偷快点把他的 VISA 卡偷走！我悬着的心才能放下，这无底洞也就算堵上了。

芬兰航空公司的 1301 航班正在下降高度，被一望无际的赤松和白桦拥抱着的万达机场跑道都看清了，一片灯光闪烁。VISA 卡的烦恼暂时丢到一边，新的希望取代了让 VISA 卡"消失"的计划。

我们极有可能被芬兰边检局扣留在机场不准入境，这对彭局长他们来说，绝对是灾难，我却视为幸事，正好可以借外力提前给我的痛苦经历画上句号。我这人心眼小，存不住事，整天担心钱花冒了我回去无法交差，又生怕照顾不周得罪了彭局长、许组长前功尽弃，哪有心思看西洋景，与其说整天忧心忡忡地跟在他们后头购物，不如尽早回去，我也就解脱了。

我不由得又一次偷看了彭局长一眼，他正整理领带，从衬衣口袋里摸出精巧的玳瑁梳子理顺他那保养得很好的头发，一脸的镇定，到底是见过大世面的人，处变不惊。我看见彭局长把看过的那份《环球时报》丢到了一边。上飞机后，我先看到了《环球时报》上那一则消息，心里忽然产生一种恶狠狠的想法：希望我们这个团倒霉。

原来，三天前芬兰海关挡了十位中国官员的驾，声称他们是浪费纳税人的钱"公款旅游"，这是不能容忍的。这个多管闲事的家伙还煞有介事地说，公费旅游在中国是很普遍的现象。于是在边检处扣留十位中国官员 24 小时后，把他们递解出境，送回了中国，够绝的了。

彭局长对这位芬兰官员嗤之以鼻。他说，芬兰人是吃饱了撑的，谁不知道中国是块肥肉？这两年，各国争相把本国当成中国人旅游目的地国，中国人有钱了，带着大把大把的美钞、欧元涌入西方世界，开洋荤倒在其次，疯狂购物成了一道主菜，仿佛西方的货物不要钱一样，又仿佛中国人个个腰缠万贯，让外国人目瞪口呆，难怪连北欧的商店营业员都会说几句中国话，一副笑脸、媚态招徕中国人生意，有钱就是大爷，这一点，他们也高尚不到哪儿去。

芬兰这位官员居然不喜欢中国人来花钱、消费，傻帽儿！这是我们彭局长的评价。

当他知道我的担心后，平淡地一笑，让我把心放回到肚子里去，他拍了拍紫皮护照，说，咱持的是因私护照，入境理由填的是"商务"，芬兰人怎么知道我们是官员？他说，他早防着这一手了。他确实老谋深算，他说，80年代出国，绿皮公务护照吃香，外国人通常高看一眼，现在不同了，中国的官一出来，人家都不拿好眼睛看你，怀疑你是携款潜逃的腐败分子。说罢，彭局长哈哈大笑。他的笑声冲垮了我的希望，看来，这洋荤还得开下去，我脚下的无底洞愈发显得幽深不见底。

飞机平稳降落在赫尔辛基万达国际机场跑道上。在飞机滑行到廊桥时，我打开行李箱，先把彭局长的西装上衣取出，我的手触到了西装口袋里的皮尔·卡丹钱夹。我的心不由得动了一下，那是激动，我觉得与宣布我当选劳模和当林场场长任命令的激动心情很相近。真是不可思议。

我知道我要干出怎样出格的事情，我只能对不起彭局长了，好在他只要及时挂失，不会有什么损失，再申领一枚新卡就是了。可对我的好处就大了，等于给我建了一堵防火墙，把局长的消费欲火全挡在了防火墙外，而且我又没有得罪他，怪只能怪"小偷"。

我瞥了一眼彭局长，他刚刚打开手机，正专注地给家里留守领导下指令。他身在国外却心系单位，每天不放弃遥控指挥。

我的心狂跳着，手也发抖，我仿佛真的是窃贼！可我还是成功地在瞬间把局长的VISA卡从钱夹里抽出来了，顺手插进前面座椅的呕吐袋里，神不知鬼不觉。

我见他披上衣服前还摸了摸钱夹，毕竟没有细看每一张卡，谢天谢地。虽然才下午3点钟，号称"太阳不落之城"的赫尔辛基已是一片浓浓暮色，12月份的北欧不是"极昼"，恰是长达20个小时的"极夜"，我却觉得心里亮堂，提心吊胆的开洋荤之旅呈现出一片玫瑰色。

（原载2008年第2期《作家》，

2008年2月28日《文学报》选载，

2008年第1期《春风文艺》选载，

2008年第4期《小说月报》选载，

2008年第9期《新华文摘》选载，

2008年第6期《作品与争鸣》选载并评论，

入选人民文学出版社《21世纪年度小说选·2008短篇小说》）

山 地 车

　　我已经围着这辆弯把山地车转悠好几个钟头了，太阳还有一竿子高，它真像被竹竿给撑住了一样，就是不甘心快点儿落下去，弄得我的心七上八下的不落底儿。

　　人若倒霉呀，喝凉水都塞牙。我早上从家里出来，兜里揣着80块钱，是我和女儿从牙缝里积攒下来的。女儿刚刚考上初中，是离我们西沟村15里外城里的重点校，百里挑一，多不容易呀！我砸锅卖铁也得给她买一辆自行车，一天来回30多里，当爹的怎么也不忍心让孩子用步量呀！

　　可现在呢，80块钱打了水漂儿，自行车也没买成，还不倒霉吗？

　　大商场里的自行车，看了让人眼花，让人心跳。手里攥着钱，进了商场，我是直奔凤凰、永久去的。我年轻时，哭着喊着曾买过一辆永久车，那心情绝不比如今买一辆小轿车差。可今儿个到商场一看，永久、凤凰倒成了二流货，摆在不显眼的地方，一看价钱，我心里直发凉，最差的也要200多块，好的带变速的六七百。

我顾不得看车的样式、质量了，一心挑便宜的，瞪着眼转到另一侧，总算找到了一辆便宜的，标价才150多。我隔着衣裳摸摸口袋里的钱，心里盘算着怎样跟营业员砍价，人家告诉我，现在卖东西谎大，照一半砍没错。

我叫了好几遍，营业员才过来。她吊起眼稍来，看我这打扮，似乎不相信我能买起这辆车。我问她能打几折，她说：进口货不打折。我就砍价：那给你一半，80块行不？

谁想到，她竟古怪地笑起来：看好，是不是把小数点看错了？这是英国菲力普变速山地车，标价1560元，可不是156！

我闹了个大红脸。

兜里的钱都攥出汗了，看来，买新车是没指望了。一个收破烂的给我指了条明路：到废品收购站去买二手车，便宜到家了。

可真叫我开眼界，废品收购站的自行车海了，摆了有半个球场那么大一片地方。哪来这么多旧车？城里人真有钱，莫不是三天两头换车骑？

收破烂的佝背老头笑话我的少见多怪。一个来卖废报纸的老太太扁着嘴说：这车，大多带有贼味，有几辆是好来的？不信你冲他要手续，要牌照、税票子，看他有没有？

是收的赃车？八成是，不然佝背老头不能冲多嘴老太太发火。

问问车价，便宜得让我怦怦心跳。管它是不是好来的呢，我花钱买的，就心安理得。最便宜的才10块钱，好歹给女儿买一回车，也不能买烂车呀，我左挑右选，相中了一辆山地车，叫什么捷而登，洋货，七八成新，要价180，我厚着脸皮砍了半天，最后75成交，我得留5块钱买个盒饭吃呀！

推走捷而登，心里比蜜甜，一个下岗好几年、又死了老婆的人，也算对得起女儿了。

我把山地车停在小饭店门口，人家嫌挡了道，死活不让。这车没锁，万一叫人偷了呢？饭店揽客的小丫头说，哪个贼能相中你这辆叮当山响的破车！我心里可有数，阎王爷不嫌鬼瘦的损小偷多了！

好说歹说，那厉害的小丫头总算允许我把车停在窗下了。

盒饭最便宜的3块，我买了一个素菜盒饭，剩2块，给女儿买了一张千层饼，1块，一小碟素炒豆芽儿菜，也是1块。我用桌上的酱油兑了一碗空汤，端着餐盒站着往嘴里扒拉，眼睛不时地瞟一眼我的山地车。

我一直不错眼珠地盯着窗外的车，只有几秒钟时间我没照看到，那是因为新拥进一伙民工，挡住了窗户。

当我揣上豆芽儿卷饼出了门，顿时傻眼了，山地车不见了！简直是一眨眼工夫啊！

我的脑袋轰的一下，眼前立时金星乱迸，呆了一阵，没头苍蝇似的东一头西一头乱撞，跟前的大街小巷都找遍了，哪有捷而登的影儿？到底没看住我的山地车，丢了！

这可怎么办？女儿还在家盼星星盼月亮地等呢！我这当爹的恐怕是天底下最窝囊的爹了，我有什么脸回去见孩子！

我坐在小饭馆前放声大哭。一个大老爷们哭成这样，能不惹人围观吗？那些人知道了原委，有的同情我，说几句同情的话，有的嘲笑我"没出息"，男子汉大丈夫，为丢一辆破车哭天抹泪，值得吗？

我又气又羞地挤出人群，忽然，我听到背后一个人说：至于吗？不就是一辆破车吗？别人"借"了你的，你再去"借"别人一辆就完了。

借？借是什么意思？

我站下，身旁这个穿得挺新潮的小青年不像个坏人哪！他见我听进去了，就一脸坏笑地说，不懂啥叫"借"吧？"借"就是……那个意思，这年头，都互相"借"，借车不算贼！

我突然想到废品收购站里碰到的那个老太太，她不是说这里的二手车都有贼味吗？原来都是"借"来的！

别人能"借"我的，我为什么不可以"借"别人一辆？这最多算"一还一报"呀！我也是被逼到这一步了，既然别人不仁，我就可以不义！我心里一阵咚咚乱跳，血直往头上涌，脑门的青筋直蹦。我鬼使神差地向沃尔玛超市前的停车场走去。

这就是我转悠了好几个钟头的停车场，好大啊！五花八门，什么车都有，有上锁的，也有很多不上锁的。倒是有一个戴红袖标的大嫂在发牌、收费，可她忙了东头顾不了西头。

我在这里转了一圈又一圈，我看中了一辆山地车，七八成新，没上锁，也许是没主的，再不就是主人不在，逛超市也不能逛好几个钟头不出来呀！当我第四遍转到这辆山地车跟前时，我发现，车座上积了厚厚一层灰。我的心狂跳，这说明这车好久没人骑了，说不定就是"无主车"。

这么一想，我心里的犯罪感减轻了不少，对不起了，我一生一世，没贪过别人小便宜，今天这一关实在过不去了。

太阳叫我盼下去了，停车场暗下来，我见收费大嫂往那头去了，快步走到"目标"前，推起山地车就走，心都快从嗓子眼儿里跳出来了！双腿发软，握车把的双手全是汗，好像背后有千万双眼睛盯着我呢，这当小偷可真不是人干的！

正当我庆幸得手时，我面前出现了山一样的影子，一抬头，我吓得筛糠了，一男一女两个巡警站在我眼前，盯得我胆寒。人家说：盯你有一阵子了，早看你不是好人！

叫人抓了"现行"，还有什么好说的？谎是撒不圆的。我被他俩用警车带回巡警二大队时，我根本就没有勇气编瞎话，招吧！我没忘了再三声明，我长这么大没干过偷鸡摸狗的事，这是头一回。

听他们相互称呼，高个男巡警姓李，是中队长，梳短发的女巡警说话脆声脆气的，都叫她小吴。李队长用鼻子哼了一声：所有的小偷，包括惯犯，一进来，也都说是头一回。

我被堵得一句话也说不上来，是呀，谁相信你是初犯？争取好态度吧！我交代、认罪，在笔录上按手印，我都不打忱，都认了，这时候我最心酸的、最觉得没脸见的是我的女儿小梅。她到这么晚，可能还没吃晚饭呢，我走时答应她，回去给她带千层饼卷绿豆芽儿，她最得意这一口。这张饼，现在还揣在我怀里，还有热乎气呢！

看来，我今儿个是要坐牢了，我不回去，女儿不急疯了呀？一旦公安局的人去告诉她，她爹是个小偷，被他们拘留了，她会怎么样？我这个爹今后还有什么脸面见她？我真恨不能自个儿寻条死路，也不愿让女儿背上耻辱的骂名，后悔呀，后悔，真是肠子都悔青了。

在李队长把我往拘留所送时，我给他跪下了。我从怀里掏出千层饼卷豆芽儿，捧给他，淌着眼泪，求他把饼送给我女儿，求他别告诉小梅说我当小偷被拘留了，不为给我留脸面，只求给孩子留点做人的尊严。

话说出口，自个儿也觉过分。这后一条人家怎么会答应！果然，女巡警小吴说：早想到尊严，别干缺德事呀！偷人山地车时，你怎么不想想尊严？

这话噎得我恨不能钻地缝。

好在李队长把饼接过去了，说了这么一句：不管咋说，不能让孩子挨饿。

我在拘留所里蹲了两天，我算知道啥叫度日如年了，好歹提前放出来了。

我没想到，一走出拘留所的铁大门，李队长和小吴站在门外呢。我一时怔住，不知该说什么好了。憋了半晌，竟冒出这么一句：李队长，是又往号里来送人的？

小吴比抓我时客气多了，她告诉我，他们是专程来接我的。这可叫我丈二和尚摸不着头脑了！人家吃饱了撑的？怎么会来接一个小偷？

李队长问我，担心你家小梅了吧？她挺好的，你给她买的千层饼卷豆芽儿，也吃到了，她盼着你早点儿回家呢。

我脸一劲儿发烧，说：我恨不得一头撞死，我实在没脸回去见孩子。

李队长说，就冲你这句话，我们才给你留了面子！

我不明白他这话是什么意思，怔怔地看着他俩，这才注意到，他们今儿个特别和蔼，可不像警察对小偷的态度。

李队长用挺严厉的口气警告我，绝对不许伤害小梅的自尊，绝对不准泄露实情，不准透露我失踪的两天是进了拘留所。

这可能吗？这曾是我的不合理要求，人家当时并没答应呀！怎么今儿个反过来了呢？

小吴告诉我，他们到我原来的厂子、郊区街道都访察过了，我确实没有过污点。听她的口气，我这次"失足"，是一时鬼迷心窍，可以给我留面子。

我快哭了，再三称谢，感谢他们这么有人情味。

李队长说，更多的是出于对小梅的爱护，为的是保护一个孩子纯洁的灵魂不受伤害。

这就知足了。我向他们发誓：今后不管到了哪一步，也不会走歪一步路。

回到家里，见小梅果然欢天喜地的，还问我，到长春去找新工作是不是找到了。我鼻子一阵发酸，不用问，李队长和小吴他们替我编了"故事"，我蹲拘留所的两天，变成了到长春去找工作。

女儿再有两天就开学了，一想起自行车还没有着落，心里不免犯堵，我开始动脑筋，看家里有什么值钱的东西可以变卖。

窗外清脆的自行车铃声把我从烦恼中惊醒过来，我推门一看，小梅正骑着一辆崭新的山地车在院子里兜圈，满脸是笑。一见我出来，她说：爹，咱家没钱，说好了的，买辆二手旧车就行了，你准又向别人借钱了，我都打听了，这辆新车得300多块呢！

我的眼泪唰地一下流了下来，这不明摆着嘛，是巡警们出钱，替我这当爹的给女儿买了这辆山地车，以我的名义送给了小梅！我懂得警察们的心，为了一个家，为了一个孩子的健康成长，他们用自己的心血编了一个天大的谎言，我此生有半点儿对不起人的地方，都枉为人啊！

女儿发现我哭了，就问我怎么了。我支支吾吾，说看见女儿骑新车上中学，高兴的。

没过几天，李队长和小吴他们又来了，这一次给我带来了好消息，我不是会酿酒的手艺嘛，他们给我在一家葡萄酒厂找了个位子，我又上岗了。

记者的耳朵尖，鼻子灵，随后也跟到了我们家。一个女记者劈头就问：民警感化小偷，人性化执法，李队长想把这爆炸性新闻藏起来呀？

我吓了一跳，像是天被捅破了那种恐惧。忙去看小梅，幸好她正与小吴在说悄悄话，没注意。李队长恼了，他把几个记者推出门去。我心里像揣了个小兔子似的，也跟了出去。

李队长正在冲记者们发火，他说，你们都是道听途说，根本无此事，如果谁望风捕影地报道，将会承担法律责任。我看见了记者们一张张失望的脸。还是那个女记者对李队长说：你今天的拒绝采访，本身又是一个人性化执法的好素材，可惜呀，为了你们的追求，我们只好忍痛割爱了！

我悬着的心总算放下了，我却忽然有了另一种冲动，我想追上去，拉住记者们，大声告诉他们，别走，这是真的……

（原载 2008 年 7 月 5 日《光明日报》）

卤水点豆腐

卤水点豆腐，一物降一物，这句俗话我儿时就听说过，但仅限于吃豆腐时才会想起，不外乎是餐桌上的讨论：到底是卤水点的豆腐好吃，还是石膏点的更嫩。

我真正理解这句俗话的内涵还是半年前，是市消协秘书长孔庆华使我顿开茅塞，嘿，从前真是白活。

你得承认，他肚子里的鬼点子有时真是神鬼莫测。消协秘书长每天忙于处理消费者投诉，换一个人早焦头烂额了，孔庆华却是游刃有余，精力过盛，自己还开着一家名噪一时的"世纪创意公司"，靠智商谋利。

故事起源于我去投诉，是请消协为我维权，我不抱太大希望。而附带的，也是我真实的意图，想受惠于他的高智商，让他救我于水火之中。

我是冰花啤酒代理商。据统计，我所在这个城市每天啤酒的消耗量就有几十吨，冰花牌是有德国慕尼黑啤酒"血统"的，很受人们青睐，从消费群体拥有量来说，三分天下有其一。人说我日进斗金。如果买卖公平，这并不夸张，可我是金玉其外。说来别人不会相信，啤酒销量越多越赔钱，一肚子黄连水吐给谁？

啤酒倒是一箱箱、一车车流水一样批发出去了，可资金回笼就惨了，像前列腺肥大的老头尿尿，滴滴答答不成溜儿。一句话，账要不上来。这年头，欠债人是祖宗，要账人反成了低三下四的孙子。你去讨账，赔尽小话，装尽笑脸，又要请人家吃鲍翅席，喝12000块一瓶的路易十三，抽1000块一条的大熊猫，到头来，换来大豪门夜总会老板吕东彪一句犯堵的话，差点儿没把我噎死：要钱没有，要命有一条！

一家赖账还好应付，当我的客户像多米诺骨牌一样，哗啦啦全倒下去，我自己也就随之倒下去了。进我啤酒的夜总会、酒吧全拖欠货款不还，吕东彪是排头兵，好像有人发了口令，"向右看齐"，都赖账。当然，各有各的理由。我每天把所有员工都派出去讨债，逼急了，还你个零头，啤酒还照进不误，你不敢得罪人家，赊也得供货。客户哪是上帝呀，简直是阎王！

我只能屈服。一旦我的客户全都退货，我也丧失了啤酒厂的代理权，代理是有一定吨位为入门条件的。一旦失去了代理资格，他们欠我的款也就永远无法追讨了。这是夜总会、歌厅老板对付我的撒手锏，他们不是有同盟，就是一种潜规则。

于是我不得不向厂家赊账供应啤酒，客户心安理得地继续拖欠，一瓶啤酒从泡歌厅的人身上榨出七八元，一元的利润都不肯分一杯羹给我。如此恶性循环，我账上的窟窿越来越大，资金无法周转，连贷款利息都还不上，在几家银行那里，多年的信誉出现危机，工行的信贷处长甚至把我列入"黑名单"。

再这样下去，我跳楼的心都有了。

悔不该这山望着那山高，当初经营一家小超市，不愁吃不愁喝的，"小富即安"未必不是福，都是人心不足蛇吞象，非当啤酒代理商！

我知道消协并不是万能钥匙，死马当作活马医，去碰碰运气吧。好歹消协秘书长孔庆华是我高中同学，他即使帮不上忙，也不至于打官腔，给我窟窿桥踩。何况，我真正指望的是他的"创意公司"，也许能让我峰回路转。

同学到底是同学，本来是我请他吃饭，席终前，他借上洗手间的工夫把账结了，弄得我很没面子。

别看他抢着埋单，他却没法直接帮我。他开玩笑说，他不是"讨债公司"的，我也不属于正经的消费者，他说我和债主是"上下游老板的狗咬狗"，他这"铁路警察管不着这段"。

"创意公司"总能管着我这一段吧？孔庆华没有正面回答我。

吃过饭，一起到"一指禅"足疗房按脚时，他埋怨我：你怎么能沾夜总会、歌厅的边呀？

这话说的！夜总会、歌厅才有消耗啤酒的大宗买卖呀！泡夜总会的人从来不问价，平常在外面卖2块钱一瓶的啤酒，在夜总会就能卖10块、15块，一口价。穷小子在歌厅里，特别是在陪酒女郎面前，都打肿脸充胖子，绝对没人讨价还价，多大的油水呀！这块阵地丢了，还当什么啤酒代理商！

这又成了他奚落我的口实：油水倒是大，肥水全落他人田，那不是给别人赶网吗？夜总会你敢惹？敢在世面上把夜总会开下去，开火了，没背景行吗？

他说的何尝不对？凡能开夜总会的，都是手眼通天的人。他说的背景，包括能起庇护作用的保护伞，也少不了黑恶势力的保驾，用街面上老百姓的话说，黑白两道，都得左右逢源。

这正是他怨我不该涉足的原因。

从这些人身上拔毛，除非以黑制黑，你恶，我比你还恶，光脚的不怕穿鞋的，你是这不要命的主儿吗？

我哪行？这才受人欺侮啊。

孔庆华出了个主意：提请仲裁，或者干脆诉诸法律。

我哑然失笑，法律这武器我会用，夜总会老板更会用。大豪门夜总会的老板吕东彪不屑地回应我说：上法庭？好啊！你别忘了，法律是双刃剑，你一只脚踏进法院大门，那把剑就悬在你头顶上了，你不信，就"尝尝以身试法的滋味"。恶人先告状，他倒成了原告！

我还真不敢告他。那天我向他讨还一年来欠我的啤酒款23万多元，他认账，毫不蛮横，他说，他连利息、滞纳金、违约金都叫会计算出来了，一共应付给我 289000 元。

说得好听，再加一倍有什么用？还不是写在瓢把上的数字？水一涮就掉了！我宁可不要滞纳金、利息，货款如数还我就烧高香了。

吕东彪说，他一直维护我，维护我的名声，维护冰花啤酒的品牌，他如果不像泥瓦匠一样拿一把大瓦刀，左抹一下，右抹一下，我早倾家荡产了。

欠债人反倒成了我的恩人了。想敲诈我？没那么容易。

接下来发生的事，不但让我毛骨悚然，连足智多谋的孔庆华也惊得目瞪口呆。

那天，吕东彪用他的丰田越野车把我拉到医大四院去了。他把我带进一间单人病房，病床上有一个昏迷不醒的患者，我看了一眼床头卡，是"食物中毒"，后边有个问号。

我不知道吕东彪要玩什么把戏。他像讲述一个与我们毫不相干的故事一样，口气很平淡。他说，这小伙子7天前在大豪门夜总会包房里喝了3瓶冰花啤酒，结果中毒了，送到医院，至今昏迷不醒。

听到这里，孔庆华说：我脊背都冒凉风了！你一定解释，这不可能，有证据吗？怎么知道这不是栽赃？

孔庆华到底在世面上混的时间长，一针见血。吕东彪厉害在不动声色，已叫我胆寒。你不是想申辩吗？他把早准备好了的一本调查卷宗递给我（当然是副本），还劝我"别激动，冷静对待，没有过不去的火焰山"。

我看着看着，不禁一阵阵目眩神摇，手脚发麻。这本卷宗包括"受害者"起诉书、见证人的证言、啤酒化验单、医生诊断记录、律师函……按这份卷宗指控，我，以及冰花牌啤酒，都将负法律责任。

吕东彪绝对没有诬陷的嫌疑，他做出了可怜兮兮的样子告诉我，事主和律师已放出话来，他和他的大豪门夜总会，也将成为共同被告，至少负连带责任。

这一来，他所说的"左抹右抹"，也就顺理成章了。

他问我，想官了还是私了？

我不相信冰花啤酒会致人昏迷，这肯定是讹诈，是陷阱，我不怕经官。

但他的一笔账算得我心惊肉跳。他说他请教了律师、法官、检察官，一旦诉诸法律，被告必输无疑。医疗费、误工费、营养费、康复费、子女抚养费、精神损失费、诉讼费……算下来要200多万，当然由被告方出。天哪，这不是天文数字吗！

吕东彪的"功劳"在于斡旋之得力，可以变官司为私了。私了有50万元左右就打发了，事主愿出具文书，永不追究。

我明白了，按吕东彪的逻辑，他斡旋的结果，是为我省了一大笔钱，他欠我的28万，我不必指望要回一分，还要再贴上27万。

吕东彪很仗义，他说，他也不能不出点儿"血"，他反正也有当"共同被告"的可能，他愿忍痛割肉，负担10万，也就是说，我还得再拿出17万摆平。

这口气能咽下吗？

不咽又怎么样？孔庆华说，这是环环相扣的阴谋，人家把每一个链条都打造好了，你是武大郎喝药——喝也得喝，不喝也得喝！

我不甘心。

孔庆华也觉得欺人太甚。他却又不主张我通过媒体、通过法律讨回公道。

难道还有第三条路吗？

当然有。他在这种情况下，才说出这句话：卤水点豆腐，一物降一物。

这是点拨我呀！我的脑袋并没灌水，我明白他指的卤水是谁。

能让那些歌厅、夜总会老板服服帖帖的人，能让他们个个像避猫鼠一样丧胆的，除了检察院、公安局、派出所的，还能有谁？

孔庆华却大摇其头，公安局的人充当保护伞，管用，反过来，公安局的人也是夜总会这类涉黑、涉黄场所的克星。用一句时髦的话概括，这叫机遇与风险共存。按传统舆论，执法部门至少表面远离这类场所，既不愿被人指为后台，也没必要认真干预，睁一只眼闭一只眼最安全，他们不喜欢出现"狗咬狗一嘴毛"的失控局面。

按他这么说，不是没指望了吗？

活人还能让尿憋死？事情总是可以变通的嘛！

他这一说，我才真的看到了希望。不用我恳求，他开始启动他的"创意工程"程序了，这正是我此行所期盼的。

他答应帮我操作，按全市六个行政区，给我聘六个销售代理，不过别舍不得"出血"，工资不能太少。

我很大度地委托他全权处置，找什么人，开支多少，全由他说了算，能讨还欠债就行，孔庆华还会坑我吗？

孔庆华嘿嘿一笑，扔过来这么一句：别到时候说大话使小钱就行。

我信任孔庆华，甚至把他当偶像，这是有原因的。他这人，是我交往过的人当中智商最高的。他无论干什么，都像模像样，他干一行精一行，不管干什么，不会超过三年，准"跳槽"。音像公司开过了，钱赚得囊丰钵满。经营影视公司，几部大片都打进了中央电视台综合频道黄金段时间，收视率创新高。这不，现在又开起"创意公司"，专门卖他的点子，给五花八门的经营者出谋划策。我羡慕他，坐在屋子里"空想"就挣大钱，不像我赚钱赚得这么辛苦，又时刻有风险。

两天后，他在鲍鱼王酒店请客，我未来的六个销售经理全到场。孔庆华这家伙，连面试都没请我过去看一眼。

我最后一个进入包房，扫了一眼这六位尊神，一阵不快袭上心头。这六位宝贝清一色是女性，你千万别误会，绝不是"公关"型的妙龄女郎，她们年岁参差不齐，最小的也有三十多岁，大的恐怕有五十出头，连半老徐娘都不沾边，谈什么风韵犹存！看她们那俗不可耐的打扮、粗鲁而狂傲的谈吐，我心里一下子凉了半截，一时猜不准她们的身份。官太太？在世面上混饭的"道上人"？我心里暗暗叫苦，孔庆华呀孔庆华，你这是拿我开涮吗？

可我碍于面子，只能把不快压下去，强装笑脸充大度，谈笑风生地陪娘子军进餐。

孔庆华一再关照她们，不要客气，她们也就真不见外。我礼貌地请她们点酒，服务生端上来的两种红酒是张裕解百纳，还有通化干红。年岁最大的那位，胖手一摆，说：什么呀，上法国波尔多，要五十年的。

另一个年轻些的说：咱给老板省点儿吧，路易十三就免了，来瓶人头马XO吧。

也有巾帼英雄，那个最年轻的吵着要上"五十年茅台"，上万元一瓶，可惜这家顶级餐馆没备货，女英雄大笑说，便宜了我，让我免宰一刀。

孔庆华跟她们应酬着，开着玩笑，玩笑中透露着巴结，这让我有吞了苍蝇的感觉。他一再客气，给这位尊神上香，让她们"各显神通"尽力帮我，说他和我不分彼此，帮我就如同帮他一样。

我心里真别扭，明明是花钱雇的伙计，怎么倒成了我的恩人、我的菩萨？

酒至半酣，孔庆华拿出他早已打印好的合同书，先分发给这六位女士过目，最后才像应付差事一样甩给我一份，仿佛我是签这份合同最无关痛痒的人。

我眼光向下一扫，很自然去寻找薪酬那一款。哦，在第四款，天哪，孔庆华真会卖人情，慷别人之慨！

我心头一阵发紧，月薪5000？外资公司雇白领的价钱不过如此，我聘的是销售代理，平时根本没事，每月月底去辖区内各家夜总会转一圈儿，要账而已，怎么开这么大价钱？

更加不可思议的是，这个价钱，竟然没换来那六位一个笑脸、一句感谢话。看她们那没有春夏秋冬的脸，仿佛她们是苦大仇深的被剥削者。

孔庆华配合得也叫我愤怒，他倒像是理亏的样子，显得十分歉疚，一再对那六位尊神说，酬金不多，一半人情一半钱，以后老板公司做得顺了，不会亏待各位，会另有提成，君子之约，就不必写进协议书里了吧？

六位尊神总算给他面子，老而丑陋的那位受委屈地表示，不看僧面看佛面吧，讨价还价没劲。

年轻的那位就比较挖苦了，说若不是帮朋友，有这闲工夫不如去搓几圈儿麻将，谁愿意去讨债。

我虽然尽量克制，脸色也一定不怎么好看。孔庆华是何等精明之人，他会看不出来吗？

他显然在敲打我，反话正说。孔庆华先替我对女人们的"大气"致谢。接着替我遮羞，他说，我，他这个哥们儿可不是"小农意识"，历来仗义疏财。他还编了个故事，说当年我起步时的一个合作伙伴突然死于车祸，他家里人不知道他在公司里有多少股份，我完全可以独吞，也可以象征性地施舍给他家一点儿，可我陪同会计师事务所的人，把清算后的清单送到朋友家时，朋友全家无不震惊，都感动得哭了，天上掉馅饼，他们等于凭空得到500多万的一笔巨款。

这故事的感染力马上显现出来，那六位女神争相过来与我碰杯，叮叮当当一阵响。她们方才虽然很委屈地接受了孔庆华拟订的"不平等条约"，现在总算脸上开晴，我有这段光荣史，相信我不会亏待她们了。

我不得不佩服孔庆华编故事的水平，这大概也属于创意公司灵机一动的创意吧。

打掉门牙往肚子里咽吧，不管是出于友谊还是碍于脸面，我都得认了，但我心里不舒服，虽然觉得孔庆华不会给我设套。

送走了六位女神，我发泄地对孔庆华说：我是请人帮我理财，可没有扶贫的义务。

孔庆华又倒了一杯啤酒，自斟自饮，他用不屑的口气讥笑我连"舍不出孩子套不住狼"的低级道理都不懂。

他跟我算了一笔账：雇6个人，年薪不过36万，而你却可以要回来几千万的啤酒销售款，几百万的纯利，哪头大哪头小，哪头轻哪头重，你掂量不出来吗？

我还能说什么？吃亏占便宜就这一把，合同有效期不就是一年吗？退一万步说，就算栽了，就当我在夜总会再烂掉36万的账！花钱买教训又不是这一回了。

你相信能化腐朽为神奇吗？我从前只把它当哲学范畴的概念来看。自从我聘用了六位女将，她们一出马，就挟风带雨，霹雳闪电，让我绝对相信，腐朽能化为神奇！

仅仅过去半个月，这六位尊神个个传捷报，先是二三流歌厅老板相继举白旗，纷纷交付啤酒款，又过一个月，连我都不指望的陈年欠款也都入账了。在我又惊又喜又百思不得其解的时候，更让我震惊的事发生了，号称本城娱乐圈大佬的吕东彪投降了，居然请我吃饭，而作陪的正是我那位又老又丑的女雇员。

吕东彪再不用那个"喝啤酒中毒"事件来讹诈我了，压根儿不提，好像从来没发生过。他虽然叫了一顿苦，说"娱乐圈是唐僧肉，什么妖魔鬼怪都想咬一口"，可他还是决定，"宁可砸锅卖铁，宁可伤元气也要把欠我的钱一笔结清"。他说这话时，不时地用巴结、谄媚的眼神讨好我的女雇员。

我的女雇员还不饶人，嘴一撇说，别卖乖了，拔一根汗毛就够了，说什么砸锅卖铁！

我大惑不解，我的女雇员是孔庆华一个什么秘密武器？她又怀揣什么利器？难道她掌握着可置吕东彪于死地的把柄？

那另外五位呢？她们同样具有不可抗拒的杀伤力。每个夜总会、歌厅老板都有短处，这不必置疑，问题是，即或这六位女将都是特级侦探，也不可能如此神通广大、百发百中啊！

我问孔庆华，他不肯告诉我，让我自找答案。他打了个比方，不会解的代数题，总是问老师答案，你永远学不明白。你得自己去解，寻找题，摸索规律，那法则、定理、定律就在你心中了。

我于是使出浑身解数，动员我所能动员的一切社会关系，逐一排查。我终于弄清了，这六位尊神，人普通，职业也普通，有的是小学教师，有的是地税局的科长，最显要的是最老最丑的那位，也不过是区法院的书记员。

社会不可能赋予她们号令他人的特权。

但我终于看到了她们每个人身后那根含金量很高的柱子。她们或是区公安分局局长夫人，至少也是管片派出所所长的老婆，老且丑的那位，丈夫是市检察院专司侦察经济犯罪的副检察长！她们不可怕，狐狸背后的老虎才可怕。

我醒过腔来，才知道孔庆华高明，才懂得他为什么说卤水点豆腐，一物降一物，真是颠扑不破的真理。

同时我也真的有了歉意，我给她们六位的薪酬确实太低了。

（原载 2008 年第 11 期《作家》）

窥 伺

我知道，那双眼睛一直在暗中窥伺着我，醒了梦里我都能感觉到。

那是一双仇恨的、幸灾乐祸的、布满芒刺的、绝对叫你无时无刻不感到反感和威胁的眼睛。你可以装作视而不见，你却躲不开被监视的愤懑和无奈。

任何人都想不到，这窥伺我的人会是他。我老婆怪我杯弓蛇影。真相大白之前，我也并无证据证明他就是那道阴险目光的主人，但我下意识地判定，他是时刻盼我出事的人，我抢了他的风头，我挡了他的仕途。我的第六感觉不会错。

其实他曾是我的朋友，到今天他也没跟我翻脸。在别人眼里，我们是多年的至交，连夫人之间都走动得很勤，前几天我老婆过生日，又是他夫人出面张罗，着实热闹了一番。

我脑后没长眼睛，但也知道，是谁隔三岔五向纪委告我一状，虽然都没有立案，但我已感到了周围许多异样的眼神。尽管我暗自庆幸，却无法躲过身后无数质疑的目光。

在常人看来，盯着我是对的呀，在修筑城市地铁一号线接近尾声时，我周围先后有四个人落马，我会独善其身吗？有时不同流合污就属另类。你总不能逢人就解释自己的清白吧？况且，四门贴告示，还有不识字的呢！

在市纪委办案人员找我侧面了解我身边几个人情况时，我敏锐地感觉到，他们是一石二鸟，我能体会到他们明修栈道、暗度陈仓的用意。我也在被举报、怀疑之列。

应当说，这么多年来，我守住了道德底线，虽然这代价也很痛苦，观望左右，我还不知道他们那点儿"猫儿腻"吗？我装糊涂而已。看着人家开好车、送子女出国留学，我努力压抑着心底的羡慕和心理失衡，却不堪老婆的怨艾和讥讽。她说的也许有道理，常在河边站，你说你的鞋是干的，谁信？在别人眼里，你充其量是个没露馅儿的侥幸贪吏而已。背黑锅的角色也很难过。

但我心里踏实，不做亏心事，不怕鬼叫门，头一挨枕头就能睡得着！平常敢当众大谈贪官落马趣闻，心里有鬼的人轻易不敢涉猎这个话题。

我敢说我的内心没有过躁动，没起过波澜吗？

我这人胆子小，胆小发不了大财，升不了大官，好处是可保平安。我老婆不这么看，常挂在她嘴边的话是"胆小不得将军做"，挺生动。她常揭我短，那是胆小并不平安的例证。在集体户的日子里，那帮馋小子半夜三更去偷生产队的鸡，唯独我不敢去，最后分派我"打扫战场"，去把鸡毛、鸡肠子埋上，再不答应没有脸吃鸡肉啊，只得硬着头皮去。结果被生产队长逮了个正着，别人偷驴我拔橛子，我倒成了主犯，被好一顿批斗，从此胆愈发小。

这一次又有人写匿名信告我，也不能说是望风捕影，应该是相当了解内情的人举报的。因为事出有因，纪委才开始"清理外围"。前两天明月湖冬捕，一网拖上 20 万斤鱼，有人举报，承包商借送鱼机会行贿。

我知道是他所为。送鱼是实情。只有他能这样准确出击，有打蛇打七寸的本事。可见他的眼睛一直聚焦在我身上。

我和他是朋友，机关里尽人皆知。我们是同一个校门走出来的，又一同插队当知青，所不同的是他后来当了兵，我在恢复高考时考上了大学，学的是交通设计。我毕业后被分配到市建设局，后来调我主管地铁建设，这几年城市地铁上得猛，我的位置突然显赫，变得众目睽睽了。

在我由科员到主任科员，由科长晋升为副处长时，我的朋友从部队转业了，以副团职低配，到了我这里任秘书科长，低我一级。

我能感觉得到，他当我的下级，心里别扭。他念书时就是团支部书记，当知青又是户长，表现突出，选拔入伍，第一批离开农村。而我不过是个死啃书本、事事不出头的小角色而已。

我明白他的心理，即使不当我的上司，至少要平起平坐，才能喘匀这口气。连我都希望他快点提升，省得他那眼神总是怪怪的。他终于升任副处，去年又任实职正处了，他的心态平和了不过两个月，我升任了副局长，而且我有主政的呼声。平衡再次打破！

这几年，隔三岔五就有举报我的信飞到纪委去，我心里坦然，却憋气。我仿佛是光着身子走路，全身所有零件都在别人视野中，虽然"无私"，却不能"无畏"。我把怀疑的焦点逐渐落实到他身上。很简单，有几件事，虽然查无实据，却不能不说是事出有因。

被内部人称为"风暴"的这一轮审查，我难免被怀疑。去年修建地铁二号线中标的承建商是外省人，我是看到本省人联手"围标"的危害，才用这匹黑马来搅局的。对我来说，这是冒风险的，果然，立刻有各种风传小台风一样席卷而来。有人说，承包商是我小舅子，有人说，是提拔我的前副市长的朋友，是他授意，更有人直截了当说他给我送了300万！于是，伴随着这条地铁开工，直到剪彩通车，始终与举报、调查同步，连承包商请我喝一杯咖啡的事，纪委都掌握。

令人匪夷所思的是，结果把我查出个"先进"，而我的两个副手却都进去了，每人受贿100万。

按世俗眼光推理，我的副手落马，我会洁身自好，没有问题？这不是见鬼了吗？于是有人越级上告，上面又来督办、复查，一时闹得沸沸扬扬。

其实，那个老板出于感激，真的给我送钱了。存折是从办公室门缝塞进去的，我一猜就是他，便叫他来，当面还他。也许我不够疾言厉色，给他留了想象空间，才有了春节前这一次。他给我送去两箱明月湖野生胖头鱼，两条鱼再不收，就太不近人情了，我决定留下品尝。200万现金就装在充满腥味的鱼箱里。我很敏感，在他离开后，我越琢磨越不对劲，送两条鱼还用亲自登门吗？他连司机都不肯麻烦，亲自驾车，亲自把鱼扛上楼，弄了一身腥气。

　　送走他，我忽然又不安起来。他临走前的一句话很可疑，他叮嘱我，千万别把这两条鱼送给别人，一来是纯野生的，难得吃到，二来是冰下拉网拉上来的"头鱼"，每条以2000元成交，钱多钱少在其次，他在冬捕现场冰面上等待了十多个钟头，好歹尝一口也不辜负了他一片心意。我当时挺感动，却也不安。他走后，打开鱼箱一看，除了大鱼，便是一捆捆的人民币。

　　我吓坏了，但我老婆却说："再过几年你就到点了，在工地上折腾了大半辈子，弄了一身病，到头来连给儿子买套房子都买不起，你说你没贪，谁信呀？再说了，承包商凭什么一赚就是几千万？你不包给他，他能有今天吗？分他一杯羹，这再正常不过了！"

　　这话确实拨动了我的心弦。其实连我老婆都不了解我，她以为我"一本正"，我也是凡人肉胎，经不住诱惑的。可我致命的弱点——胆小成全了我，不止一次。修地铁一号线那年的窝案里，我周围有头有脸的人全进去了，唯我幸免，不是没动过心，是我胆小，怕犯事。记者要宣传我，我一句话把他堵回去了：我不是没贪欲，只因胆小怕犯事而没敢伸手而已，从我身上可挖不出高尚情操来，往脸上贴金的事没意思。那记者很失望，后来却成了我的朋友，可能因为我的实在。

　　说自己没动过心，那是自欺欺人。过几年就要退了，普通老头一个，与当今端着茶杯在广场下棋的老头们没有区别，到那时，明月湖的胖头鱼还有人送吗？

　　我一个晚上没睡着，我料想，承包商是真心感激我，只要没有意外，他不会出卖我，出卖我也等于出卖他自己。蓦然间，我仿佛透过黑暗看见了那双眼睛，不寒而栗。

我终于决定，不能拿我的晚节当赌注，穷一辈子了，不发这横财也罢。第二天，我正准备退钱，戏剧性的一幕又把我推进了矛盾的旋涡。

那天，送鱼老板喝多了，驾着宝马车钻到了大货车底下，当场毙命。

说真的，得到这一消息，我的心里乱成了一锅粥，惋惜固然是有的，更让我心跳的是庆幸，现在，胖头鱼和钱安全了！不是"天知地知，你知我知"，而成了"天知地知，我知"，死无对证了。

这是天意？那注财是天赐吗？我老婆就是这样认为的。

我终于要破例大一回胆子了，决定心安理得地让它成为我此生唯一的也是最后一个污迹，唯一的、最后一个秘密。

可我随后又心动过速了。我发觉一直和我较劲的朋友眼神不对。虽然毫无根据，却让我惶惶不安，他的微笑、他那不经意的一瞥，都是深不可测的，能刺破我五脏六腑，叫人胆寒。这是不是邻人偷斧的疑心呢？也许是。

可我知道，他一直暗中盯着我。他肯定盼我出事，我就不会再挡道，他一直觊觎的位置才能到手。我仿佛又在冥冥之中感受到了那道窥伺目光的存在。

我又堕入彷徨无主的深渊。就在我举棋不定的当口儿，市里惊爆一则丑闻，一位副市长出事了，而且偶然得让人咋舌。他聚敛的钱没处存放，装满十多个纸箱，放在一处空置住宅里，房门层层加锁。不想水龙头破裂跑水，殃及楼下，又找不到主人，情急之下叫来110巡警，撬开房门，移动那些被水浸泡的纸箱时，从箱子里噼啪掉出来一捆捆钱。这个平时低调、官声颇不错的人，这一下可是百口莫辩了！

我又战栗了，侥幸不得呀！焉知我的朋友不像监视器探头一样无时无刻不在记录我的一切呢？

我终于把那两个箱子送到了纪委办公室。

我在"人死账烂""死无对证"的前提下，拒受巨款贿赂，我当然赢得了舆论。

但我后怕，人的贪欲有时就是一念之差。事后才知道，在我上缴这笔巨款的第二天，有人把一张录像光盘提供给了纪委，那张光盘里录着承包商亲自从宝马车后备厢中搬下两箱鱼进我家的全过程。这双眼睛多厉害，已经是高科技的电子眼了。

也许是对我这种本分人的报答吧，纪委一位调查过我的人，好心地把朋友以录像资料举报我的实情相告，最终证明了我的预感。

我扪心自问，我能逃过这一劫，除了我的"胆小"，也多亏了背后窥伺我的那一双不怀好意的眼睛，我也许应该感激他。

这也叫塞翁失马吧！

（原载 2009 年第 8 期《作家》，
2009 年第 9 期《小说月报》选载）

红　雨　伞

为什么选择一把红雨伞，作为我结束生命的最后符号？是代表血色，还是代表管教苗姐那颗怜悯的心？

那是在吃人世间最后一餐饭时，苗姐告诉我的。

红雨伞，将在我走上生命终点时出现！真有点儿像电影里那样迷幻和不可思议。

肯定是她自己掏钱从外面餐馆里叫来的饭菜，犯人灶上不可能有这么好的米饭，更不可能有熘肉段、红焖鱼。

这是号里犯人通常说的"倒头饭"，死期到了。

同监号的人，不管是尖酸刻薄的还是滚刀肉，此刻全安静下来，以注目礼送我上路。

我一口都吃不下，估算着这餐饭的价格，至少在 40 元到 50 元之间，我在小账本上最后记上一笔：50 元。这样一来，我欠苗姐的总数就是 480 元了。几个月来，她自掏腰包给我买的每一样东西，我都仔细地记了账：牙膏、肥皂、创可贴、卫生巾、内裤……

当我把账本和一份签了字、按了手印的"声明"交到她手上时，我看见她的眼神是震惊的。她大声说：你这是干什么？我不要你用这种方式偿还！她要撕掉那份"遗嘱"。

我按住了她的手，我是个马上上刑场的人，一无所有，也不会有来世，我唯一能卖钱的，就是我的器官，眼角膜、肝、肾、骨髓，甚至心脏。不然，我到另一个世界也不会心安。

对于一个迟早要处决的人犯，苗管教肯为我花了这么多钱，显然不是想得到报答，我已没有明天。是对一个将死者的人性关怀？

是的，我从看守所小报上见过"人性关怀"这个词。

苗姐的关怀还不仅于此，她让我今天在刑场要盯住红雨伞，她告诉我，时间太紧了，直到昨天夜里，她才大海捞针般找到我离散13年的生母，见面是不可能了，她也没料到我的刑期会这么快，上诉期刚满就要执行。苗姐想出了这么个主意，让我生母赶到刑场去，到时候撑起一把红雨伞，我便能在茫茫人海里找到母亲，见上母亲最后一面了。

母亲是什么样子？我对她的印象已经模糊了。她为什么狠心把我送人？我那年6岁，已经有了记忆。她和父亲天天吵架闹离婚，生气时都打我出气，他们一打仗就出走，扔下我一个人，我常常被邻居收留。后来他们终于离婚了，在法庭上，为了谁带我的事，又吵翻了天，我那时悲哀地想，我是个多余的人。

法院强行让母亲做我的监护人，不久她再婚，我成了累赘，于是她把我送了人，养父是个酒鬼，喝了酒就耍酒疯，拧我、掐我，我8岁那年，他还丧尽天良地摧残了我。

从此我开始了长达 11 年的流浪生涯。

黑咕隆咚的刑车在路上疾驶着。我努力回忆着、想象着母亲的样子，她能打着一把红雨伞出现在她女儿生命行将结束的地方吗？她该是怎样的心情？

苗姐说生母答应来，她半夜三更跪在杂货店门前求人卖给她一把红雨伞。

为了寻找生母，苗姐跑了半个月，几乎跑遍了全城长街短巷。都怪我，我如果不提出这个要求，苗姐就不会挨这个累了，我是怎么了？

那是我的辩护律师最后一次来看我时，我从他的面部表情知道没戏了，为一个必须死的囚犯做无谓的辩护，实际上不过是法律的点缀罢了。那天我做了个梦，我梦见了母亲，虽然模糊，她的话却字字真切。她说：都怪妈不好，若不，你也走不到今天这一步啊！

醒来，我发现泪水湿透了枕头。细心的苗管教问我为什么这么伤心，我可是很难掉一滴眼泪的人哪！我冒出一句：死前能看上妈妈一眼多好啊！

这其实是不可能的，看守所里的未决人犯根本不准探视，判了刑才可以。我判的肯定是死刑，死刑犯还有必要家属做工作以利改造吗？走私贩卖 50 克海洛因就是死罪，何况我给那帮浑蛋一次就带了 1000 多克！

可苗姐坚持要找到我的生母，一定不让我带着感情的缺憾离开人世。我知道，这完全是她分外的事，管教只保证监号里不出事、不串供就够了。她为什么这样对我？

也许是她觉得对不住我？如果不是在我病得死去活来时她救了我，我是准备硬扛的，至死一言不发。脑袋掉了碗大个疤嘛！她劝我，小小岁数，得给自个儿留条生路啊……她还指望我有从宽那一天呢。我全都说了，最后依然是死刑！

那天来监号宣布后，她转过身去，我分明看到她眼里的泪水快流出来了。是同情？是可怜？还是惋惜？

那么，帮我寻找生母，了却我走到生命尽头的最后一个愿望，也许就是她对我的唯一精神补偿了，我知道，她对我，也只能做这么多了。

上小学时，学校组织我们集体来过西大洼刑场，看枪毙人，对我们进行法制教育。想不到今天轮到我了。

难怪苗姐要与我的生母约定撑一把醒目的红雨伞，今天来观刑的还真是人山人海！我下了刑车才知道，原来今天要处决全市最大的黑恶势力团伙，一次就毙7个，可能是大快人心吧，人们才齐聚刑场上，出现了久违的万人空巷场面。

我的目光在遥远的黑压压的人群上方移动着，今天，头顶是晴空，一丝云彩都没有，谁会在这样的好天气撑起一把红雨伞？

我的心狂跳起来，我看见了那一点红，红雨伞像一朵盛开的花，它摇晃着，在人海中间向前漂流着，我努力踮起脚尖张望，希望看清红雨伞下那张脸。

近了，近了，红雨伞在拼命向上举，我终于透过模糊的泪眼看到了一张哭得扭歪的沧桑的脸。这一刻，我原谅她了，一切恩怨都化解了。她好像张着嘴在喊。在喊什么？我无法听清，也许是忏悔不该抛弃我吧？

　　我突然后悔起来，我何必非要给生母留下这凄惨的记忆呢？她会不会理解为报复？

　　我轻轻闭上了眼睛，我透过颤动的眼睑，仍能感受到红雨伞那一片耀眼的炫红！苗姐好像有意对我强调说，母亲买的是一把"天堂"牌红雨伞。啊，这时候想起天堂，那实在是一件很奢侈的事啊！如果真有来世，我真希望我头上永远罩着这把红雨伞。

（原载 2010 年第 3 期《春风文艺》）

花　痴

今晚的月色显得苍凉。

我的车藏在梧桐叶斑驳的树荫后，秋风吹下的大片大片深褐色叶子，唰啦唰啦地在风中翻动。

马路边上，霓虹灯迷离地闪烁着。这家小巧的发廊居然叫"伊甸园"，真是匪夷所思。情报是准确的，他果然逃脱了精神病院的监管，又溜回这座小县城。我坐在摇下车窗的车中，盯着凄清马路上的一个熟悉的羸弱的身影，那正是我的老爸。

为了不扩散，我连秘书都没带。

老爸一直在发廊门前转悠，兜圈子，执着地又显然是病态地等待着什么。我的心在发抖，脸上灼热。司机敏感地看了我一眼，那眼光仿佛是鞭子，狠狠地抽了我一下。

他走进了光区，头发花白，挂着一根造型别致的枣木棍，很绅士的那种，是我几年前登泰山时给他买的。它还是一根智能手杖，手柄上有开关，一旦老人摔倒，它会自动报警，红灯闪烁，发出救护车式的鸣叫声。

那时周围的人都由衷地夸我是"孝子市长"。父亲是个中学教师，含辛茹苦地把我培养成人，我一向是他的骄傲。他为人严谨，通达事理。我当了20多年官，他从没给我添过麻烦，不管是家人、亲友，他一件事都没求过我。我心里一直有个心愿：好好待他，让他有个安乐的晚年。

可我现在这样待他，良心上过得去吗？只是我别无选择呀，我被逼到死胡同里了，我也是为他的名誉和晚节着想啊。

世上的事真是难说，一向谨小慎微、宁儒行不乱步的父亲居然缠上了桃色新闻！

作为一个管辖十县三区上千万人口的市长，我每天不知要处理多少棘手的事情，不敢说游刃有余，也不会像这次这么尴尬，或者说狼狈更贴切。我从小敬重甚至崇拜的父亲，正把我放在火上炙烤。

母亲7年前过世后，我曾劝过他，可以试试再找个老伴，他一笑，不置可否。我又不好多说，怕他疑心我要"甩包袱"。

我并不保守，找个伴侣我能接受，时髦一点儿，同居我也不会反对。

但我万万想不到，他会这么出格！

送他去精神病院，也是万不得已。用网上时兴的话来说，老爸"被精神病了"。我叫人安排他住进神经科，秘书与院长经过磋商，给出了抑郁症这样的名目，让他去休养而非治疗。我生怕真的把他弄出精神病来。

谁知道，连哄带骗地把他弄去才3天，就接到院长惊慌的电话：老人失踪了。他和秘书商量，想动用警力寻找。

我的头嗡的一下涨得有笆斗大，真是哪壶不开提哪壶，生怕不传得满城风雨呀？我中止了他们兴师动众的计划，告诉他们"低调"，毕竟是家务事，我自己来处理。

于是下午开完市长办公会后，我赶了 60 里路，来到我出生的这座小县城。我先到父亲的住处看一眼，房门锁着。我有钥匙，打开房门，开了灯，屋子显得冷清，抹一下茶几、沙发，上边有浮灰，显然他没进过家门。我环视一下十几平方米的客厅，顿觉脊背发凉。原来一直悬挂在正面墙上的一尺二的大照片不见了，留下一块与整体墙壁颜色不谐调的痕迹。自从母亲弃世，父亲就放了一张她的彩色照片，日夜清供。如今为什么摘下去？难道也因为那个洗头女吗？

我心里很不是滋味。我的猜测很快得到了佐证，五斗柜上戳着个象牙色相框，里边镶嵌着一个小女子的照片。她的头发染成了金黄色，尖鼻子，小嘴，浓墨重彩，一双勾人的眼睛叫我本能地排斥，像更换器官排异反应一样顽固。

我心里骂了一句"小妖精"，已准备把它摔个粉碎了，因为司机跟进来就在门口，我怕失态，就只把照片反扣在五斗柜上。

我的目光缓缓瞟过几个装满图书的书柜，其中装满了父亲最爱的书，如今已经尘封，像是堆放遗物的场所。老爸，你这是怎么了？你儿子虽身居高位，并不是封建道统的卫道士，我自视比谁都开明，可老爸呀老爸，明媒正娶的路你不走，怎么以偷鸡摸狗的方式给你儿子头上扣屎盆子呀！如果我默许了，容忍了，那么我管辖的 3 万平方公里地面上就会引爆一条足以让我上吊的新闻：市长老爸为他娶了一个洗头女当后娘，这后娘与市长的女儿一般大!

这古怪的念头在脑子里闪一闪,都足以让我精神失控,有要摔东西骂娘的强烈欲望。

司机问我,上哪儿去找?

还用问吗?他一定守候在伊甸园发廊门外。

我的猜测毫厘不爽,老爸果然在"伊甸园"门前徘徊。

这时,一个光头客笑嘻嘻地从"伊甸园"走出来,送他出门的是身材高挑、穿得很暴露的洗头房老板,光头客叫她"辣姐"。

"辣姐"嗲声嗲气地说了声"再来呀,别一走就不登门",叼着香烟的光头客说:"你得进几个一掐一汪水的嫩脸蛋呀,老菜帮子倒胃口!"

"辣姐"说了声"下回有洋姐",扭着屁股正要回发廊去,我老爸幽灵般飘过来,低声下气地恳求"辣姐":"告诉我呗,你肯定知道小芸的下落。"

"辣姐"浪声浪气地笑起来:"哟,花痴呀!又来添堵!上次给你通风报信,叫派出所传去问了个底朝上,跟你'吃挂落儿',差点儿被封门砸了饭碗。"

我老爸说:"真是对不起,让你们为难了。看在小芸你们姐妹情上,再帮我一回忙吧,把她的新电话号码告诉我就行。"

他那央求的样子活像"辣姐"的小弟弟,可怜兮兮的。

"辣姐"叹口气:"你快走吧,我可不敢再兜揽你这灾星!再说,公安局挂号了,谁还敢收留她呀?她被人遣送回老家了,电话早关机了。"

没走远的光头客大感兴趣,又返回来,打量着我老爸问:"他就是市长老爹，那个老花痴吧？"

我仿佛被人当众掴了一耳光，羞辱，愤怒，真想冲上去给他一记老拳，可我这市长一旦出手，这新闻得在网上炒翻天！在我们那一带街坊间，"花痴"是比骂人祖宗三代都狠的话，最下流的男人，拜倒在石榴裙下，最没廉耻的老色鬼，见到女人就迈不动步……才被人讥笑为"花痴"。这卑污的帽子怎么会戴到一个桃李满天下的模范教师头上？

再看我父亲，一点儿都不生气，仍在哀求。"辣姐"说："知道也不敢说呀，这么告诉你吧，想找到小芸，只有公安局能帮上你忙……"

我父亲手杖笃笃点地，试图还想讲理："凭什么呀？小芸一不杀人，二不放火，我和她正当相爱，公安局有什么权力干涉？"

"辣姐"忽然冷笑，口气是鄙夷的："这你得去问你那当大官的儿子！他大概怕你给他找个洗头的小妈吧？"

这一次，恨不能钻地缝的感觉比哪一次都来得强烈。

司机显然顾及了我的承受力，他说了句"太不像话了"，想过去同她理论，我拉住了他。打掉门牙往肚子里咽吧，要怪，只能怪自己的老爸不长脸，不争气呀！

其实，有点儿花边新闻也可容忍，眼不见，心不烦，偏偏在我治下，又偏偏这么"另类"！人家肯定在背后戳我脊梁骨，弄得我讲话都理亏气短。进出机关大楼，我注意到，所有人的目光都是讥刺的、嘲笑的，那些目光如同一根根芒刺，扎我的背。老爸呀，你相中什么样的女人不行，怎么偏偏是一个洗头女？谁心里都有数，在当今，洗头女就是三陪女、妓女的同义词呀！

　　我无法知道老爸是怎么与洗头女勾搭上的。"勾搭"这个词我是忍痛才用。我也不敢深究细节，政法委书记委婉告诉我时，看得出他是尽量轻描淡写，尽量淡化，尽量装轻松，好像只是给我善意地提个醒儿，像在提示我外出别忘了锁门……

　　谁也不肯正经地把事端到台面上。我明白，流言蜚语肯定已在社会上流传很久了，我当然是最迟听到风声的。只是再瞒下去会毁我前程时，政法委书记才转弯抹角地让我知道，说不定是省委领导授意他跟我吹风。

　　我明白他们的好心，怕伤了我的面子，怕降低了我的威信，一定是老爸的事已闹到无法收拾的地步，才不得不让我知道的。

　　我当时真有如五雷轰顶的感觉，上级、下级都把球踢给我了，我怎么接招？若犯错的是我儿子，那简单，说理不成，我可以动粗，暴打他一顿，叫公安局拘留他……可这是我一向体面的老爸呀！我晚上瞪着眼睛看天花板，老爸怎么成了烫手的山芋？

　　我一向被称为"不手软"的人，面对老爸的桃色事件，我不但手软、腿软，连心也硬不起来。细想想，老爸除了"丢了我的人"，倒也并不违法。

　　他正是这么回答的。为了父子间留点儿尊严，我想来想去，还是不捅破这张纸为好。我想叫他脱离那个环境，见不到那个洗头女，这事也就过去了，光阴会冲淡一切。

　　事情远没那么简单。当我驱车回乡亲自去接他时，他竟然找出种种借口不跟我去大城市"享清福"。于是不得已再用第二招，叫秘书去接他，谎称我病重住院，要他来看一眼。这招管用，他二话没说上了车。

来得急，去得也快，他到家的时候，我正在石化厂调研，都怪我事儿没和我老婆通气，谎言立刻拆穿。我怕老婆看轻她一向尊敬的公公，我连她都没露过半句口风。

谎言破产的当天晚上，老爸就登上火车回县城去了，只给我留个纸条。看了留言，我心止不住狂跳。他似乎有了点儿警觉，字条是这么写的：你是你，我是我，你当你的太平官，我当我的老百姓。

为这张云里雾里的字条，我老婆审了我半天，我始终没说到底发生了什么事。

重磅铁锤砸在棉花堆里，就是我当时的感觉，有劲儿使不上。我无计可施，又不能问计于人。开常委会也好，政府办公会也罢，我总觉得不自然，一贯的潇洒气度忽然间离我而去，我变得不自信，总有巴结人、讨好人、看人眼色的心态，我观察，所有人的眼神都是心知肚明的，因而充满轻蔑和揶揄。

自己的梦还得自己来圆，我想起了现成的一句话：扬汤止沸不如釜底抽薪。

我亲自找来政法委书记灭火，授意他在尽可能减少负面影响的前提下，让洗头女小芸从老爸视野里"消失"。别误会，这可不是黑帮意义上的"消失"，只是让她远离那个充满罪恶诱惑的"伊甸园"，越远越好，老爸找不到人了，也就会死了这份心。

做这种事情，心底毕竟不那么理直气壮，我拿了3000块钱，让人交给小芸，这么办了，心里的愧疚轻了些。可这算什么钱？

遣散费？精神损失费？挺可笑的，当我意识到这可能是老爸的"断肠费"时，我自己都吓了一跳。我又安慰自己，不至于吧？

事情并不是按我设计的路线图走。洗头女小芸倒是顺利失踪了，原来的手机号也已成了"空号"。可我老爸一如既往，每天都揣两个面包、一瓶矿泉水，到"伊甸园"去守候，上班一样准时，还帮"伊甸园"洗毛巾、晾床单。人家下半夜关门了，他就守在门外。一连半个月，风雨无阻。

这一切当然都有人及时向我报告，我真有点儿一筹莫展了。一夜情也好，露水夫妻也罢，会有这么大的魔力吗？难道老爸与这个年岁同她孙女相仿的小女子有了真感情，成了"忘年恋"？从理论上讲，似乎讲得通，可让人接受的难度就太大了。

"伊甸园"的女人们眼见老爸一天天瘦下去，走路都打晃了，大概都动了恻隐之心，未泯的良知让她们展现了另一面，居然不顾警察的告诫，不念关门歇业的后果，把小芸打工的新地址告诉了我老爸，并且提供了新手机号码。

于是我得到了这样的信息：老爸又与洗头女"破镜重圆"。

这事让公安局的人很失威信，想给发廊点儿厉害瞧瞧，让它"停业整改"，可以有一百条理由。不过这只会越炒越烈，万一炒到网上更可怕，我制止了他们。

在我焦头烂额的时候，政法委书记又来救我驾。他刚找过心理医生，据分析，老爸之所以做出如此越格的事，不是道德败坏，而是"有病"，属于无法自制的"臆病"，过去民间称为"花痴"，不说明他好色，而是一种病态。

他点到为止，没有深说，我却受到了点拨。既然是病态，也不必以道德来指责了，压在我心头的那块石头也松动了许多。我便与他商议，那就把老爸送到精神病院去治疗一个阶段。老爸因病而越轨，情有可原，我也有了台阶可下。

对那个洗头女小芸，我采纳了公安局局长的建议，晓之以理，动之以情，但绝不能姑息，必须让她彻底"消失"，并让她具结画押，公安局派专人遣送她回四川老家，并警告她不准以任何方式再与那老头联系。随后，连哄带骗，老爸被送进了精神病院神经科。

最终，这破釜沉舟的一招还是破产了。老爸很快逃离了精神病院，又天天缠着"伊甸园"的人告诉他小芸的地址、电话号码。尽管人家向他起誓，说不怕公安局封门，不怕砸饭碗，这次是真的不知道，我老爸就是不肯相信。那些洗头女都被他的真情打动了，下雨天拉他进屋避雨，饿了给他买盒饭，听他唠叨、倾诉，陪他掉泪。

听了汇报，我止不住一阵阵心酸，甚至有一种欲望，想去向"伊甸园"的小姐妹道一声谢。我也不明白，我是怎么了。

现在怎么办？把老爸强行拖上车带走？带哪里去？显然不好再押送到精神病院去。回我那儿去吗？我将怎样面对他？有办法沟通吗？我在他心目中还有位置吗？

老爸摇摇晃晃地走远了。我不知道是否该追上去。

见我一直不走，细高挑身材的洗头房老板"辣姐"终于发现了隐在树后的车，或者是我躲躲闪闪的样子，引起了她的误解。她已经回发廊了，过一会儿拉了几个姐妹又跑出来，笑嘻嘻地问我："这位大哥，洗头啊，还是要什么服务？干吗躲猫猫呀？

你也不像个生手啊。"

姐妹们一阵放肆的大笑。

司机大概怕她说出更不得体的话，忙上来制止："别胡说，我们是公务！"

"辣姐"不屑地撇撇嘴道："知道，你们当官的干啥不是公务啊！"

更加肆无忌惮的笑声响起来。

"辣姐"很有经验地转到车前弯腰看了看车牌号，故意拉长声说："哟，小号车呢！看来官小不了。你不会也是公安局来蹲守，监视那可怜老头的吧？"

我正想上车，尽快走开，司机装傻，问洗头女："我们平白无故监视老头干什么？"

"辣姐"说："我都替这老头打抱不平，恋上个发廊女怎么了？犯天条了？听说他儿子是个大官，怕老子给他丢人现眼，拆散还不算，竟把亲爹送进疯人院，天底下有这样没人性的东西！"

司机想发作，我拉住了他。我的脸又烧又涨，我面前的洗头女忽然变得模糊、陌生而又令人敬畏，她像在云端，对我射来的是居高临下的鄙视。此时此刻我心里乱糟糟的，是她该遭到鄙视，还是我？道德与良心的天平仿佛也失灵了。

在一片嘲笑声中，我逃也似的上了车。车子沿着树影重重的马路缓缓行驶着，车大灯聚焦的前方，拖着手杖蹒跚而行的是我老爸，形影相吊，在瑟瑟秋风中显得很可怜，很无助。

我忽然感到愧疚、惶惶然，我该怎么办？我觉得，他那脚步仿佛是一步步走向死亡的节律，手杖触地的笃笃声重重地敲击在我心上……我一阵阵心悸。

作为他的儿子，我有超越亲情的权力，我可以让他得到满足，也可以让他真的发疯，都是一句话的事。是国事？家务事？脸面和亲情的砝码哪个重？曾经武装过我头脑的哲学、政治学、道德经统统帮不上我的忙。

忽然，一个声音雷鸣般在头上炸响：你有左右老爸人生和幸福的权力吗？

我悚然心惊。还要再权衡吗？我在惶惑中突围，决心做出异乎寻常的决定，这决定却如此沉重，我自己都感到诧异……

（原载 2010 年第 7 期《作家》）

心到佛知

不是庆功会，等于庆功会。

审片之后的宴会，还不是庆功宴吗？从敞开的窗户扑进来的阵阵海涛声，也像是经久不息的掌声。

本不胜酒力的我几乎喝醉，一半因为别人灌，一半因为兴奋，自愿。是啊，容易吗？《青春无悔》这部电视剧，从小说到剧本，数易其稿，花费12年功夫，说"十年磨一剑"都有过之而无不及。改本、立项、送审、找钱、组建摄制组、找当红明星加盟、预先拉广告、请中央台"跟踪"……历经磨难，总算拍出来，送审了，赢得一片喝彩声。省领导们说是弘扬主旋律的电视剧，专家们称赞有艺术品位，被邀来的群众代表说好看，这不是达到了通常所说的"集思想性、艺术性、观赏性于一炉"的上乘之作吗？

当然，不能不说是借助了中央电视台一套黄金时段播出的"非正式允诺"，虽没正式向中央台送审，可我们带着录像带进京，私下里请圈内朋友过过目。谁都明白，这些朋友多是在审片小组里举足轻重的人物，他们叫了好，等于"预审"。心里有了底，省广电局蓝局长才决定召开省里的审片会，在传达预审评语时，自然是底气很足。省里的审查就带有一定程度的礼节性和象征性了，满堂彩已是意料中的事，没有悬念。

我怎能不在鲜花、掌声中一醉方休？说出来不怕别人笑话，我流了泪，只是我猛然想到范进中举的故事，怕被人传为笑谈，才强忍着，没哭出声来。

我老婆说，为这口"累"，我把一头青丝熬成了白发，40才出头，街上就有孩子管我叫"老大爷"了，值吗？

她懂什么？当然值。跟她说别的她不明白，我就拿她生孩子打比方，这就像十月怀胎，一朝分娩，生下个白胖娃娃，你不高兴？还会在乎害口呀，难产时的撕心裂肺的痛苦吗？

这次的"省审"有点儿异乎寻常，是电视台、广电局的初审，又可理解为省里的"终审"，杀伐大权毕竟不在省里，哪怕省委下个红头文件说这部戏绝佳，人家中央电视台不买你账也枉然。

傻子也看得出来，一般的工作审片哪有这么隆重？不但电视中心崔主任来了，电视台陈台长来了，广电局蓝局长来了，不怎么沾边的文化厅厅长也来捧场，宣传部的文艺处长、主管副部长当然必到，平时审查现场很少露面的省委宣传部孙部长也来了，最引人注目、最叫我心跳的是省委书记尤湛也兴致蛮高地坐到了首长席上。

演职员都有沾点喜气的心理，名曰审查，实际是想听领导的赞扬，那心理很像想听大人夸奖的孩子。我心里忐忑，一则以喜，一则以忧，喜的是再明白不过，有最高领导在，他甚至不用表态，一个微笑、一个眼神都会对作品有一锤定音的法律效力。不过，也有危险的一面，倘尤湛不喜欢，不满意，不用说出来，或一言不发，或拂袖而去，那我和金鼎导演哭都哭不上溜了，中央台的表态毕竟是"私下"的、"非正式"的。倘若他有异议，你能不改吗？还是祸福两倚，吉凶各半哪！

我就坐在尤湛的侧后，昏暗中他的表情全在我监控之下。我的心思根本不在屏幕的剧情上，我的关注点只在尤湛的那张脸上。

还好，我觉得，尤湛从一开始就被吸引了。他是出了名的"老烟枪"，一坐几小时，他居然没出去吸支烟，秘书摸黑蹲到他座位前递烟给他，尤湛也推开了，而且我有好几次看到，他从茶几上拿起纸巾在悄悄擦拭眼角。我暗喜，这就是艺术的魅力，不管你是神、鬼、人，都无法拒绝感动。

我心里有数。尤湛并不是对电视剧特别热衷的人，去年在血燕岛海上度假村召开的创作会上，他做报告时甚至对当今的荧屏颇有微词。诸如说一些自诩为"古为今用的历史剧，把残暴的帝王刻画成爱民如子的公仆形象"，"把严肃的重大历史事件、历史人物戏说得离谱"，"用媚俗的、低级趣味的噱头冒充喜剧败坏人们的审美情趣"，对一些作品的功利性、政绩化倾向也有他的看法。我们圈里人私下里都称赞他是"真懂"，不是外行。

他对这部《青春无悔》所以表现出如此浓厚的兴趣，我知道是有内因的，尽管他从未表露过，我更没与他交流过。

当初电视剧立项后，为了快捷，剧本是通过程序以外的方式送给他"审订"的。我说的"程序以外"，是指非正式渠道，既不是通过广电局或宣传部报送，也不是通过办公厅文件交换，而是通过我们电视中心给崔主任开车的小周。小周和尤湛的司机小宋很熟，领导开会，他们小哥们儿常聚在一桌吃工作餐，一来二去就混熟了，一听求他送剧本，他立马拍胸脯，说"保证比机要件还快"。

我知道，剧本如何，尤湛不会具体管得这么细，也未必有时间看这 60 万字的长东西，但我不能不送，这是有原因的。我写的故事，背景是抗日战争年代，中共地下党与日本特高课、汪伪特务斗争的故事，这一段历史可圈可点，又鲜为人知。我还知道，尤湛的父亲就曾是我党的地下交通员，解放后出任过我们省的民政厅厅长，后来在邻省省会城市的市委书记的任上离休。

你想啊，对这段历史，尤湛能没有特殊感情吗？

当然了，剧本他看没看始终没有准信，电视中心崔主任和金鼎导演都盼他能有个批示之类的东西下来，可一直没有等到，也没人敢去问。我倒松了一口气，没回音总比下来一大堆意见强，领导有指示，你改不改？不改目无领导，改又违背自己心愿，所以还不如相安无事的好。

灯亮了，灯光下，尤湛眼里闪烁着泪花站起身，他没有对电视剧置评，却走过来，第一个跟我握手，那手温润、柔软却有力，他借助腕力向我传递了鼓舞的信息。松开我的手，又依次与金鼎导演、男女主演握手，说的是同一句话：谢谢，祝贺成功。

电视中心崔主任热泪涔涔，广电局蓝局长笑逐颜开，文化厅厅长笑得很含蓄，宣传部部长直截了当地说：今年的"五个一工程奖"不发愁了。在场的人都会心地笑，仿佛宣传部门看得很重的那个奖已收入囊中。

说是审查，其实只放头3集，指望公务冗繁的领导一口气看完30集电视剧，不现实。蓝局长的解释很得体：领导都太忙，今天只是个仪式，与编、导、演主创人员见个面。台里早已刻了光碟，包括剧情简介、海报、剧照等资料分放在每人脚边的材料袋里，蓝局长表示，如果首长有兴趣，可拨冗观看，有不当之处明示，会认真修改，把哪怕是小小的瑕疵都消灭在中央台播出前。

讨论时，大家你推我，我让你，都不想僭越，尤湛不开腔，人们都不便说话。

尤湛先说了句"这是将我这外行的军呀"，然后又说："我只有两个字——祝贺。唯一的不足，是前面的字幕，像赶集似的，哪来那么多头衔？总监制、总策划、总顾问、总出品人一大堆，没有总字的监制、策划、顾问、出品人、制片人又一大堆，这些人凭什么来摘桃子吃？是艺术家吗？好像我和孙部长也叨光混迹其中了。"

孙部长马上附和：此风不可长。

尤湛开了句玩笑：平日里排位、名单学已经够叫人头疼了，怎么当官的又跑字幕上来凑热闹、抢座次了？

大家愕然，你看我，我看你，都不知怎样回答。

金鼎倒挺解气地看了我一眼，我看演员们也像讨回了主权一样笑着窃窃私语。金鼎随后阴阳怪气地说了一句时髦的新词：这也是潜规则呀！

蓝局长不好装聋作哑，连忙解释：这是业内约定俗成的通例，不妨调任何一部片子看一看，哪一部电视剧都如此，各级领导、出资方，总得给个名目吧？况且署上名代表承担一份责任呢。

尤湛奚落地说：还冠冕堂皇！这个责任我不负，把我的名字拿掉。

这一来，部长、厅长、副部长、陈台长、崔主任……都纷纷表态，愿将自己的名字拿掉，从自己做起。

尤湛站起身，在往宴会厅走的路上，他脸上洋溢着平常的笑容，对孙部长说：我小时候可是个影迷，用今天的话来说，算个粉丝。买不起票，就跑到银幕背面去看去蹭戏。我连字幕也不放过，那时银幕上是先出厂标，第一个画面是编剧，第二个是导演，第三个是男女主演。规矩什么时候变的？

孙部长说：大家都愿意附庸风雅嘛。从前，有资格住"单间"的，只有编剧、导演、男女主演，摄影师、美术师、录音师……是住双人间的，服、化、道以下就只能住大通铺了。

尤湛大笑：生动。现在好，机会均等，连会计、出纳、司机都上字幕了，做饭的大师傅和喂马的也快上字幕了吧？

众人终于憋不住哄笑起来。

我明白，说归说，不知发端于何年何月的潜规则，早已堂而皇之地登堂入室了，改，谈何容易。况且改不改我此时也不关心。

尤湛一席话，使我明显地对他产生了巨大的好感。

庆功的酒还没醒，电视中心崔主任陪金导演到我家来了。崔主任有点儿沮丧，金导演却一脸坏笑，有点儿神神秘秘的样子，他们声称是受陈台长、蓝局长委托来见我。

该不会是发奖金吧？我一边沏茶，一边也幽他一默。

崔主任可没心思笑，他点着烟，一句叫我悚然心惊的话随着烟雾喷出来：大家还是高兴得太早了。

我的心一下子收紧了。除了对字幕"潜规则"的挖苦，尤湛又提什么修改意见了？似乎不会呀，审片后的满意情绪全写在他脸上了，难道睡醒一觉又心血来潮了？

金鼎还是嘻嘻哈哈的样子：领导怎么会没意见，那不太平庸了吗？

我心里直打鼓，如果只是改几句台词，倒没什么，若删改情节，难度可就大了。我总觉得不会是大动。"既是尤湛的意思，我少不得再打几个通宵吧。"

金鼎显然看出我在"轻敌"，就说："没那么简单。我多希望只是让你在稿纸上改呀，我顶多挖补一下台词，动动剪子，可惜不是，我得动机器。"

在我吃惊的当儿，崔主任粗算了一笔账：没有 30 万下不来，况且主演的合同期都过了，有人又接了新戏。要补拍，即便能答应续签超期合同，也得付给人家 300% 的酬金，新签协议的甲方答不答应通融还是未知数。

我的头一下子大了，残酒也彻底吓醒了。"不知道要加哪方面的戏？"

"当然是尤凤鸣的戏!"说这话的时候,金鼎悻悻然,又有点儿幸灾乐祸。他说,"你若早听我的话,加上这个人物,哪有今天的麻烦?这可是你咎由自取,都是你不会做人,有现成的梯子你都懒得爬!"

我当然明白他所指为何。确实,在剧本定稿前,金鼎曾转弯抹角地提示过我,是不是应当把尤凤鸣这个人物加上,他说这不是他的意思。

我明白,有乌纱帽的人才有这样的心计。我有点儿看不起他们,借一部电视剧拍领导的马屁,高明的"曲线救国"。我当时没必要掘人家祖坟,耍了个滑头,我只能找借口,一是尤凤鸣当时不在我写的滨海城市活动,他是与游击队联络的外线交通员,搅不到戏里来。更能堵制片方嘴的理由是,再加一个人物,就不是打补丁,要围绕他展开一条线,要写,就得丰满出彩,不好一笔带过,如果想丰满,就得写亲情、爱情,派生出一大堆人物、细节,我动动笔不难,电视中心准备追加 100 万成本吧。

这一招果然有效,击在崔主任软肋上了,他最怕的是超成本,他常自嘲,他是罗锅(驼背)上山——前(钱)紧。

他们始终不明白我的内心活动。尤湛的父亲,在上世纪 40 年代,仅仅是个微不足道的小交通员,我若为他夸张地树碑立传,明眼人一看就知道我在做什么,我怕在圈内丢人,失了人格。

好在我婉拒之后,没有人再提及此事。

想不到片子拍完了,竟然又来了这致命一击,我心里充满反感,就问他们:这是谁的馊主意?

崔主任用手指指天花板说，是蓝局长、陈台长转达"上头"的意思，而且是不容商量的，非改不行。

上头？是部长？总不会是尤湛自己的意思吧？

金导演眯着眼睛说：你别不识抬举，多好的机会呀！

看着一脸坏笑的金导演，我恨不得打他一拳。

反感派生出本能的抗拒，我豁出去了，让我为蓝局长、陈台长他们铺升官台阶？我才不为别人的仕途升迁埋单呢！不过话不能伤人。我委婉地表示，考虑到成本、周期和剧本的完整性，只要没有政治问题，没有硬伤，建议最好别改。万一改得面目全非，中央台反而不买账了，岂不是弄巧成拙？何况，不可能是尤湛自己的意思，大家有义务保护、爱护书记的声誉。

但崔主任随即狡黠地一笑：我若告诉你，这就是尤湛书记本人的意思呢？

我的头轰的一下，掉头去看金导演。这可能吗？我有点儿不相信。

崔主任说他可不敢假传圣旨。

金导演笑我是"榆木脑袋，不懂顺应潮流"。他列举了近年来多如牛毛的"传记体"纪实文学和影视剧，下级为老上司树碑，儿子筹资推销老子，比比皆是呀，退一步说，传主们本是对革命有贡献的人，难道歌颂一下就大逆不道了吗？

我还是有点儿反胃，我依然怀疑是他们为了讨好、邀功，挟天子以令诸侯。即便是这样，你能当面去书记那里求证真伪吗？万一是真的呢？你什么意思呀？不情愿宣传书记的父亲吗？再说了，即或是下面的人想拍马，也是好事呀，我一旦把这层纸捅破了，就把主任、台长、局长、部长全得罪了，今后我还有好果子吃吗？何况，书记心里也会不高兴，难道会赐我一块"刚正不阿"匾不成？

这么一想，才觉得自己好迂腐！不管怎样，我只能奉命，宁可信其有，不可信其无吧。

于是我连夜构思。加一个人物，加一条线，加若干场戏，也不是那么容易的事，仿佛是一件做成的长袍，非让你改成洋大衣，勉为其难啊。我心里不是滋味，早知今日，何必当初！当初金鼎提醒我写尤凤鸣这个人物时，就不该拒绝，现在就是费尽心思把尤湛的父亲刻画得多么出神入化，也晚了，用一句土话说，这叫雨后送蓑衣，谁领你情！

亡羊补牢吧，我只能做得更漂亮，我才不管它追加多少成本。金鼎说得对，香是给佛烧的，首先得打发佛高兴。

我新加的这条线，够粗了，金鼎看过改本，嘲讽地说，副线快成主线了，喧宾夺主。可他还是很认真地补拍，反正不是承包，他也不算成本账，用他的话说，让老板满意，是唯一要务。

两个月后，补拍停机，长度涨出 5 集。

审查修改后的样片时，尤湛书记没有出席，部长要去带子自己看，也没到场。我白盼了。这次是蓝局长挂帅，带人连轴转看了三个工作日，连中午都不休息，吃过盒饭就开看。

皇天不负苦心人，大家认为这次改动不但没丢分，反而平添几分精彩。宣传部副部长击掌称道，说是"无心插柳柳成荫"，原来隐隐的担忧全都一风吹了。

蓝局长话锋一转，道出了大家共同的心思：谁说好与坏都没用，还得等尤湛的意见。三天前他就把录制好的带子亲自交到他秘书手了。问题是，领导日理万机，什么时候看完，这是叫人伤脑筋的事。崔主任、陈台长开始算中央一套的档期，能不能赶上建党纪念日，赶上国庆也好，档期对收视率和社会效果太重要了！

可皇上不急太监急有什么用？其他影视剧，根本不用过尤湛这一关，《青春无悔》可不行，挂到他线上了，又是奉他命改动的，他不拍板，谁能越过他往中央台送？

尤湛不愧是个刮风就下雨的角色，他没叫我们叫苦不迭，四天后，他把孙部长、蓝局长、陈台长、崔主任叫到他办公室去了。我和金鼎心里揣个小兔子似的不落底。金鼎老于世故地推测：凶多吉少。

是呀，如果是皆大欢喜的事，何不把编、导、演一干主创干部全叫去？探讨艺术就怕"背对背"，先跟领导们吹风，再对艺术家们下毛毛雨，这是大动刀斧前的通常做法。

说是有伤筋动骨的改动吧，又不像，我和金鼎掐着表计算时间呢，从蓝局长一干人进入省委大院算起，到他们返回电视大厦，前后不到40分钟，来往路途，不堵车也要30分钟，再去掉进大楼填卡片、上楼梯、会同孙部长前往尤湛办公室，通过秘书通报，进屋、寒暄、握手的时间，实际交谈的净时间绝对不超过5分钟！5分钟能谈什么？

我心里一块石头落了地，看来一路绿灯，即使有改动，也不会是致命伤。

孙部长没来。我观察蓝局长、陈台长、崔主任三人的表情，又不容乐观，蓝局长板着脸，陈台长倒是笑着的，可比哭还难看，而崔主任的脸上则写满了无奈。

金鼎忍不住试探地问：看来挺棘手，不好改？

蓝局长突然哈哈一笑，好改得很，恢复原样，上次审查的30集原封不动，后补的戏全部砍掉。

我和金鼎都哭笑不得，这叫什么事？我说得客气，这不是劳民伤财吗？金鼎就挖苦得多了，他说这是"脱了裤子放屁——费二遍事"。

我投向陈台长、崔主任的鄙夷眼神，肯定让他们不舒服。这次"脱了裤子放屁"、劳民伤财的责任谁来负？现在看，更证实了我当初的推测，就是他们为巴结领导而串演的一场闹剧，弄巧成拙，赔了夫人又折兵。

还是金鼎导演来得快，他的阴损话张口就来：这回好，拍马屁拍到驴蹄子上了，还挨了一脚！

蓝局长很大度，不跟他一般见识。他没有针对大家的疑问解释什么，他评价尤湛书记很正，很低调，又简要传达了书记的原话：我不愿看到艺术品里夹带私货，我父亲为革命出过力，不假，可到不了树碑立传的地步，不是不可以写我父亲，只是不能在我主持下操办，此风不可长。

我与金鼎导演交换了一个眼神，我明白，他和我想的一样，虽然白折腾了两个月，白交了几十万的学费，值！尤湛是好样的，让人服气。

钱我不管，我的损失在精力！我还是觉得冤，白白耗费了我一腔心血，用金导演的话说，我烧香，佛爷都"调腔"。

蓝局长一边往外走，一边顺手拍了我一下，扔过来一句耐人寻味的话：你不吃亏，心到佛知嘛！

心到佛知？这是什么意思？是对金鼎那句"我烧香，佛爷都'调腚'"的回应吗？是黑色幽默吗？

又过两个月，事先毫无先兆，组织部突然下来考察，随后进入公示程序，我将被提拔为省电视台的副台长。

那天在饭厅见到蓝局长，他展现给我的似笑非笑的脸，也同样是耐人寻味的，这其中仿佛蕴藏着深不可测的玄机……

故事讲到这里，我有必要把随后发生的推磨式的升迁记录在案：孙部长升任省委副书记，蓝局长虽暂时没当上常委，却已是主持工作的部长，陈台长填补了局长空缺，电视中心陈主任顺理成章当上了副台长，履新的陈局长还兼任台长。

（原载 2010 年第 10 期《作家》，
2010 年第 12 期《小说月报》转载）

猴子法则

我这次回故乡来，空前低调，我老婆戏谑地称之为"微服私访"。其实并不恰当，我是去"捞人"，捞一个从小一起长大的朋友，能不能捞出来，那要看他的运气，看人家给不给我面子了。

照常理说，我在故乡这块土地上，面子够大，说起我的名字，可以说家喻户晓，上了县志、名人录，杰出贡献者、感动故乡人物……许多光环笼罩在我头上。我回家乡时，常有中学生围在宾馆前通宵达旦，就为得到我一个签名。县委书记戚为正很感慨地说过，爹妈给了我一副好嗓子，就是学鸭子叫，别人都会说那是千古绝唱，想不出名、想不发财都不行。

铁打的衙门流水的官，不管县里的头头怎样走马灯似的换，有一样是恒定的：新官履新，必来拜会我，就像过去县太爷上任，不能绕过势力盘根错节的土乡绅一样。多年来，我一直是他们的座上宾。县庆呀，办博览会呀，引进项目落成典礼呀，我都是必不可少的一道风景，仿佛缺了我这个歌星捧场，就会大煞风景。当然，我也给家乡父母官们出过不少力，办歌星演唱会呀，疏通上面领导呀，招商引资呀，约请大人物来剪彩、题词呀，甚至也荒唐地帮他们去疏通，抢"国家级贫困县"的帽子。你不要以为这是丢人的事，戴上贫困县的帽子，一年可以从国家那里拿到上亿元的财政补贴、扶贫款，还有转移支付什么的。贫困县不光彩，却很实惠，偷着乐的事。

在县里，不敢说畅通无阻，有个大事小情，我只需一张纸条或一个电话，但别人就是跑断腿也未必办得成。像进重点中学免收择校费啦，优先住解困房啦，女兵入伍啦，甚至不交赞助费进双语幼儿园啦，这样的事，我没少给朋友们办，他们都是混得不怎么样的，我一句话够他们跑半年的。说真的，哪一届班子都没驳过我的面子。

我与他们的关系够铁的吧？

但这一次的故乡之行，我心里忐忑，头一次微服而来，没有了县领导驱车到县界远迎的排场。我头一次这样没有底气。

我太了解我的老同学聂磊了，他是呆子，一根筋，从小就这样。我说过，他这名字就起得别扭，要三个耳朵干吗？说明你耳不聪。三块石头堆在一起，不稳，且又臭又硬嘛。他正是这样的人。

他刚当上交通局局长时，我就劝他别干，那是"高危"行当。全国有一半省市的交通局局长都落马了，谁不知道？难道这些人生来就是贪官？当然不是，常在水边站，哪有不湿鞋的？修高速路，一公里几千万甚至上亿，用老百姓的话说，钱太厚了，谁经得起诱惑？

可聂磊不以为然，他拍胸脯，要干个样子给人们看看。

我现在若见到他，我会用最挖苦的语言来奚落他，打击他的孤傲。你还不是跳不出这个魔咒？怎么样？当交通局局长才两年多，不就被"双规"了吗？看你还有什么脸在我面前唱高调！

我恨他不听劝，也怨他不争气，可气归气，毕竟是从小的朋友，他落水了，我还得来捞啊！

县委书记戚为正能给我面子吗？虽说是县纪委办案，没有他点头，纪委不可能对聂磊实行"双规"。

雪中送炭的事总归没有锦上添花那么愉悦。我是硬着头皮去见戚为正的。他是邻县人，两年前交流过来的，干事大刀阔斧，政声不错。他主政以来，在实现县域经济突破上，在全省名列前茅。

为了见我，他推了一个会议，你没法不领情。对我，一如既往地客气。他没等我开口，就猜到我是为聂磊而来，他真是精明到家了。

我当然不能要求人家徇私情，只能委婉地以打听聂磊案情为由展开话题，我的话是兜着圈子保聂磊，说他这人是个呆子，本来当不好官的。

戚为正哈哈大笑，他说聂磊可不呆，内心极为精明，却以呆的表象示人，是大智，而非大愚。

我不好驳他。什么大智？真是大智，能让自己掉进去吗？

戚为正很够朋友，他一点儿没打官腔，把聂磊的事和盘托出了。原来去年贯穿全县的一条高速公路建成时，聂磊从上海做了一批纪念金币，每一枚重 20 克，按当今狂涨的金价算，每枚价值 3000 元左右。

我想起来了，我也得过一枚，是通车典礼时发的，嘉宾人人有份，如同各种会议、活动发皮包、化妆品、电子书或 MP4 一样，只是金制品更显眼而已。

戚为正很通情达理，姑且不说送贵金属是否妥当，有问题也只是工作失误。聂磊所以犯事，是他把发剩下的金币，或者说是有意多造，这一批有 80 多枚，就藏在他办公室的铁皮卷柜里，涉嫌贪污。这怎么解释？为什么不交别人保存？戚为正说，想为他辩解都找不出理由来。

我心里暗算一下，80 枚就是 24 万元啊，足可以移交司法机构判刑的。

我马上询问：还发现聂磊有其他经济问题吗？

戚为正告诉我，举报信如雪片一样飞来，正在一一核实。他叹口气，承认聂磊很能干，优点是一根筋，缺点也是一根筋。要命的是，他把大大小小的承包商全得罪了，聂磊宁可让北京的央企公司中标，也不肯给本县企业，肥水偏流外人田。

说到这儿，戚为正明显表示反感。他当然不会站到承包商们赚钱的立场来谈是非，他的角度是父母官的高瞻远瞩，他认为，聂磊这么做，至少不利于培育本土的民营企业家，他们是不如大型国有企业那么庞大、成熟，可自己都不培植，什么时候能崛起？

戚为正用一种怜惜的口吻说聂磊"不可救药"，人固然是好人，可他这个好人像是不食人间烟火的，惹得县里狼烟四起，鸡飞狗跳，他哪个月接不到举报聂磊的信，都觉得不正常了。即使聂磊不出事，戚为正也不得不考虑给他调换一下位置了。去年年底组织部搞测评，在科局长们那里，聂磊得到的测评是不及格、不称职。在建设县内200多公里高速公路的几年里，先后有县长、副县长、政府秘书长、发改委主任、规划局局长、城建局长……大约有几十个有权的人物以不同角度、不同理由要求县委撤换聂磊，声称让他当交通局局长，把持高速公路建设是一大失误。他说聂磊一进去，大家奔走相告，出现群起而攻之的局面，叫他很难办。

戚为正告诉我这些的用意是显而易见的，我没有证据，只能苍白无力地反复强调，聂磊是好人，他是把名誉看得很重的人。

戚为正淡淡一笑，说他更愿意聂磊是孔繁森、杨善洲，并说在纷繁的社会舞台上，有时每个人都戴着假面具在跳舞。这是对我的暗示吗？

我很反感，这不等于否定聂磊吗？可我又没有有力的证据为聂磊辩护，我的来访不可避免地蒙上了乞求的色彩。

戚为正还是赞美了我的义气，并且表示他也很惋惜，也在极力斡旋。他虽然没有公开说"爱莫能助"，但意思我听出来了。

不管真相如何，聂磊犯了众怒是不争的事实，连想宽容他的戚为正都说，好多不喜欢聂磊的人巴不得他出事呢。聂磊终于被人抓住了尾巴，他私吞了80枚金质纪念币！放在卷柜里算不算贪污？发出去多少，剩多少，这似乎是公开的，但若换一种思维，它又有可伸缩性了。

戚为正照例要邀集"四套班子"一起请我吃饭，我没心情，一再婉谢。送我下电梯时，戚为正总算有这么一句话："虽然聂磊是咎由自取，于公于私，还有你的面子，我都会尽力的。"

这话有几分含糊，怎么个尽力法？我没法问。

我的神通也有不灵的时候，纪委的人以"案件正在调查中"为由，无论如何不准我见聂磊一面。我便去看聂磊的老婆顾小晶，她也是我中学同学，在中学当教员。

顾小晶很平静，或者说过于冷静，她评价丈夫完全是第三者立场：聂磊这种人，不得到这样的下场，那才叫没天理了呢！

这是反话吗？

顾小晶劝我赶快离开。听说我去见了戚为正，她冷笑，说聂磊进去，就是戚为正一手策划的。

我有点儿不信，这肯定出于她的偏激。

据顾小晶说，出事前，聂磊已有预感，他可能是被猴群推出来的那个"替罪猴"。顾小晶问我，还记得语文老师讲过的《猴子法则》吗？

我的头嗡一下，涨得老大。那是初二时发生的事。我们下课时在院子里踢球，把楼窗玻璃踢碎了，老师调查时，不知谁起头，异口同声说，带头闯祸的是班长聂磊，聂磊气得涨红了脸，有口难分辩。当时我都替聂磊打抱不平，可我一张嘴说不过他们，我知道大伙恨聂磊，他当班长也是一根筋，从不会遮盖同学的错误，动不动去老师那儿告状，惹得大伙叫他"二鬼子"。老师心知肚明，这是一起泼污水事件，他没有正面为聂磊开脱，他讲了个《猴子法则》的故事。

那故事是这样的：据说，广东人过去有吃猴脑的习惯，抓了些猴圈养在铁笼子里，每当有贵客来时，便要开笼抓出一只猴子，套上面枷，拔去顶毛，敲碎天灵盖，把作料撒进簌簌乱跳的猴脑里，搅拌一下舀着吃……猴子是灵长类动物，太了解亲缘相近的人类了。出于求生本能，它们似乎形成了默契，每当主人打开笼子来抓猴时，群猴必定来一个大协作，拼命把一只它们不喜欢的猴子推到笼子口，让主人捉走。而这牺牲者，往往是最老实、最无辜的，猴子们只是庆幸这一次的幸免，从不考虑下一个被挖猴脑的会不会是自己。

顾小晶今天为什么说起这个故事？暗示聂磊就是那个被众猴推出去代过的猴吗？

我驾车返回省城前，顾小晶偷偷塞给我一个牛皮纸口袋，嘱我回去再看。

我以为是聂磊积累的什么材料，其实不是。我小瞧顾小晶了，她真是个有心人，比起不会侧着身子冲锋的聂磊来说，不知要高明多少！

首先是一本账，分别登记着承包商对聂磊行贿的日期、钱数和退还方式、地点。我粗略算了一下，大约有2000多万。我着实吓了一跳！

接下来是十几封匿名恐吓信，辱骂聂磊"断人财路，不得好死"，甚至在信纸上画上血淋淋的匕首和手枪。

我浑浑噩噩的大脑突然开了窍，断人财路是要害，你断人财路，人家就断你生路，天经地义呀。难怪说聂磊的同事都视他为"另类"，他这样做，别人的官都不好做呀！

牛皮纸口袋里还有一份备忘录，是聂磊写给县委书记的备忘录副本。聂磊发现并揭露了一些弊病，特别是本县承包商"围标"的违法行为。他在文件里为自己申辩：用大型国企，人家开工前垫付30%的工程款，而本县承包商们一分不出，还在质量上做文章，他们居然敢把25厘米厚的路面悄悄地缩减为23厘米，以获取非法利润！聂磊居然与县委"扶植本土民营企业家"的大政方针唱反调，说他以工程质量为上，他没有义务"扶植本土民营企业家"，何况那代价是牺牲国家利益。

真是一根筋，可我不得不赞佩聂磊的一根筋。

这种申辩似乎没有下文，我从戚为正那里听来的，恰是对聂磊肥水外流的质疑。

我脑子里突然又蹦出猴子法则来，聂磊正是被自己的同类推出去的那个"另类"！猴子法则很荒唐，但它正在被人们在潜意识里认同。

我不知道我下一步怎么去捞他。

（原载 2011 年 4 月 30 日上海《民进申城月报》，
2011 年第 7 期《上海文学》转载）

瞎　活

　　你知道什么叫"瞎活"吗？这是古玩收藏界的行话，就是赝品的俗称，你一不留神买到了仿品，就算瞎活，要瞎到手里了。

　　我不是收藏界、文物鉴定界里的虫，但因父亲是国内有数的几位文物鉴定大师之一，耳濡目染，时间长了，也熏出个半仙之体来。于是在我工作的这座北方城市，我也成了香饽饽。人们相信"龙王爷的儿子会治水，老鼠的儿子能打洞"，不断有人拿各种淘换来的古玩、字画来让我过目，连机关里热衷此道的领导们也时不时地把我秘密请到家中去"鉴宝"。我的一句"真"，可能让人家乐得三天睡不着觉，一句"瞎活"，也能让人家沮丧得想跳楼。那种抱着"捡漏"心态的人，哪个不想一夜暴富？收藏界太有诱惑力了，一幅黄庭坚的《砥柱铭》帖居然可以拍出 4 亿多的天价，这可比种田、打工俏多了！

　　后来父亲知道了，特地把我叫回北京，一顿训斥后，给我立下规矩，从此不准染指收藏界，更不准充行家代人鉴定真伪。

　　专务此道的市长俞中金曾半真半假地问过我，你家的收藏若亮出来，是不是可以抵得上故宫的半壁江山啊？

如果我说，我父亲一件文物都没有，别说他未必信，从前连我都不信。那你还解释什么？不如一笑置之。

这次能把年近八旬的老父请出来，并不是我的功劳。他明知是请他来"掌眼"，可还是答应了。"掌眼"也是业内行话，就是鉴定文物。按他的个性，轻重是请不动的，问题是我拿了市委书记刘念纯的亲笔信，他思索了很长时间，还是决定拒绝，后来刘念纯又亲自跟他通了个电话，他却不过情面，才答应了。我明白，这不完全是因为舐犊之情，那是他要报刘念纯的恩。当然我生怕父亲拒绝了，他肯帮这个忙，客观上等于帮了我。我在市委机关工作，刘念纯对我挺关照，据他秘书透露，几个月后面临换届，我凭年龄的优势，是有可能进常委的人选之一，据组织部门透露，下届班子里必须配备一个 40 岁以内的干部。我呢，今年 39 岁，已有 5 年副厅经历，学历更不是问题。

我没想到，纪委书记周俊亲自到机场接机，而且走 VIP 通道，备受礼遇。坐在进城车中，周俊告诉父亲，此前认定市长俞中金受贿所得的字画、瓷器、青铜器，曾请过四位顶着专家头衔的大师来做过鉴定。文物、古玩鉴定的伸缩性太大，刘念纯书记便拍板请文物鉴定界的"掌眼人"来"终审"，周俊说这是市委的决议。我父亲在文物鉴定界有个雅号叫"刘半尺"，这是有典故的。上世纪 50 年代，有人拿了一幅字画请父亲鉴定，他戴上白手套，刚打开画的半尺，画面上刚露出几竿竹子的梢头，父亲脱口道：李方膺！果然不错，李方膺是"扬州八怪"里的人物。此事一经传出，父亲的口碑可想而知。如今请出"刘半尺"来做二次鉴定，确有点儿像上级法院的终审判决，一锤定乾坤的味道。

近来市委机关里的人私下议论，弄不好俞中金可能被网上热炒，既不是数额巨大，也非"二奶"、情妇过滥那种，他纯属另类。他对收藏的痴迷程度，我们都有耳闻。不管上海、北京的拍卖会，他都会想方设法挤进去，不拍不卖，只说是"学习"，"沾点儿灵气"。据传闻，俞中金为官多年，从不收礼金，但你若送古玩、字画，他可是来者不拒。这次一传出他被纪委"双规"的消息，机关大院里很多人奔走相告，解气之余又都想开开眼界，总有一天会开个罪证展览的，到那时俞中金到底搂了多少稀世之宝，就大白于天下了。

这都怪他自己太"高调"。过去，俞中金常吹嘘自己将来想开一间私人收藏博物馆，今天说元青花大罐是"镇馆之宝"，明天又说他的鎏金骆驼俑天下无双，估计他是按捺不住。时下被称为"雅贿"的行径，前几年还不被官员们看得太危险，你若指证他受贿，他会说那不过是一件"仿品""瞎活"。一幅张大千、傅抱石的画，能卖几千万，但也可能被指斥为"瞎活"，那就一文不值。

为他的招摇过市，刘念纯曾狠狠批评过他，说他"玩物丧志"，说他吹牛，贬斥他那一堆破烂坛坛罐罐没一件真货。从那以后，俞中金收敛得多了，谁再问起，他总是说"太业余""没什么真藏"，全是"瞎活"，高调变为低调。

机关的人还是宁可相信他的收藏价值连城，几年前就风传某某地产商为得到寸土寸金的黄金地块，拿了明代宣德釉里红出戟盖罐向他行贿，说得有鼻子有眼儿的。说句公道话，俞中金是个很务实很能干的市长，他执政的 5 年，市里的发展突飞猛进，连街道老太太都念叨他好，没有迹象表明，俞中金有被"双规"的风险。若不是送他元青花罐的老总傅大巴掌非法集资案发被抓进去，不可能牵出他来。

不知为什么，欢迎晚宴上，刘念纯没有出面，周俊给出的理由是，中央来了一位部长，刘书记正陪着在下面视察，分不开身。这种理由是不用现编就天天有的借口。走进宴会厅时，我偷偷斜了父亲一眼，怕他怪刘念纯摆官架子而心里不快。父亲多大的官没见过？谁不对他高看一眼？刘念纯为人处世向来平和淡定，滴水不漏，今天唱的是哪一出？避嫌吗？本来是公事公办，用得着避嫌吗？他与父亲的关系绝不一般，每次进京开会，他都不忘迈进我家门槛，主动讨酒喝，要求去东来顺涮羊肉。东北的土特产，包括含硒大米，都不时地派人送来品尝。

当周俊举杯时，我心里忽然一动。刘念纯从前也是个收藏迷，我记得他当地级市市长时，曾拿着一幅石涛的画上门，请父亲指明真伪。父亲一看，相当震惊，那是一幅工笔纸本真迹，是一幅罗汉图，在石涛画作里也是精品，我印象很深。父亲恭喜他得了真藏并教他保存在什么样温度、湿度下的常识，不过刘念纯淡然一笑，解释说，他不过是"过路财神"，这幅罗汉图是一位朋友托他送来一辨真伪的。是耶？非耶？父亲当然不会穷追，现在那些怕露富的宝主们一上鉴宝台，大多都称是代朋友来鉴宝的，彼此彼此。

晚上 11 点，父亲就要上床休息了，刘念纯来了，双手抱拳，连说"多有得罪","请来真神却没及时上香",说毕一阵爽朗的大笑，我相信父亲心头的不快一定消除了。

就像面对和尚谈佛经，面对厨子讲火候一样，刘念纯一坐下来就大谈收藏界的奇闻轶事。看来刘念纯对文物收藏还真在行，他与父亲很聊得来。说起收藏界的"乱象"，刘念纯用语挖苦：一件假的金缕玉衣，居然被包括王树青、杨伯达在内的四个顶级文物鉴定大师定为国宝，给出 24 亿的天价，让那骗子从银行贷出 7 亿巨款。一提这茬，我父亲脸都红了，好像被指脊梁骨的是他。父亲一副无奈表情，连说几句"有辱斯文"。金缕玉衣的事一出，我曾替父亲庆幸，那天本来也请他去的，他因做了个皮下脂肪瘤小手术，临时婉拒，没戴上这顶耻辱的帽子。但又一想，以他的执拗较真脾气，也许不会出现隔着玻璃柜子草草看一眼就给出天价的丑闻。

父亲又一次浩叹，这一行水太深，光是深倒也罢了，水又太浑，想发财的人都来蹚浑水，有的业内专家，既当运动员又当裁判员，委托别人到电视台去"献宝"，自己再以专家身份鉴假为真，给出高价。这就是行内人所说的"拉高出货"。中央电视台推波助澜，到处在办寻宝、鉴宝、夺宝栏目，以至于快形成全民淘宝狂潮了。刘念纯说，有一个保守的估计，目前中国有近 7000 万民间收藏家在做着同一个发财梦。藏家都会编瞎话，明明连刚出炉的热气还没散光，却非要说宝物是爷爷的爷爷祖传下来的……我父亲苦笑一下，可惜，到了这个年代，捡漏的概率比飞机失事还低。按古玩业内行话解释，"捡漏"就是用最便宜的小钱买到价值超值的古董。"瞎活"不断被各种拍卖会漂

315

白、变真，随着赝品的泛滥，草根手中的宝贝 95% 是"瞎活"，这像击鼓传花一样，难料"瞎活"最终瞎在哪个倒霉蛋手里。

刘念纯有同感，他很内行，他称收藏是一门大学问，正所谓"缩龙成寸，铸博为约"。为了印证父亲的判断，他又一连举了几个贻笑大方的例子。杭州一家博物馆收藏的"镇馆之宝"是唐代大执壶，据说是从古运河底出土的，结果是"瞎活"。我父亲哼了一声。他是第一个否定的人，此前有几位挺有名气的艺术品评估鉴定委员会的专家都肯定了，2004 年还上过央视赛宝大会，名噪一时，还张罗要申报国家一级文物。父亲和几位专家给出的结论叫多少人颜面扫地：大壶不过是上世纪 90 年代的仿品。他的质问无人敢应答：这壶既是长沙窑人物贴塑大执壶，这么大的壶，形体就不符，从实用性来说比例不对。如果盛满了酒或水，这么单细的壶把和壶耳岂不要不堪重负而断裂？而况在河道淤泥里埋了上千年竟会完好无损？他说，这不是"打眼"。打眼也是行话，刘念纯懂得，是指看走眼了。为了求真，父亲动了心思，还真的找到了大执壶的造假工匠，这位有"壶王"雅号的人，1989 年就一口气造了 30 件同样尺寸的大执壶。这消息一公布，收藏界几乎闹了一场地震。

刘念纯同意父亲的说法，这一行里水太深，太浑。说起现在被炒得沸沸扬扬的元代青花瓷，他更是觉得不可思议。元青花瓷存世不过 400 件，只有不到 100 件在国内，又大多是各大博物馆的馆藏，怎么各拍卖行一下子冒出这么多元青花瓷呢？

说起元青花瓷旋风，我都明白自青花鬼谷子下山罐拍出 2.3 亿天价后，造假者便蜂拥而上。

刘念纯知道得真多，好像在这浑水里扑腾过似的。他承认造假者都是高智商，很厉害。古时官窑作坊为了保证胎泥细腻均匀，泥巴要在水中浸泡十多年，现代人可没这个耐性，他们用高科技手段研发出真空粉碎机，出来的胎泥完全可以瞒过鉴定人的眼睛，让现代仪器无奈！作旧时，一件瓷器要在古墓葬土中埋几个月，再投进尿池中，加高锰酸钾浸泡，煮黑，看上去年深岁久，历尽沧桑。

给我的感觉，刘念纯不厌其详地说这些收藏界的弊端，不过是铺垫。后来他话锋一转，用讥笑的口吻说起被审查的俞中金来，他说，在没收的收藏里，据说有一件元青花大瓷罐，他首先持疑义，这可能吗？几乎可以肯定是"瞎活"。不能说刘念纯的疑惑没有道理，虽然他只是点到为止，我却有同感，这可开不得玩笑，收藏品不同于现款、金锭珠宝，明码实价，古玩哪有准，一路疯长不说，万一被认定价值几千万的东西是赝品，藏主为此掉了脑袋，岂不太冤！

他赞赏我的观点，他的话还上升到哲理的高度：进了教堂不等于你马上能见到上帝。他说俞中金这人容易头脑发热，他不是没交过学费、没跌过跟头的。我明白，他指的是5年前俞中金走麦城被骗的一件往事，今天想来都忍不住一乐。因为大家都知道俞中金酷爱收藏，小有名气，好多想出手文物的贩子常登门去兜售。那一年，一个文物贩子拿了唐伯虎的四扇屏去游说俞中金，要价5万，他很动心，吃不准，不敢买，那贩子便说，没关系，买卖不成仁义在，可以把原画照片留下，如有买主，请他帮忙推荐。过了些天，在收藏家协会的聚餐会上，真有一位买主搭讪，索看了唐伯虎字画照片，认为是真迹，愿出价 10 万，还留了 2000 元订金，约定等他电话，三天后来取货。俞中金乐不可支，宴会后立即给画主打电话，叫他带画过来，当场备了 5 万块，一手钱一手货成交。可是左等右等，那位愿以 10 万高价求购者从此没了踪影，连手机号都成了空号，干赔 4.8 万，他把砸在手上的唐伯虎画作拿到博物院一鉴定，却是仿品，瞎活，最多值 100 块钱手工、工本费。这让俞市长赔了夫人又折兵，曾一度成为笑柄。

为什么引申出这段故事？这是不是他们请父亲来做二次权威鉴定的初衷呢？话里话外，我听出来，凭第六感觉，第一次鉴定对俞中金肯定不利，不然刘念纯不会说文物鉴定界鱼龙混杂的话，他对南郭先生们滥竽其间深表痛恨，虽有了第一次鉴定，为避免草率，不得不劳动父亲大驾。他没说第一次鉴定到底是什么结果，言语之中的不信任是很明显的。

接下来，一听刘念纯对俞中金的评价就更明白了。他说，在业内大家眼里，俞中金也许就是个收藏界的不入流的"发烧友"，二百五！出于慎重，出于对干部负责，刘念纯既不姑息，又很重证据，很有人情味。他说，不因为你是高官，就不被人捉弄，他有现成的例证支撑。去年上海博物馆举办了一次傅抱石的作品特展，经傅抱石的儿子傅二石鉴定，全部是伪作，而这些收藏的主人竟是北京一位很显赫的高官。这件事我也知道，这曾弄得那位高官很没面子，也许他办特展本身就欠考虑。我明白，刘念纯用的是类比法，焉知俞中金不是北京高官的翻版？

　　父亲没说什么，答应明天集中精力去鉴定。他唯一的条件是，想看看上次艺术品评估专家们鉴定的结论。刘念纯一口应允，这是理所当然的，为表示尊崇和信任，他再三强调，一切以父亲这次的鉴定为准，一锤定谳！

　　父亲并没因为刘念纯的信赖而自得，晚上我陪他住在迎宾馆，我发现他一夜没睡好，好像心里存着事。他有什么难处吗？这种鉴定，以他的学识、经验，本来是小菜一碟呀！父亲把当今文物鉴定者分成四类：第一类是学者型，有渊博的历史、考古、艺术、化学、民俗、地质、矿物等学科的综合知识，对文物的品相、年代、用途归类，都有很深的造诣，但鉴定水平不一定高。第二类是结合型，有著述，有研究，也有实践。第三类是市场型，古玩贩子居多。第四类不值一提，完全无操守的人，人家拿钱来，便给鉴定证书，要哪个朝代就开哪个朝代。一个自称是父亲"关门弟子"的人，拿来一件假红山玉枭，在我面前展示，如是真的，我知道这种东西的价值，存世不足300件，少说值50万。他倒也不瞒我，原来是从潘家园小摊上花30块钱买来的，若是真的，他买得起吗？他诡秘地一笑，说他可以点石成金。他真有办法，找一家鉴定中心，花1000块鉴定费，拿到证书，又不知怎么串通了拍卖公司，竟以52万的天价出手了！我父亲听了，叹一声"道德沦丧"，从此不准此人登门。

　　我父亲从来没说他属于哪一类专家，我想他应当是第二类。解放前他就在故宫博物院，干了一辈子，出过十多部专著，重要的文物鉴定几乎都少不了他的签字。

　　他胆子不大，又把名誉看得比命值钱。这几年收藏持续升温，他反而很冷静，请他去鉴定的挤破了门，他挑挑拣拣，很少去捧场，他说既不想锦上添花，也不去为虎作伥。他很全面，字画、瓷器、漆器、木器、珠宝玉石，他样样精通，一辈子没出乖露丑过，他对我说过，保持操守最好的办法是不贪财、不媚官，不懂的不开口，绝不留笑柄给人。

如果说一般的文物鉴定只涉及价值，那这次的鉴定可关乎一个人的命运、生死，一点儿不亚于法官的判决，而且是先决。是不是父亲感到了空前的压力呢？他不与我交流。

第二天早饭后，纪委书记和三个工作人员来请他，他面无表情地上了车。向来一丝不苟的周俊对父亲说，我可以一起去，这是破例，也是体现对父亲的尊重、信任。父亲看都没看我一眼，硬邦邦地说了一句"他去干什么"，就上车走了。

出于好奇，其实我还真想一睹俞中金藏品的庐山真面目，更想见识一下他那宣德釉里红出戟盖罐，我听父亲说过，存世不过三五只，他居然拥有？吊人胃口，可惜老爸不给我这个机会。

直到傍晚，父亲才回来，显得很疲惫。我给他在澡盆里放了水，让他洗洗解解乏，一小时后刘念纯来请他去吃便餐。

他面无表情地往浴室走，我小心翼翼地问了一句：怎么样？你在鉴定书上签字了？有国宝级的吗？

他很烦地说，他看了一天，根本没说一句话！

这是慎重还是有顾虑？他不说，我也不敢问。我猜测，他遇到了空前的难处，不会是学术上吃不准，那他可以搬救兵，他遇到的可能是涉及学术良心的难题。

他在浴室里转悠一会儿，根本没脱衣服，又出来了，神不守舍地沉默了好久，突然问我：你非得争那个常委吗？这太突兀了，但我的眼前也倏然亮起一道闪电，他终于泄露了天机。我正要追问，刘念纯来了，一个人，秘书都没带，很罕见。父亲马上站起来打招呼，脸上总算有了点儿僵硬的笑容。刘念纯提了个很普通的塑料袋，打开来，是一些熟食，还有一瓶地产名酒。

刘念纯说，便餐取消了，前呼后拥的，饭也吃不消停。他看了父亲一眼，半开玩笑地说，这些食品都是宾馆自产，他敢保证，地沟油暂时还不敢入侵市委的餐桌。我真想开他一句玩笑，奚落他一下，地沟油、三聚氰胺、苏丹红、瘦肉精什么的，敢说与政府无关吗？可我没敢，毕竟他是上级，又当着家父的面，怕他脸上下不来。

吃着，喝着，刘念纯谈笑风生，一句也没问鉴定结果，似乎忘了。今天他谈的都是往事。一提起这个，我见父亲软化了，他再一本正经，也不会忘记恩人。那是"文化大革命"期间，我父亲被下放到这里的大山沟里走"五七道路"，因为他有一技之长，当时在市文化局当局长的刘念纯便把他请进了省城，负责整理博物馆藏品。光复那年，伪满傀儡溥仪逃往临江大栗子，仓皇间，来不及把所有文物古玩带走，只带一皮包珠宝逃遁。溥仪当年离开紫禁城时，把皇宫国宝偷运出几十大箱，先藏在天津静园，后又运来东北。东北一解放，老百姓趁乱洗劫，好多国宝级文物流散民间。那时可没有收藏热，人们也不认货，地摊上到处都在叫卖，苏东坡的真迹给一个苞米面大饼子就出手，一只殷商青铜鼎竟被老乡当作鸡食碗。幸亏后来省博物馆出面逐渐收回一些。父亲被请回城里，就是清理、鉴定这些散乱堆积在库房里的文物。

1976年，博物馆失窃，丢失了几件国家一级文物，专案组诬指父亲"监守自盗"，用逼供的手段迫使我父亲认罪。他的肋骨都被打断了6根，宁死不屈招。后来还是刘念纯保了父亲，那他是要担风险的。军代表问他：你有足够的证据证明他没有作案嫌疑吗？刘念纯反唇相讥：那你有足够的证据证明他监守自盗了吗？好歹折中，先把人放出来养伤，案子"挂起来"。

也是老天有眼，一年后，盗窃博物馆的团伙因犯别的案子落网，顺便招了盗窃文物的罪，这一下我父亲沉冤昭雪，刘念纯也因仗义、果断和爱护人才而大得人心。

父亲说过，是刘念纯给了他第二次生命，否则必死无疑。死倒不可怕，他最怕的是死得不干净，带着污点被人们用怀疑的眼光送入火葬场。

父亲见刘念纯根本不往正事上谈，就主动阻断他忆旧的话题：你不想问问今天的鉴定结果？

刘念纯哈哈地笑了，他说，不用问，俞中金那家伙是有骆驼不吹牛的主，虽没见识过他的藏品，却也不相信他会淘着国宝，他搞收藏，不过是虚荣心作怪，也想附庸风雅而已！他只有被别人骗的。刘念纯顺便又说起了不久前的一场伪画风波：吴冠中的一幅《池塘》在上海翰海拍卖会上以253万的高价拍出，买主得意扬扬地跑到北京去见画家本人，吴冠中否认这是他的画，并不客气地在裱玻璃上写了"此画非我所作"几个字，那买主肯定连跳楼的心都有了。行家尚且被骗得这么狼狈，何况不懂水深水浅的俞中金？

我和父亲不由得交换了一个眼色。父亲仿佛用眼睛问我，这话是什么意思？这也正是我想弄明白的。是为俞中金打保票，打掩护？还是逻辑推理？也许只有一种解释，刘念纯出于对俞中金的了解，根本不相信他手里有真正的国宝，那么即使这些文物是别人对俞中金的"雅贿"，最后折合成人民币也没几个钱。

话题又悄悄从俞中金身上移开，刘念纯感慨地说，人们都说，18世纪世界艺术品桂冠是戴在法国人头上的，因为人家有卢浮宫；19世纪英国人独领风骚，大英博物馆震撼世界；20世纪不得不首推美国，大都会博物馆抢去了风头；而到了21世纪，恐怕谁都不敢与中国争锋了，中国有多大，博物馆就有多大。

挖苦得够辛辣的了，我们都被刘念纯的幽默和嘲讽逗得捧腹大笑。

我明白，俞中金被查封的宝物真假、作价多少，直接关系到对他的定罪、量刑。从这个意义上说，父亲的角色既是鉴定师，更是量刑师爷，他估价越高，俞中金离死神越近。我悟到了，这正是家父有如骨鲠在喉的原因。

父亲向来矜持，以守身如玉为荣，有些话他即使想到了，也不便问出口。这时候正好我装傻充愣，问得再唐突，再不得当，顶多被人讥笑为浅薄小子，我的面子不值几个钱。我于是以玩笑的口吻说，万一俞市长花大半辈子心血搜集来的全是破烂，那可亏大了。

刘念纯说，那倒救了他，是他的福气，那才叫塞翁失马。

他叹口气，平心而论，俞中金是个不错的干部，但愿他别被他收藏的破铜烂铁坠下深渊。

我又注意到了父亲投来的目光，这一次我一下子就领悟了，父亲懂得了刘念纯的良苦用心，刘念纯不希望俞中金出事，当然首先希望他收藏的全是"瞎活"假货。

我替父亲问了一句：如果别人送给俞市长的全是"瞎活"，那怎么定案？

刘念纯又大笑起来，一场虚惊总比出一个贪官好吧？俞中金被"双规"的消息不胫而走，网上跟帖的一片喊打声，在他看来，这对党的威信是有极大损伤的，当然了，即使是赝品，他收人家东西也不对，但这只是批评教育问题了，一个假元青花瓷瓶，价值几百块或上千块钱，与上亿的文物能一样打屁股吗？

在送别刘念纯时，我父亲告诉他，这次鉴定不同过去，他不能草菅人命，要慎之又慎，这是他今天对纪委的人保持沉默的原因。他表示，打算明天再慎重地去掌一回眼，一定给刘书记一个满意的答复。

我扫了刘念纯一眼，他谦恭地笑着，再三向前辈致谢。

回到房间，我等父亲先开口。他说的"满意的答复"究竟是何所指？是指实事求是呢，还是另有含意？

父亲没有正面回应，他在屋里迈了一阵方步，忽然问我：刘念纯他有收藏的爱好吗？

问得挺突兀，但肯定不是没来由的。我渐渐悟出父亲此时内心所想了。我有过耳闻，刘念纯其实比俞中金更有文化，更懂收藏，但他的藏品究竟有多少，有多少珍品，他从不示人，对收藏的话题也从不在人前说及，他那内敛的个性与喜欢张扬的俞中金恰好相反。我忽然想起他代别人进京找父亲鉴定石涛罗汉图的事，焉知那画不是他本人的藏品？一个堂堂的市委书记岂能给别人当跑腿学舌的？

父亲的提问，证明了一点，他此时琢磨的是刘念纯请他出山的真实动机，鉴定受贿文物真伪并不重要，重要的也许是把俞中金"捞"出来，而更深层次的叫我想来都悚然心惊，"捞"俞中金还是第二位的，刘念纯更怕的是拔出萝卜带出泥。万一那些向俞中金行"雅贿"的人，也同时满足过刘念纯的收藏胃口呢？这推理虽然对我的书记有点儿不恭，可我思维的野马就是拢不住了。现在父亲被推到了悬崖边上，不想跳下去，那就只有一条路，不管真假，把俞中金的元青花瓷瓶等一律鉴定为"瞎活"，也就等于表演了一次"刀下留人"的绝活，而且不显山不露水。

我把话挑明了，父亲没再否认，似乎很欣赏我的成熟。既然明白了刘念纯的真实意图，我知道最终父亲会按他布下的棋局下子，不过他会很痛苦。

果然父亲像自言自语地说，他一直想找个机会报答刘念纯，可人家一路官运亨通，根本没有机会，反倒是刘念纯暗示过几次，要关照他儿子的进步，这一来，不但旧情未还，反添新债了，他一直心里不舒服。

这不是机会来了吗？却不想是这么一种方式，有点儿匪夷所思，对父亲这样一生重操守的知识分子来说，甚至有点儿残酷。现在我明白了，父亲跟随纪委的人鉴定回来为什么心事重重。按常理，很简单嘛，反正只有真与假两种结论，照实说就是了嘛！

令父亲苦恼的是，他不能照实说！这样看来，俞中金手里的元青花瓶、宣德釉里红出戟盖罐也许是真的。如果本来是"瞎活"，正是刘念纯所希望的结局，还有什么不好说的？说出来岂不皆大欢喜？

我没敢正面触及元青花瓶的真伪，迂回地问父亲，如果是真品，鉴定为"瞎活"，是不是要考虑后果？若是行贿人跳出来指证怎么办？

父亲苦笑了一下：这倒不必担心。哪个行贿人敢说他送出的文物肯定不是赝品？话语权不在他那里。至于指鹿为马的事，在国宝鉴定这一行里，什么笑话没出过？任何鉴定大师都有看走眼的时候，只要不是坏了学术良心，那就不怕，看错了，不要说法律责任，连道德责任都不必负。话又说回来，像父亲这样举足轻重的权威，他发了话，别人就是明知有误，也会三缄其口，谁肯去做坏了别人名声、坏了行内规矩这种事？一句话，对他没有风险。

那还怕什么？当然是学术良心了，他自己嘟嘟囔囔地说，一辈子清白呀……他鉴定文物好坏，除了真伪，还讲品相，他在一本学术著作的自序里就说过，文物讲品相，人讲品格，这应是一致的。这就是他所尊崇的学术良心了。

问题是，刘念纯出面了呀！这也是父亲报恩的机会呀，他若公事公办，那就是恩将仇报了，我明白，此时父亲那颗衰老的心，正在学术良心和人情良心的天平上挣扎，忽而这头沉下去，忽而那边压下来。

天快亮了，一夜之间，父亲仿佛苍老了许多，但掩藏在深深皱纹中的表情告诉我，他已下了决心。纪委书记来请他下去吃早点，他都没胃口，他轻轻说了句，走吧，今天一定有一个结果。

是什么样的结果，我已在父亲通宵达旦的痛苦折磨中知道了答案，也想象到了俞中金案喜剧性的结局。我担心，父亲从此会跌进精神的炼狱，晚景不会阳光。他把80年的自己颠覆了！

他走出宾馆上车前，像是对自己，也像是对儿子，更像是对他一直信奉的学术良心说了一句告别词：这是此生最后一次"掌眼"了。

令他伤心的是，他人生画的句号却是"走眼"，最大的"瞎活"，他能不痛苦吗？

（原载 2012 年第 8 期《作家》，

2012 年求是杂志社第 5 期《红旗文摘》选载，

2012 年 10 月《中华文学选刊》选载，

入选长江文艺出版社《2012 年中国短篇小说精选》）

情　圣

我像往常一样上班，不过今天有点儿异样。在玄关下、楼厅内，机关干部们都神神秘秘地交头接耳，在议论什么，不像往日恭敬地同我打招呼，退让一旁，看我的眼神全都怪怪的。我敏感地注意到，几乎所有的目光都向我聚焦，与我的目光稍一接触，又闪电般躲开。我挺不自在，有几分恼怒，不要说对我这个地级市的市委书记是大不敬，凡有人格自尊的人都无法容忍这公然的蔑视。

出了什么事？显然不是好事，似乎与我有关。我的心不免一阵咚咚乱跳。走出电梯，见秘书鲁岩幽灵一样守在我办公室门口，眼神也像飘忽不定。我尽量镇定一下自己，看也不看他，吩咐他把下午常委会的议程发下去，就走进了办公室。

鲁岩溜了进来，没有像往常一样给我先沏一杯茶，却把门从里面锁死了。我的心一沉，仿佛意识到某种危险正向我袭来。我问他：干什么这么神秘？我不是告诉过你，泰山崩于前而色不变吗？

　　鲁岩咧嘴苦笑一下，凑近我，小声问我：刘书记昨天没上网吧？

　　上网？莫非网上出现了什么爆炸性新闻？这一阵子，好多涉及腐败官员的"不雅视频""房姐""房妹"之类的东西不时地在互联网上搅起一阵阵波澜，这威胁是潜在性的。我周围的好多干部都把名贵手表收起，甚至干脆不戴表，也绝不在公众场合掏出名牌烟来抽。在生活细节上炫富而栽跟头，犯不上。

　　我算是比较低调的，无论官场、民间，我的口碑好是公认的。当然，我也是肉身凡胎，不敢说内心世界里没阴暗角落，但我为人处世向来谨慎，每走一步，都会思前想后，把可能出现的弊端想充分，我连那些潜规则如灰色收入都不沾。我一时想不出，我怎么会被网上的黑手推上风口浪尖。

　　我嘴上硬，心里还是没底，这年头，有几个官员不怕网上"人肉搜索"的？只要盯上你，能把你祖坟都掘开。望着墙上我手书的斗方，是"慎其独也"四个字，这是我的戒条。我做事这么小心，如履薄冰，如临深渊，难道还会出纰漏？那真是老天跟我过不去了。

　　作为秘书，鲁岩自然是与我一荣俱荣、一损俱损的，我落水，他也会窒息。他几次欲言又止，大概碍于我的脸面，他到底把话咽回了肚子里。他走到写字台前，打开电脑，示意我自己看，说了句"我在隔壁等"，就轻轻开门回秘书室了。

　　我来不及坐下，急忙去看网页，是一段不堪入目的桃色视频，两个交媾男女，天哪，这女人不是柳飏吗？男的除了我还能是谁？幸亏看不清面目，但标着我的名字和官衔。我又惊恐又绝望，关了这个，下一个跳出来，网上在发疯般转发、下载。过去只在旧小说里看到过"真魂出窍"的描述，却从无体验。而今天我算尝到真魂出窍的滋味了，那一刻我头脑一片空白，只剩一副躯壳。

直觉告诉我，我被人设计了，我落入了别人挖的陷阱。对，一定是这样。前天浏览网页，重庆有 11 个厅局级干部、国企老总面临灭顶之灾，他们在不到一年的时间里，被一个叫赵红霞的女人拉下水，上床纵欲视频先后曝光于网上，成了一大丑闻。后来破了案，原来是一个敲诈团伙所为，他们用同一女人，向官员展开攻势，在苟且场所预先安放录像机，然后用视频截图向这些人敲诈巨款，百发百中。案子是破了，可这几位仁兄的官也做到头了。网民还在网上公布了一段颁给赵红霞的极其挖苦的"颁奖词"：玩弄高官于股掌之上，把半个山城骑在胯下；敞开胸怀向贪官展示两颗炸弹，张开双腿为他们打开地狱之门；她以平凡的肉体打响了反腐一炮……

在我嘲笑这些蠢货没几天后，我就遭遇了同样厄运，太恐怖了。是谁干的？也是敲诈团伙？似乎可以排除，到现在没人向我索要封口费，他们先行在网上发布，那岂不是鸡飞蛋打一场空？

那么，只有两种可能，或政敌，或寻机报复。

我非完人，尽管我官声正，人缘好，也不可能交下天下所有的人。我知道人心，即使你为他办了九件事，第十次没有满足他，他照例会恨怨。我尽量冷静地梳理着有可能对我下黑手的人，政界的、商界的，上访户，没得到提拔的下级，因出让地块得罪过的地产商，拆迁时堵在市委门前叫骂的钉子户，甚至对我行贿被我拒收的人……人人皆有可能，又都不像。这事又不好通过网监、上手段，如果是在网上对我谩骂、诋毁，又当别论，自有人替我整治。可现在自己的龌龊形象亮在大庭广众面前，你有脸动用权力？

冷静，再冷静，我尽量客观地分析，反复观看每一段视频，终于发现了疑点：这些画面的背景都不相同，通过仔细回忆，我能辨别出哪是在柳飔的卧室，哪是在宾馆，哪是在办公室，甚至有旷野草地。如果是有人设计，这么多场合，设计者怎么可能全都安上录像机？又怎么能预知我们幽会的地点？野外往哪儿安录像机？这恐怕是克格勃都办不到的。

除非这个爆料人随时像影子一样跟踪我们，这是无法想象的。那么只剩下一种可能，秘密录像的人就是柳飔！看视频，有些画面一直在晃动，时而焦点不实，也能证实录像机似乎是手持的、运动状态的，也许是纽扣式的、针孔式的装置。

我被这种推测吓了一跳。这怎么可能？我们一直以纯情相许而自居，从来不是权色交易，她怎么会这么干？除非她精神不正常。或者她留下这些证据，以备将来有一天我厌倦她时，拿出来要挟？这倒合乎逻辑。

难道她也和那女博士一样发飙，不计玉石俱焚的后果，把丑事晒给天下人看吗？目的是什么？要钱？也不该是这么个要法呀！捅到网上，我一旦犯事，钱还要得到吗？任何理智健全的人也不会出此下策。何况她不是这种缺乏理智的人，她那高雅的谈吐、小鸟依人的温顺性格，都注定她不会有此暴烈、失常的举动。那么只有一种解释，她虽录了像，却不慎落入别人手中，被人利用了。

这也不是无懈可击的答案，既然被人利用了，发生了这样灾难性的后果，不管是出于保护她自己的本能，还是怕牵连到我，她都应该在第一时间跑来找我，她天天泡在网上，怎么会不知道自己已被卷进可怕的旋涡？

我马上拨打她的两部电话，移动的、联通的，还有座机，居然全都关机。这也是反常的。她会不会在她的博客上反驳、自辩？

我试着打开柳飏的博客，她的网名叫"情圣"，网页上依然挂着让我心醉的、风姿可人的情圣照片，正冲我浅笑，一如从前。

可恨，真让我狼狈不堪，那些见不得人的视频就挂在她的博客上，她展示了七段视频，她是源头。

我的心骤然间停跳了。我虽不相信海誓山盟，可她送给我的照片上的一段名言，是那么刻骨铭心啊！

我不由得从抽屉底层取出她的玉照，那上面写着：上邪！我欲与君相知，长命无绝衰。山无陵，江水为竭，冬雷震震，夏雨雪，天地合，乃敢与君绝！

这首《上邪》出自乐府诗，一个痴情女子连续举了五件不可能发生的事，来表白自己忠贞的爱情。我本来不知道这首诗，她却信手拈来题赠，并且给我讲了含意，我当时惊讶于她的学识，也被她的真情打动，庆幸自己在茫茫人海中找到了红颜知己。或许她感情太投入了，便总是疑心重重，生怕我始乱终弃。用她的话说，哪个领导身边不是美女如云？

也正因为她怕受伤害，她常半开玩笑地敲打我说：你小心点儿，你若对不起我，我也会像那个女博士把她和编译局局长的风流韵事发到网上一样，看你怎么办。我当时用热吻堵住了她的嘴。柳飏这人温柔又善解人意，她从不向我索取什么，就是我偶尔为她买件首饰，她都不显得怎么高兴，她讨厌感情沾有铜臭味，这使我更加敬重她。我和柳飏交往，自信有安全系数。

我这么说了，柳飏哧哧地笑，她说我太过信人，也太过自信了。

这居然是她的真话！我有如面临世界末日的感觉，恐惧、绝望、怨恨，难道柳飏是一只极善伪装的狐狸？我还是不敢相信，活了大半生，阅人无数，我会在她身上看走了眼，犯了如此低级的错误？这可真是大江大海都闯过来了，却在小河沟里翻了船。

会不会是别人窃取了她的上网密码，给她栽赃呢？这又给了我一线希望。

不一会儿，鲁岩过来，悄悄告诉我，他已找过网监，从上传地点、电脑发布源等可确认，发帖人正是柳飏，一下子打碎了我对她残存的幻想。

我成了又一个衣俊卿、第二个雷政富！柳飏温婉典雅的背后，包藏的是怎样的祸心？她为什么在毫无征兆的时候突然用匕首刺穿我的喉咙？此前我一直为自己庆幸，别人找小三、包二奶是肉欲宣泄，而我是在中年之后找到了知己，柳飏为我营造了寄托感情的温柔之乡，繁忙工作之余，官场角力精疲力竭之后，投入她的怀抱，那是一种可以平复一切创伤的精神抚慰。

可现在这是怎么了？我不敢看那些连我都睁不开眼睛的画面，我恨她，也恨我自己。

她这么干，出于什么目的？真是百思不得其解。即使她出于某种原因想撂倒我，也不能把她自己一生的清白、名誉都搭进去呀！给别人送殡，把自己也埋进坟墓的傻事也干出来，除非她疯了。

鲁岩倒显得比我冷静，他出主意叫我马上向省委书记报告，声明受到了诬陷。我瞪了他一眼，还怕事情闹得不大呀！可不报告又怎么样？省委宋为书记可能正为他部下出此丑闻而发怒呢。

毕竟是旁观者清，鲁岩提醒我仔细分辨那些视频，始终是在男人侧后方角度拍的，女人面部极为清晰，而男人面部是侧脸，又显然做了技术处理，根本看不出是我。这就为我提供了"遭遇构陷"和辩驳的机会，焉知不是移花接木式的陷害？这是柳飐为我预留的一个"出口"吗？

虽抓住一棵稻草，最终怕也难以突围。当事人柳飐既发了帖，她会自打嘴巴吗？上级纪委会不找她吗？只要想找，她钻地洞也能把她挖出来。她咬住不松口，我是赖不掉的。

解铃还须系铃人，我必须抢在纪委介入前找到柳飐，摸准她到底想干什么，是个人目的还是被别人利用。我必须马上找到她，弄清她的意图，以求补救。

我的另一部手机响了，这号码是一般人不知道的，只有少数几个朋友掌握。莫非是柳飐？屏幕上显示的号码是陌生的，我犹豫一下，小心地接起来，原来是邻市的市委书记黄力南。

这家伙神出鬼没，什么时候又备了一部手机？我还没想好怎么对他说这件事，他先发制人了：你吓尿裤子了吧？你老兄得罪了什么人，得罪得这么深哪！别怕，我看过了，视频模糊，这年头搞"换头术"小菜一碟。完全可以理解为栽赃，你马上向省委报告。你这家伙，叫人设计了吧？没事，有我呢！你别乱了方寸就行。我正往你那儿赶，一个半小时后到。

像是叫人欺负了的孩子得到了大哥哥的保护，我心里一热，危难时候还得靠哥们儿啊！我太需要他来救驾了。

我正发愁怎样找到柳飏，柳飏来电话了。我不知是喜是悲，是怒是恨，我拿手机的手都在抖。她那带有磁性的女中音还是那么娓娓动听，还不忘她的幽默，她开口就说：我感受到了仇恨的怒火在电话另一端燃烧，幸好是无绳电话，否则会把我烧成灰烬的，止怒才好，怒大不仅伤身，还会使人神经紊乱，导致误判，那你可真要终生后悔了。接着是一阵爽朗的笑声，在我们之间仿佛什么都没有发生。

我怕她再次消失，急着要见她。她告诉我，早知道我需要她，她的车就停在市委后门外，叮嘱我放弃自己的座驾，从后门溜出去上她的车，当然不能带秘书。她又笑着问我：敢来吧？用不用动用公安？你不会以为我会谋杀市委书记大人吧？

我不是没有担心。以我与柳飏的感情，她总不至于加害于我。但是如果她也像重庆的赵洪霞一样，被邪恶势力左右呢？我下楼前还是告诉了鲁岩，叫他在不惊动公安和纪委的前提下，跟着我。

我悄然钻进她的皇冠车。她摘下墨镜，嫣然一笑，说：干吗黑着脸？我的面目没那么狰狞吧？

我回敬她，鬼知道你手里是不是攥着地狱大门的钥匙。她纵声大笑：你还有心情幽它一默，我不用担心你会自杀了。

她把车一直开到江边，这一带远离码头和游人区，野草遍地，很荒凉，我有点儿紧张。柳飓熄了火，潇洒地从坤烟盒里叼出一根细长的烟，点着，悠然地吐着烟环，在手里把玩着车钥匙，一脸坏笑地看着我：心跳加速了吧？你是公众人物，我是考虑到不给你造成影响，才找个人迹罕至的地方。

我趁势挑开盖子，直奔主题。我问她：为什么录床上镜头？为什么翻脸，置我于死地？

柳飓一笑：到底是市委书记，精明过人，判断准确。

我没想到她毫不抵赖，竟然认账。她承认，床上镜头是她随机录的，一来是好玩，留日后自我欣赏，也有留个把柄的念头，万一有一天我背叛她，她也好后发制人。

我恼怒了，可我现在既不是负心汉，又没有威胁到她什么，为什么下黑手，置我于死地？

她把一口浓烟喷到我脸上，嘻嘻地笑着说：为了钱，一大笔钱，你信吗？

这真让人难以置信。与柳飓交往一年多，她从没伸手要过钱，我主动给她一点儿，她都总是婉辞，她说爱情如果染上铜臭，那就一点儿也浪漫不起来了！我曾为此暗中自豪过，在当今物欲横流的年代，这样清纯的女孩真的如大海捞针一样难寻觅了。

现在柳飓的爱情观变了吗？这还是她吗？

柳飓告诉我，那时的她是戴了面具的，现在不过恢复了本真而已。

这么说，柳飓这次把我们的私密晒到网上，真是为了钱？那就直说好了，干吗用这么拙劣、毒辣又损人不利己的手段！

柳飓晒笑：我倒想大把大把地从你兜里掏钱，你有吗？原来并不相信你会囊中羞涩，直到相信了，也绝望了，天底下还真有你这样两袖清风的官，叫我碰上了，怎么会甘心？

我感到失望、恶心，心里一座圣洁的雕像成了冰雕，太阳一出，瞬间融化了，还泼上了一堆狗屎。看起来，她是个老练的猎手，她以为自己捕获了一条大鱼，却不料是个榨不出几滴油水的货。她恼羞成怒了，可没油水还是没油水啊。

她神秘地一笑：恰好这个时候有人肯给我一笔大钱，我还有义务维护书记大人幻觉中的爱情小岛的圣洁吗？为了钱，我不得不背叛爱情，做一桩对不起朋友的事了。

我不懂，难道是有人出钱雇她搞臭我？

她笑了起来，点头认账。

对方出了多少钱？柳飓伸出一根手指。100万？她哈哈大笑：我柳飓也算个体面人物，我的开价不至于才区区100万吧？

难道会是1000万？当她狡黠地点头时，我张开的嘴巴几乎闭不上了。是什么样的人，出于什么目的，出此大钱非整倒我不可呢？

见我情绪低落，她拍着我的手背，叫我别上火，没有过不去的河。她告诉我：我手下留情了。难道你没注意？传到网上的不雅视频虽然点了你的名，却没有把你正面镜头亮出去。这是放你一马。你可以咬紧牙关不承认，声称受了诬陷，就能逃过这一劫。

在我听着发愣的时候，她还有心思打趣我：我这相好的够仁慈了吧？我是你的观世音哪，1000万让我对你举起撒手锏，而爱又让我给你留了一条华容道。

有点儿自相矛盾啊！既然对我下手的人肯出1000万买通她，当我可以逃脱樊笼的时候，人家会善罢甘休吗？她这1000万还拿得到吗？我心里想，又想当婊子又想立牌坊，办得到吗？

她又点了一支烟，她说：我其实没你想的那么好。我给你留下一个逃跑的豁口，是有条件的。

什么条件？当然还是钱。她要我拿出2000万来摆平。

别说2000万，就是200万我也拿不出啊！我觉得她那美丽的脸庞变得无比丑陋，这是我如醉如狂爱过的"天使"吗？这是那个天塌地陷始敢"与君绝"的奇女子吗？

轻松的笑容又洋溢在柳飐脸上，她说：经过我一年来的观察、摸底，你确是个清官，好可怜，你家所有的存款不过二十几万。

那你还逼我要2000万，这不是跟自己过不去吗？

她在讪笑，你没钱，你手里却有生钱的机器。

该死的女人，她想教唆我用权力的机器去榨钱。

柳飐说，你肯定想知道，是谁站在我背后。毕竟你和我好过一回，死到临头，我总得叫你知道，你将要倒在谁的枪口下。

我心里过电影一样过滤了很多有嫌疑的人，都不像。柳飐说，你肯定在仇人、有嫌隙的人当中过筛子，不过，侦察的思路偏移，永远不会有正确答案。

我求她告诉我。

柳飏并不为难我，抛出了底牌，给她 1000 万、指使她对我下毒手的人竟是我最好的朋友黄力南！

我怎么能相信？我一出事，他方才还在第一时间打电话过来，给我撑腰打气，此时正在赶来见我的路上啊！我们的交情可不是一年两年了。我和他一同起步，比肩而进，不但从公务上互相补台，私交也深，无话不谈，从没红过脸。我和他同是拥有七八百万人口大市的一把手，又同是省级后备干部人选，我和他从无矛盾啊。我无论如何不相信他会对我痛下杀手，而且使用这样卑劣的手段。

柳飏叹息地说我吃亏就吃在没有防人之心了。她提醒我，马上要开人代会，这次换届，你和黄力南是不是只能上一个呀？而且你好像排在他之前吧？

我心里猛地一惊，是呀，我和他原本都可以当上副省长的，民主推荐、测评、中组部考察，全都顺利通过。不想半道杀出个程咬金来。按理想配置，省政府班子里需要一个 40 岁以下的人选，一直没有合适的，上个月突然冒出一个，是个小地级市的市长，她兼具别人不具备的优势，高学历，不到 40 岁，少数民族，民主党派，又是女干部，上她一个可兼顾五个硬指标，当然有最大优势。这一来，只剩一个职数，我上，黄力南则无望，过了这个村，怕就没这个店了，下一届，他年龄就过口了。无论是威望、能力还是口碑，我都在他之上。只有扫除我这个障碍，他才有可能当上副省长，这是他动了杀机的根源吗？

从前听老人讲知人知面不知心，我真没看透他这么险恶。方才还在电话里力挺我，给我打气呢，他的戏演得真生动啊！

我仍纳闷，黄力南明知我跟柳飐如胶似漆，他怎么敢去"策反"柳飐？她笑我天真，她提醒我：当初把她介绍给我的不正是黄力南吗？何况有 1000 万垫底！

我恨得牙痒痒的，这个贪赃枉法的家伙，为了权力，为了整倒我，不惜一掷千万，这也许只是他赃款的冰山一角。

我不明白，柳飐究竟想干什么，明知我拿不出 2000 万，逼我又有何用？柳飐咔咔地笑，她嘲弄我：事到如今，还是榆木脑袋不开窍。只要你肯，有人会上赶着把钱打到你账户上，譬如那个崔老板。

柳飐在打崔渊的主意！不久前，为一块黄金地段，崔渊找过我，愿出 2000 万摆平，他还保证，不会出事，答应把钱折成美金，为我存在瑞士，那就进入保险箱了，瑞士银行才不买你中纪委的账。

我当然没干，斥责了他，劝他守法走正路。我出于表白自己的清廉，把这事跟柳飐说过。想不到说者无心，听者有意，她盯上这 2000 万了，并且照此开价。

我真想痛打她一顿，我克制住了自己，但还是把"臭婊子"的粗话骂出了口。

柳飐非但没生气，反倒嬉皮笑脸地说：骂得好，我这个婊子可属于"情圣"级别，梁红玉是婊子，杜十娘、李师师都是婊子吧？可都是历史名人，多少英雄拜倒在她们的石榴裙下！你不是婊子，可男盗女娼自古是连在一起的呀！你以为我不是婊子吗？我来这座城市之前，你知道我在哪儿干过？北京长城饭店的"天上人间"！如雷贯耳吧？

"天上人间"？那是扫黄时被端掉的淫窝呀，我的天，这是真的吗？她一定是故意这么说。我与她相识时，她确是处女呀！

柳飚不屑地一笑：你好像是从古代穿越过来的人物，想当处女还不容易？再做一回缩阴术，重新修补一次处女膜，全齐了！

震惊和屈辱使我一时不知说什么好了。

柳飚告诉我，她无意看到我身败名裂，她只想再拿到2000万，出国走人，去马尔代夫或新西兰，洗去铅华，嫁个好男人，过幸福富裕的生活！她说：对不起了，我是狠了一点儿，把你逼到了悬崖边，可你可以不跳下去呀！

她把手机递给我，让我马上给崔渊打。她说，这是双赢啊，中标时每平方米你少算他200元，也在合理范围内。神不知鬼不觉，那块寸土寸金的地块他就少花4000万，拿出一半给你，何乐不为？

我把电话摔在地上。

柳飚也不生气，她拾起电话说："你不仁，可别怪我不义了。"

我质问她："你想怎么样？"

柳飚显得很轻松，玩弄着手机，说，从黄力南手里敲来的1000万，她只得到一半定金，等到把另外一批更露骨、更能看清我真面目的视频传上去后，自然又有500万进账。若是我肯从崔渊那里拿到2000万，她就撕毁和黄力南的口头协议，也不指望兑现后500万了，对比来说，我毕竟比他亲。她宁可把这些视频资料交给我，任我销毁。这是我自救的唯一办法。到那时候，她一消失，黄力南也就失算了，偷鸡不成蚀把米，眼睁睁看着我安全着陆，稳稳当上副省长，挺好的结局嘛！

为了表示她并非讹诈，她从包里拿出笔记本电脑，装上一张光盘，立刻出现了我和她拥抱在一起的视频画面，这段视频上，我的面目可是一清二楚，无法抵赖！

我的心沉入冰冷的深渊，我恨她，又怕她，她真的把我逼上悬崖了。她警告我，不要打歪主意，抢去这张光盘没用，有复制的；也别动杀机，她事先与朋友约定了，她2小时内不回去，说明她遇害了，他就替她报仇，上传这些视频。

我彻底被打趴下了，这女人的连环计真是丝丝入扣啊！温柔的外表下竟掩藏着如此周密、老辣、歹毒的心计。

我在她咄咄逼人的目光下，已抖抖地拿起了她的电话，求生的本能驱使我铤而走险。可我的手在抖，这一刹那，就是人鬼的分界！我的前边是陷阱，后面是万丈深渊啊……

见我犹豫，柳飏夺过电话，掏出一个小纸条，照着上面的电话号码拨号，她替我叫通崔老板了。

我想夺过电话挂断，手却不听使唤，仿佛抽筋了……

山梨青青
（黑色幽默）

　　那是 1971 年的秋天，我随阶级教育工作队下乡，我一个人包山梨沟大队。山梨沟正处在群龙无首的时候，原来的党支部书记因为瞒产私分被撤了职，急需找个人替补。可全大队十几个党员都推了一圈磨，没执过政的只有两个人，村里人有一句顺口溜，说的就是这事：山梨沟，两头洼，没当干部的有两家，东头老李瘸，西头老郑瞎……经过暗访，我认定这顺口溜就是张二满的杰作，别人还没有这点儿歪才，用今天的时髦话来说，他一下子进入了我的视野。工作队的重点是反瞒产私分，在社员眼里我无异于民口夺粮的角色，不受欢迎是自然的，张二满例外，他的仗义令我顿生好感。我的房东，是经过再三筛选的基本群众，祖宗三代的贫下中农。这并不能改变他们一日三餐给我喝米汤的决心。初时我真的以为农民快断顿了，还认真地向县委打报告，替农民请命。为此我被书记训了一顿，说我下车伊始就哇里哇啦。房东大娘很能说，她管我叫"张工作"，她说去年减产，征购粮交不上，他们早就断顿了，尽吃菜粥度命。

我确实见过他们一家老小当着我的面吃白水煮冻白菜。我正想向上级反映，请求给山梨沟减免征购粮呢。老太太对我说，再困难也不能饿着"张工作"呀！于是她说她特意去了一趟黄山榆岭，好说歹说从她娘家二哥那里借来一葫芦瓢小米，从此我的一日三餐便有了小米粥喝。

那种稀饭也能叫粥吗？稀得能照见人影，用筷子搅半天也看不见几个米粒。放下饭碗，就得扛起十字大镐和社员一起去刨冻粪。一镐下去，一个白点，虎口都震裂了，肚子里没食，咕咕直叫。我挺傻的，根本没想到贫下中农会把我当成进村的鬼子来对付。

有一天，刨粪歇气时我回住处去取文件，一推开门，不由得吸了几下鼻子，好香啊！我闻得出这是新出锅的大饼子的香味。我发现房东大娘又尴尬又慌张，正用屉布把什么东西盖起来。围着饭桌的一家老小也立时停止了嚼咽，然而也都说不出话来，你想啊，腮帮子里塞了满满一下子饭，怎么张口？我什么都明白了，从来没这么伤心过，我下乡来吃苦受累，到头来人家拿你当贼待。我从行李底下找出文件转身要走，不知什么时候跟在我后头的张二满伸胳膊拦住了我。他走到磨盘前，哗一下扯开屉布，露出整整一帘子黄灿灿的苞米面饼子。房东一家人都吓傻了，欺骗工作组有被开斗争会的危险啊。张二满抓起两个热气腾腾的大饼子，往我手中一塞，说："吃，你每天还交一斤二两粮票嘛！"我吃得下去吗？张二满对房东一家人的目光可是够凶狠的了，他吼了一句：人心叫狗吃了吗？

往粪场走的路上，张二满又恶狠狠地骂了半天，说农民自私，目光短浅，不值得可怜。他问我，晚上是不是要开他家的斗争会？我从张二满的眼睛里看到了一丝小狡猾，他演的是小骂大帮忙的戏。我就故意加重语气说，不应该斗争吗？他对我刻薄与否还在其次，有粮却向政府哭穷，山梨沟的瞒产私分在这里露了马脚。我告诉他，县里抓这样的典型还抓不着呢。说完，我就观察张二满的反应。

半晌，他叹了口气说，你们是穿鞋的不知光脚的苦啊！瞒产私分其实不是什么新鲜事，村村如此。不瞒怎么办？上头得意能吹牛的，开春可劲儿吹，是当官的成绩呀！可苦了社员，到秋天打不下那么多粮，上头按吹牛皮的数字派征购，农民不想点儿辙，等着喝西北风吗？你斗争房东也对，可杀鸡吓不住猴，你吃派饭，到张三家还是李四家都是喝稀米汤的命，谁让你是来搞反瞒产私分的工作队呢！

我的火消了不少，并且对张二满有了异乎寻常的好感。他说的都是大实话，一点儿都不藏着掖着的，所以在向工作队长汇报时，我特意谈到了他。队长说，你不是物色不着大队书记吗？这不是现成的人选吗？我龇牙笑了，好是好，可惜他还不是党员啊！

活人还让尿憋死了？丛队长大不以为然，火线入党嘛，并让我回去就办。我又乐了，我说更可惜的，连我还不是党员呢，却要发展别人入党，这不是荒唐吗？丛队长哑然失笑了，打了个咯儿，挠挠头皮，这也难不倒他，他说特事特办，组织上授权不就行了吗？于是我这个非党员以超常规的方式和速度发展了张二满为正式党员，那时连候补期都没有，他也就顺理成章地当上了山梨沟大队的党支部书记。

有了张二满，我等于有了耳朵，长了眼睛，睡觉也踏实了。村里什么猫腻能瞒得过张二满的眼睛？过去我来对付消极对抗的社员，只能用疲劳战术，天天晚上开大尾巴会，宣讲政策，念文件，抓阶级斗争新动向。社员也有他们对付我的一套办法。先是打发一些毛孩子来凑数，叽叽喳喳，会场成了儿童团。我一发火，下一回来的倒是大人了，全是上岁数的老头老太太，一进会场就开始闲扯，张家长李家短，千年谷子万年糠，说到正事，一问摇头三不知，都说自己是吃粮不管事的，做不了主，只管出耳朵。后来三令五申，壮劳力倒是来点卯了，可他们都商量好了似的，全部是锯了嘴的葫芦，一言不发，猛抽蛤蟆头辣烟，弄得生产大队筒子屋里乌烟瘴气。我干生气，有火没处发。我常常气得背后说，把知识青年送到农村来接受再教育，真是天大的笑话。

张二满上台后大为改观。这小子有人缘，又服众，谁家的老母鸡今天下几个蛋都瞒不过他去，没人跟他较劲。我知道，更主要的原因，大家不把他当外人。这一来，上面布置下来的任务就好办多了。他的鬼点子多，总能照顾社员的利益，对上面又说得过去。实在交不了差，他也会骂街，用摔耙子不干来威胁。他这一招还真管用。他对我说，打一巴掌总得给个甜枣吃。有的时候他能化腐朽为神奇，令人哭笑不得。

那年春耕后，不知何方神圣创造了一个用水缸积肥的典型经验，一层层贯彻下来，还要报执行结果，显然不是说说而已的。我没这个本事，我就想不通。灵机一动，有点儿幸灾乐祸地把这个任务交给了张二满。谁有本事让人家把水缸、酸菜缸拿出来装上大粪？这不是犯众怒的事吗？消息传出去，果然惹了大祸。装过粪尿的酸菜缸刷得再干净，让人想起来总免不了恶心吧？我冷眼看去，张二满一点儿都不上火，他只问了我一句：是非执行不可吗？我说：是，没商量余地。眼看距离报捷的日子只有 5 天了，还没动静，我就去责问他：这是大事，你可不能打哈哈逗乐子坑我呀。他龇牙一笑，说，你把心放回肚子里去吧，小事一桩。我真是半信半疑。

张二满在有线广播里亮开他的大嗓门召集开会了。他说，上至挂棍的，下至锅台转的，有一个算一个，都得来开会。不来？自个儿照量着办。你听这口气，谁敢不去？不是天大的事，能打破开会一家一个的规矩吗？

大队筒子屋里照样弥漫着蛤蟆头烟的辣烟雾，人们交头接耳，不知上边又有了什么新精神。只见张二满干咳了几声，震住场子后，绷着脸说：现在咱们学习一段毛主席的最新最高指示。那年月，发表了最新指示，传达是不过夜的，还要敲锣打鼓上街游行庆祝。社员们都仰起脸来不错眼珠地注视着他们的支部书记，蛤蟆头烟也忘抽了。张二满说，瞅我干啥，我脸上又没写着毛主席语录！拿笔记呀！

一听这提示，识几个字的纷纷找纸笔，养牛的老孙头烟包里的一沓卷烟纸全让大伙分光，当了记录纸。只见张二满一本正经地背诵道：最近，毛主席又教导我们说，在地头用酸菜缸积肥是个好办法，一定要斗私批修。

我毫无思想准备，惊愕之余，差点儿乐喷了，我万万没有想到他来这一手。社员们也未见得相信，都张大嘴，你瞅我，我瞅你，静场好一会儿后就乱了营。但张二满根本不给他们喘息的余地，更不留幻想的空间，不等疑问提出，他已经领着社员们背诵最新指示了，一连三遍。然后身子一拧，大声说散会，连我都不看一眼，就大步流星地出去了。

我怕出乱子，追上他狠狠地骂了他一顿：你这家伙真是不要命了，连最高指示你都敢伪造？你猜他咋说？他牙一龇，说，有利于革命的语录还怕多吗？我担心哪个社员捅出去，那可就吃不了兜着走了。张二满说，你还是太不了解农民了，他们最好唬，你借他一个胆子他也不敢告啊，再说他们压根儿不会想到有人会假传圣旨。我哭笑不得，仍然捏了一把汗。

第二天一大早，张二满第一个用独轮车把自己家的酸菜缸推到地里。社员们还有什么好说，人家支书的酸菜缸不怕臭，就该是往里填大粪的吗？这也可以理解为榜样的力量是无穷的，山梨沟的大大小小的酸菜缸于是顺顺当当地成了沤粪的器具。山梨沟的雷厉风行和执行政策不走样成了推广的典型，还得了一面锦旗，只不过县里给奖旗措辞时费了点儿周折，最后定为"新积肥法模范"。

张二满并不是什么事都紧跟的。我说他有老猪腰子，是"两面村长"。他说，可不，我能维持成这样就很不易了，万一维持不下去的时候，我该怎么办？我有定规一条：得给老百姓留条活路。

那年中秋节刚过，我下乡期满要回县里去了，他弄了一斤烧锅上的"小烧"，非陪我喝几杯。他说我这人不错，先发展别人入党，自己后入。他哈哈一阵大笑后，神色有点儿黯然。他说，你是长着眼睛的，今年遭了灾，可上头依然按公社报上去的吹牛产量要粮，我们要么扎脖，要么……后半句他咽了回去，我也没有深问，我岂能不知道他的苦衷！酒过三杯，他含着泪对我说，万一到了揭不开锅那一天，你好歹在山梨沟待了一年，你得替我们说句话呀！我点了头，心里酸溜溜的不是滋味。就在我将要撤点的那几天，山梨沟出现了"偷青"事件。所谓偷青，就是在庄稼即将成熟时去偷果实。我得了消息马上到山坡和平川地去察看，一片狼藉，好多地块都遭了殃，像是野猪和黑熊下山洗劫过一样。有的社员试图把我的思路往山牲口为害上引，我才不上当。黑瞎子也好，野猪也罢，它们下山，糟践的庄稼会比吃掉的多，而眼前的景象却是井井有条，野兽会这么留情，这么爱惜庄稼？我心里直打鼓，如果向县委汇报，肯定是浩浩荡荡的工作组压下来，我脸上也无光。我只好托故，声称有些扫尾工作要做，请准晚撤几天，尽量捂住盖子，神不知鬼不觉地处理利索。

张二满这小子真机灵！还没等我向他发难，他那边已经大张旗鼓地紧急应对了：分别召开党员大会、干部大会、社员大会，明令禁止偷青，宣布一旦抓住，绝不手软，不但批斗、游街示众，还要扣发全家全年口粮。这还不算，他连夜组成基干民兵护青队，全副武装，荷枪实弹开始在庄稼地里巡逻，昼夜三班轮换。我还能说什么呢？杀人不过头点地，能煞住这股歪风也就是了，于公于私我都不想张扬。

这一系列措施并没能遏制偷青的势头。我起了疑心，连张二满也不告诉，半夜里偷偷爬起来，溜到半山坡看林小木屋里躲了起来，想看出个子午卯酉来。三星平西时分，偷青大军出动了，不是三个五个，而是拉帮结伙一大群，男女老少齐上阵，背篓的、提筐的、用麻袋背的，吵吵嚷嚷，明目张胆，这哪里是偷，分明是理直气壮地哄抢。再看那些看青的民兵们，有的在地头打瞌睡，有的在抽烟，还有的居然帮着几个小孩子撑口袋装玉米棒子，公然监守自盗！

我又气又恨，这张二满竟敢在我眼皮底下瞒天过海，怪不得山梨沟的人那么拥护他，原来他和落后势力穿一条裤子。我的心一阵阵发冷、发紧，不知该怎样应付这棘手的事。我此时已经是党员了，党性和别的什么性在我心里打架，我只要拆穿了他们，张二满就得被斗争，甚至进监狱。我认为他罪有应得，不值得同情。可一想到山梨沟的人将无法度过这个冬天，不得不去讨饭，我又下不了狠心了。

我恨张二满恨得牙痒痒的，正想回村把他从被窝里拎出来，却在山坡苞米地里发现了他。只见他也公然混杂在人群里浑水摸鱼，也偷了一袋子玉米往村里走。我悄悄跟在他后面，想一直跟到他家门口再羞辱他一番，痛骂他一顿。奇怪，他越过了自家门口，把一麻袋玉米背到了村北头小马架子房的窗下。我知道，这是交给贫下中农严管的"叛徒""走资派"许大如，从前是这个县的县委书记，问题一直没有结论，他和老伴都是重病缠身，连房前屋后的菜园子都没精力侍弄，荒草一片。我躲在篱笆外看。张二满敲敲窗户，又压低嗓子喊了几声，许大如被老伴搀扶着走了出来。张二满把沉甸甸的麻袋移到门口，急切地说着什么，先时许大如发愣，后来大概是听明白了，双手一个劲地乱摇乱摆，老太太甚至动手想把麻袋拖出去，但没拖动。张二满生气了，不顾一切地吼叫一声：什么时候了，还清高！再清高，你们俩要饭都找不着门！他不管许大如要不要，扭头走出院子。

他没想到碰上我，呆了一下，却马上镇定下来，满不在乎地冲我苦笑了一下，说，你亲眼见了，我反倒踏实了，我原先只怕连累了你。现在没必要瞒了，要杀要剐由你了。

我一时倒不知说什么好了。

他似乎把恐惧都扔到一边了，他说，他当一任支部书记，不能让社员填饱肚子，心里有愧。鼓动大伙偷庄稼当然不对，可眼睁睁看着饿死人，他这个支书罪更大，将来犯了事，上级也不会拿农民怎么样。经都是好经，都是歪嘴和尚给念歪了。天塌下来，我一个人扛着就是了。我埋怨他不该让许大如跟他一起蹚浑水，"走资派""叛徒"两顶帽子就够受的，他竟还给加码！张二满叹口气说，全村人只有许大如不敢出去偷青，一是受管制，怕罪上加罪，二来人家有文化，又是有头有脸的人，把名誉看得重。我不帮他背点儿怎么办？等着挨饿吗？

我的心呼一下热浪翻滚，张二满有这样一颗金子般的心，从前我怎么没注意？我是不是检举他，已经很犯寻思了。这时天快亮了，启明星在东天根一闪一闪的，头顶上的山梨树被晨风一摇，掉下几个黄了的山梨。张二满哈腰捡起两个，用手抹蹭了几下，扔给我一个，吭哧一大口，咬去一大半，立刻酸得闭不上嘴，骂了声"妈的，酸倒牙了"。他催促我说，天一亮你赶快走，多一分钟也别待。你走了，这里就是天塌地陷了也跟你没关系。我说，我明明看见了，却一推六二五，全让你扛着，不是太不仗义了吗？他急了，竟骂起了粗话：你这人就他妈愿意挨整怎么着？干吗非得把送殡的一起埋了！你痛快给我走。你若还有点儿良心，日后我过不去河那天，你拉我一把全有了。我看见他眼里泪花一闪，却没有让它流下来，我也差点儿哭出来。

张二满说到做到，公鸡一打鸣，他就打发两个民兵套了一辆牛车，不由分说，押解犯人一样把我送回了县城。后来他到底为集体偷青事件付出了代价，被撤了职，党内严重警告处分。他到县里找我喝酒，名目是谢我，他说没有我出面向县委解释，他可惨了，他说，那我们见面的地方可能就是公安局的看守所了。这当然是幽默。

他的幽默却像谶语一样不吉利，有谁能料到，我和张二满下一次会面的地方真的就是公安局的看守所！

他以反革命罪被捕。今天听起来，这种推导公式的法律逻辑很让人费解。确切地说全称，他的罪名应当是"强奸上山下乡知识青年破坏五七道路罪"。强奸罪古亦有之，和反革命挨得上边吗？没有正本的解释，但可意会。知识青年上山下乡是毛主席号召，是一场前无古人的壮举，人家把孩子送到乡下去革命，却被人强奸了，这当然是动摇人心，等于破坏革命，那还不是反革命吗？

我到看守所看张二满时，他剃了个秃瓢儿，正面墙而坐，实际不是坐而是歪着，屁股被打烂了，根本坐不住。脸上也是青一块紫一块，肿得像个大大的南瓜。只有那双眼睛里的精气神儿还在，用他的话说，倒驴不倒架，依然是不服输、不在乎并且有三分小狡猾的神色。

我真不知道说什么好。

我来见他前，已经从"五七"办公室那里问明了他的案情，涉及知青，"五七"办便与公安局联合办案。张二满强奸的那个女知青叫杜小玉，是高一的学生，我见过，长得很清秀，内向，不怎么爱说话。我在山梨沟的日子，没发现张二满有见着女人迈不动步的毛病，他没对象，也从不跟姑娘们黏黏糊糊的，一句话，挺正经。难道说是假正经？我一直不敢相信这是真的，怕背后有别的隐情。

我问他，真有这事吗？

他点了点头，很坦然地说，有。他说他很后悔，那天喝了点儿酒，有点儿心猿意马，就在苞米楼子里出事了。他显然是轻描淡写，也许是张不开口。我看过他画了押的口供，在苞米楼子里，他把杜小玉的衣服都扯碎了，杜小玉的裤衩上一大摊血，物证都在。我说，你真浑，搞对象就好好搞对象，这算什么，这是流氓啊。

他的话叫我大吃一惊，他说他和杜小玉是搞对象啊，而且口头上订婚半年了呀。怪只怪自个儿灌了几杯马尿，把持不住自己，出了事。他跟杜小玉发生关系十几次了，只不过苞米楼子这次叫人看见了，揭发他的人又是他批斗过的人，犯在他手里，只能认倒霉。公安局的人非一口咬定是强奸，他不服气，冤枉。你们干吗不去问问杜小玉？

看起来他还在这儿做梦呢。我就提示地问他：你说说你是什么罪？他说他对不起杜小玉，一个姑娘家弄到这步田地，没法见人，好在她不用犯愁嫁不出去，他要她就是了。他说自己作孽自己受，往多了说，蹲五年监狱呗！

他的话让我又吃惊又心痛，到现在他还迷糊着呢，他还指望杜小玉救他呢，殊不知杜小玉的证言白纸黑字说他是强奸！他说得太轻松了。五年徒刑？对待一般意义的强奸犯，他的估计也许没有多大出入，他却不知道他的性犯罪已经划入了政治范畴，他的悲剧不在于强奸还是顺奸或者通奸，而在于他进了牢房还幻想着有朝一日要补偿他的恋人。

我不告诉他真相太残酷，告诉他更残酷，不管怎样，总得让他有个最坏的准备呀。我暗示他，谈恋爱和强奸可不是一回事，应当向公安局说清楚。他说无所谓了，只要他强调是谈恋爱，就会皮肉受苦，他也懒得分辩了，通奸、强奸一字之差，大不了多判几年。

我几乎吼了起来：你这个浑蛋！通奸和强奸别看一字之差，却差之千里，一个是道德问题，一个是犯法，你犯的又不是一般的法，是反革命，你想没想过你会人头落地？他似乎也吓了一跳，半晌无语，他的表情也有几分怀疑，也许以为我是危言耸听。我恶狠狠地告诉他翻供，彻底翻，马上翻。

我相信张二满的话，我不看重那卷宗里厚厚的笔录。这基于我对他的了解。我必须帮他。出了看守所，我立即去找杜小玉，杜小玉至关重要，她不翻供，张二满说出大天来也是枉然。

我的心一下子凉到底了！半个月前，杜小玉一家搬走了，远离了这座城市，至于搬到什么地方去了，没人知道。她走了，带走了事实真相，带走了他们花前月下海誓山盟却又无比脆弱的情意，也带走了张二满最后一线希望，留给张二满的是他本不该独自承受的一切惩罚。

我不灰心，仍然为他奔走了好几个月。

有一段时间已经阴转晴，有几分希望了。主管公检法的革委会崔副主任说，这案子说大就大，说小就小，若在平时，农村那些破鞋烂袜子的事谁管！这倒是真话，我们每次下乡去做中心工作，领导必定要叮嘱一番，抓阶级斗争大事，千万别陷到搞破鞋的烂眼子事里头。可张二满的事虽属破鞋烂袜子范围，用崔主任的话说，谁让他放屁赶点儿赶上了呢！他搞的虽然也是破鞋，可搞到"革命"头上来了。崔主任告诉我，根据上面的部署，下个月全国要统一行动，大张旗鼓地杀一批强奸女知青的反革命犯，形成威慑力。各地都在报典型，既是典型，就要抓有代表性的杀，县里不杀一个说不过去。全县侵犯女知青的案例倒是不少，张二满首当其冲。他是干部，知法犯法，自然罪加一等，更何况他的犯罪情节恶劣，后果严重。据崔主任说，还有一个，是驼腰岭村的，生产队长，犯罪情节与张二满不相上下。也就是说，他们两个人当中必须有一个人为这次打击破坏上山下乡反革命运动当祭刀者。在我申明情况后，崔主任的口气有所松动，既然社员拥护张二满，又有人证明他和杜小玉确有谈恋爱的迹象，也许上断头台的是驼腰岭那一个。只是杜小玉的失踪对他大为不利。

我稍稍松了一口气。

也许我不该在这个节骨眼上去省城送报道稿子。

我那天回县里，刚下火车，就看见火车站前的布告栏里新贴出了法院的布告，周围围了好多人在看。我也挤过去，我的头轰的一声，像炸开了一样。张二满的名字又黑又大，用红墨水笔重重地打了个对号，那是勾决。名字后面那一句"验明正身绑赴刑场执行枪决"的字样触目惊心，特别刺目。晚了，我所做的一切努力全都白费了。

朋友告诉我，县里在决定谁更合适当这个死的"典型"取舍过程中，张二满最终因为出身丢了分。他被查出，他的一个远房表舅爷成分高，是富农，这一来，他具备了反革命的阶级属性。朋友说，他是死在远房表舅爷手里的，他应当去找表舅爷讨命。这是幽默吗？这才真正是黑色幽默。